BAT
吸血鬼探偵オリバー・サンシャイン

田中三五

富士見L文庫

CONTENTS

†

プロローグ

僕は身長5フィート5インチ、体重110ポンドと、一般的な17歳のアメリカ人としては貧相な方かもしれないけれど、体はいたって健康で、これまでに大きな病気や怪我《けが》をした経験はなかった。病院に入院したのは過去に一度だけ、国立公園に生えていたカラフルな色のキノコを食べてブッ倒れた5歳の僕を、母さんが泣きながら抱えて病院まで走ったあのときくらい。あの日の母さんの足はバリー・アレン並みだったと思う。

要するに今日が僕にとって人生二度目の入院となるわけだけど、自分の身にいったいなにが起こったのか、正直よくわかっていなかった。気絶して、いつの間にか救急車で運ばれて、意識が回復したときには病院のベッドの上にいた。それも、全身の至る所に包帯を巻かれた仰々しい姿で。まるでハイウェイを走るトラックに向かってプロテクターなしでタックルしたみたいな大怪我だ。痛みを感じないのはおそらく強烈な麻酔が効いてるおかげか、もしくは頭を強打したせいで感覚を司《つかさど》る神経が馬鹿になってしまったからか。前者であることを願う。

医者や看護師から聞いた話によると、それはもうかなりの重症だったそうだ。全身に打撲や骨折、内臓も損傷。あちこちに切りつけられたような傷があり、特に頸動脈《けいどうみゃく》からの出血が酷《ひど》くて命が助かる見込みは薄く、医者も半ば諦めていたらしい。こうして生きているのは神様がくれた奇跡だと言われた。

僕が死の淵《ふち》から奇跡的な生還を遂げた、その日の午後のことだ。点滴の交換が終わったところで、看護師と入れ替わりに男の人が病室に入ってきた。

「君がオリバーだね？」

名前を確認すると、彼はベッドの横にある小さな椅子に座り、僕と視線の高さを合わせた。僕は相手の顔をまじまじと見つめた。知らない人だった。

「……はい」恐る恐る頷《うなず》き、名乗る。「オリバー・サンシャインです」

すると、彼は身分証《バッジ》を見せてきて、ニューヨーク市警《NYPD》の刑事だと名乗った。今回の事件の捜査を担当することになったので、僕に事情聴取をしたいらしい。事件の被害者で、唯一の目撃者である僕に。

「事件のことを思い出すのは辛《つら》いだろうけど、協力してほしい。一刻も早く犯人を逮捕するために」

という警察の常套句《じょうとうく》に、僕は小さく頷いた。

「昨日なにがあったのか、詳しく教えてもらえるかな？」

まるで『CSI』シリーズのワンシーンみたいな出来事が、こうして自分の身に降りかかるなんて夢にも思わなかった。僕は少し緊張しながら答えた。「まだ混乱していて、上手《うま》く話せるかわからないけど……」

「大丈夫。ゆっくりでいいよ。最初から、順を追って説明してみてくれ」刑事がメモ帳とペンを取り出す。「朝はどうだった？　何か変わったことはなかった？」

「昨日は、その……」記憶を振り返りながら、僕はたどたどしく説明を始めた。「朝は普通で、いつも通り母さんと、朝食を食べて――」

昨日は間違いなく、僕にとって人生最悪の1日だった。

1 ハブ・ザ・ワースト・デイ

人生最悪の1日は、これまで何百回と繰り返してきたような平凡な朝から始まった。母さんの「オリバー、起きなさい」という大きな声で目を覚まし、没個性的で地味な服に着替えて、朝食に牛乳をかけたシリアルを食べて、歯を磨いて顔を洗って、それから学校に行く。そんな、いつも通りの月曜日だった。

父さんは僕が小さい頃に死んでしまったから、サンシャイン家には僕と母さんしかいない。今はクイーンズ区にある狭いアパートメントに二人で住んでいる。母さんの名前はエミリー・サンシャイン。職業は記者で、普段は企業の不正事件を中心に取材してる。最近は銃規制法案関係の仕事で毎日忙しそうだ。

そんな母さんの得意料理はチリビーンズ。僕の好物ということもあってよく作ってくれるのは嬉《うれ》しいけど、忙しいときは店でテイクアウトしたものを手料理と偽って食卓に出すことがある。母さんはバレてないと思ってるみたい。僕はとっくに気付いてるのに。

この日は、仕事に行く母さんと一緒に家を出て、車で学校まで送ってもらった。僕はマンハッタンの高校に通っている。グランドン・ハイスクールという名前の、4年制の公立学校。僕はここの最上級生《シニア》で、あと半年ちょっとで卒業を迎える予定だ。

授業中は特に変わったことはなかったから割愛する。脳内の記憶を早送りし、放課後の光景を思い出してみる。そういえばこのとき、ちょっとした事件があった。ほんの些細《ささい》なことだけど、僕にとっては大きな出来事だ。

放課後。授業が終わり、大勢の生徒たちが行き交う廊下。ロッカーの荷物を出し入れしていると、同級生のケビンがやってきた。友達の少ない――というかほとんどいない僕にとって、彼は唯一、親友と呼べる存在だ。

その赤毛で小太りな親友は「なあ、見てくれ。新しいやつ撮ったんだ」と、得意げな顔でタブレット端末を押し付けてきた。

僕は作業の手を止め、渋々画面に目を向けた。「なに」

彼が見せてきたのは動画だった。自身で撮影・編集してるものらしい。映像を再生すると、ペスト医師みたいなマスクで顔を隠したケビンが『ハーイ！　ケビンのオカルト超常チャンネルへようこそ！』とハイテンションな口調で喋《しゃべ》りはじめた。

『今日は政府が隠している重大な秘密について、特別に暴露しちゃうよ！　実は昨日、我がチャンネルに匿名のタレコミがあったんだ！　その情報によると、なんとこの世には人間じゃない生き物――通称ノンヒューマンというものが存在しているらしいんだけど、とにかくまずは、これを見てくれ！』

映像が切り替わる。どこかの山道のようだ。雪深い夜。もぞもぞと動く黒い影。森の奥へと走り去る生き物の姿をカメラが捉えている。ただそれだけの映像を、何度も（しつこいくらいに）スロー再生する、という編集が施されている。

そして再び画面はペスト医師に戻った。ケビンが喋りだす。『情報提供者のドライブレコーダーに映ってる、この生き物。鹿だと思うだろう？　でも、よく見てみて！　二足歩行してるんだ！　調べてみたら、どうやらこれはウェンディゴっていう名前の怪物で、主にアルゴンキン族っていう先住民の間に伝わる――』

ケビンは根っからのオカルトオタクで、怪物とか悪魔とか幽霊とか、そういう非現実的なものが大好きだ。まるでサンタクロースからのプレゼントを楽しみにしている純真な子供のように、山奥にいるビッグフットの存在を信じて疑わない。最近では怪しげなオカルトマニアのサークルに参加し、同じような仲間とネット上で熱く語り合ってるらしい。そんなケビンの将来の夢は『ヘルボーイ』に出てくる超常現象調査防衛局《BRPD》みたいな組織で働くこと。ハーバードに進学するより難しそう。

幼い頃からの興味が暴走して、今では超常現象や都市伝説を紹介したり考察したりする動画を製作し、こうしてインターネットで配信しているケビンだけど……まあ、収益化には程遠いと思う。

「どうだ？」

「どうって言われても……」似合わない服を着ている人に「似合う？」と訊《き》かれたような気分だ。ここは親友のためを思って正直に答えることにした。「友達と気まずい関係になりたくなかったら、再生回数25回の動画の感想を求めるのはやめた方がいいよ」

「そう言うなって。前回アップしたのは80回超えてるんだぜ」

ケビンはめげずに別の動画を見せてきた。今度は吸血鬼に関する内容だ。『昨日、女性が男に襲われて首に噛《か》みつかれたらしい！　犯人は鋭い犬歯が生えてたって、被害者本人がSNSのアカウントで呟《つぶや》いてるんだ！　これは間違いなく吸血鬼の仕業だよね！』と興奮気味に語っている。

全世界に向けてデマ情報を発信する『ケビンのオカルト超常チャンネル』は、悲しいことに登録者数たったの10人。ちなみにそのうちの一人は僕だ。親友の情けで登録してあげてることを知らないケビンは、こないだ「登録者数がついに二桁を突破したぜ！」って大喜びしてた。むしろ、こんな番組をフォローする物好きが僕以外に9人もいることに驚きだけど。

オカルト蘊蓄《うんちく》動画を聞き流しながら、リュックの中身をロッカーに詰め込み、扉を閉める。振り返ったところで、僕は一人の女の子に目を奪われた。チアリーディング部のユニフォームを着た生徒が、ブロンドの髪を靡《なび》かせながら颯爽《さっそう》と廊下を歩いていく。

エリザベス・バートンだ。

彼女はこの学校の人気者で、みんなにリズと呼ばれている。僕もそう呼んでる。……心の中で、だけど。

彼女の眩《まぶ》しい笑顔に思わず見惚《みほ》れていると、

「やめとけ」

と、ケビンの冷やかな声が飛んできた。

彼に向き直り、眉をひそめる。「何が」

「エリザベス・バートンは学年一の美人だ。インスタのフォロワー数は100万人。チアリーディング部の部長で、しかも父親は上院議員というお嬢様。おまけに――」ケビンが顎で彼女を指す。「超イケメンのアメフト部キャプテンと良《い》い感じ」

見れば、いつの間にか彼女の隣を男子生徒が陣取っていた。奴の名前はアンソニー。高身長で筋肉質なアメフト部のクォーターバックだ。色白の肌に映える青い瞳に、今風にカットされたキャラメルブロンドの髪。ハリウッドスター顔負けのルックス。認めたくないけど、リズとアンソニーはお似合いだ。よく一緒にいるし、付き合ってるんじゃないかっていう噂《うわさ》もある。二人でプロムに出たら最強だと思う。たとえるなら、この学校のスーパーマンとワンダーウーマン。

たしかにケビンの言う通り、二人は良い雰囲気だ。楽しそうにお喋りしている。デートの約束でもしてるのかもしれない。そんな想像をして勝手に盛り下がっている僕に、心ない親友が追い打ちをかけてくる。

「俺たちみたいなスクールカースト最下位の冴《さ》えないオタクとは、住む世界が違う。いくら好きになったところで、お前の手の届く相手じゃないってことだ」

「君の動画の再生回数を稼ぐ手伝いは、もう二度とやらないことにするよ」

「いやでも、上手《うま》くいけば付き合えるかもしれない。お前は性格もいいし、顔も結構イケてる。若い頃のジャスティン・ビーバーにそっくりだしな」

掌《てのひら》を返して機嫌を取ろうとするケビンに呆《あき》れてしまう。ため息をついてから、僕は自嘲をこぼした。「……そんなこと、言われなくてもわかってるよ」

「ジャスティン・ビーバー似だってこと？　おいおい、案外自信家なんだな」

「違う、手の届く相手じゃないってこと」

僕とリズでは釣り合わない。わかってる。僕はいつも、リズをただ遠くから見ているだけ。彼女のアカウントをフォローする勇気もないくせに、それでも投稿は毎日チェックしてるキモい奴。僕がリズと付き合うことに比べたら、この国から銃を無くすことの方が簡単だと思う。

これ以上、現実を突き付けられたくなかった。さっさとこの場を立ち去ろうと踵《きびす》を返した、まさにそのときだった。僕の顔に衝撃が走った。重たいバスケットボールが顔面に直撃し、鼻が折れたんじゃないかと思うほどの激痛を覚える。眼鏡が壊れなかったのは不幸中の幸いだ。

「よう、オタクども」

柄の悪い男子生徒が僕らに絡んできた。こいつは同じ学年のジャクソン。一応バスケ部に所属しているらしいけど、いつも練習をサボって遊んでる。放課後の体育館でジャクソン選手の姿を見たことは一度もない。

ジャクソンは学校一の不良生徒で、自分と同じようなタイプの取り巻きをいつも数人引き連れてる。連中は僕らのようなナードを見ると虫唾《むしず》が走るらしく、挨拶代わりに負け犬だのキモいだのと暴言を浴びせてくるのがお決まりだった。物を投げてきたり、甘ったるくてベタベタする飲み物を頭に浴びせたりもする。そんなのはまだマシな方で、酷《ひど》いときには脅して金を奪い、ガソリン代やマリファナ代の足しにしてしまうこともあった。

要するに彼はどこの学校にでもいる最低の虐《いじ》めっ子だ。ジャクソンのグループに目を付けられ、嫌がらせに耐えかねて転校した生徒は、この3年半で4人はいたと思う。できれば関わり合いたくない相手なんだけど、不運なことに僕の隣のロッカーがジャクソンのものなので、否《いや》が応《おう》でも顔を合わせることになる。こんな風に。

「……やあ、ジャクソン」

ずれた眼鏡を戻しながら挨拶をすると、ジャクソンはガムをクチャクチャしながら近付いてきた。その太い腕でまずはケビンの太った体を軽々と突き飛ばし、それから僕の胸倉を乱暴に摑《つか》むと、体を思い切りロッカーに叩《たた》きつけた。ガシャン、という大きな金属音とともに背中に痛みが走り、僕は顔をしかめた。

「邪魔なんだよ、さっさと退《ど》け」

「ご、ごめん。わかった、すぐ退くから」

慌てて謝った、そのときだった。突然「痛ってぇ！」とジャクソンが悲鳴をあげた。どこからともなくボールが飛んできて、彼の後頭部に命中したのだ。

「あら、ごめんなさい。ボールを返そうと思ったんだけど、コントロールが悪くて」

犯人はリズだった。

ジャクソンが僕の頭にぶつけたバスケットボールをリズが拾い、思い切りジャクソンに向かって投げつけたのだ。学校一の不良に「なにすんだよ」と凄《すご》まれても、リズは平然としている。「こういうの、もうやめたら？　4年生にもなって恥ずかしい」と余裕の呆れ顔だ。

学校一の不良が相手でも、リズはビビらない。それは彼女の父親が上院議員の権力者だからじゃない。彼女自身に度胸があるからだ。正義感が強く、心優しく、いつも堂々としていて格好いい女の子。それがエリザベス・バートン。僕は彼女の外見だけでなく、そういう内面の美しさにも惹《ひ》かれている。

ジャクソンは舌打ちし、僕から渋々手を離した。彼もリズに気があるから、それ以上は言い返せないんだと思う。僕らを軽く睨《にら》みつけてから、取り巻きを引き連れて立ち去るしかなかった。

「オリバー、大丈夫?」

リズが声をかけてきたので、僕の心臓は跳ね上がった。

オリバーって。名前を呼んだ。リズが。どうしよう。

内心パニックだった。リズが僕の名前を知っていたことも驚きだ。興奮し、緊張し、顔面の痛みも吹っ飛んだ。まるで全身の血が沸騰したかのように、体が熱くなる。

「……あ、ああ、うん。大丈夫。ありがとう、助けてくれて」

こんな大事なときにどもってしまう自分がダサくて恥ずかしい。

なんとか言葉を返した僕の顔を、リズが指差す。「本当に大丈夫? 鼻血出てるけど」

「え、鼻血?」

慌てて服の袖で鼻を拭う。トレーナーの袖が赤く染まった。

さっきからダサいところばかり見られて、正直すごく落ち込む。とはいえ、これは神様がくれたチャンスだ。せっかく目の前にリズがいるんだから、なにか話さなきゃ。頭をフル回転させて言葉を探す。

『最近、調子はどう?』——駄目、ナシ。

『インスタ毎日見てるよ』――これはキモすぎ。

『今度一緒に遊ばない？』――やめとけオリバー、絶対無理に決まってる。

なかなか気の利いた言葉が見つからなくて焦っていると、リズの方が先に「そうだ」と口を開いた。

「今夜、アンソニーの両親が留守だから、彼の家でパーティするの。よかったら二人も来て」

リズが誘ってくれた。パーティに。信じられない。これは夢かも。

「迷惑じゃないかな？　僕なんかが行ったら」

「そんなことないわよ。アンソニーも来てほしいって言ってたし」

「そう？」

ありがとうアンソニー。君は良い奴だ。

すっかり有頂天になっている僕とは対照的に、ケビンは白けた態度だった。「今夜はちょっと厳しいかな。家で『X－ファイル』の再放送を観《み》ないと――」

「行くよ」ケビンの言葉を遮り、何度も頷《うなず》く。「絶対に行く」

「よかった。じゃあ、また夜に会いましょう」

「う、うん。また夜に」

僕は手を振った。リズの後ろ姿を見つめながら。片手を上げたまま、ぼんやりとしてい

る僕を、

「俺は絶対行かないからな」

と、ケビンが冷めた目で見た。

「独りで行けよ」

「どうして。一緒に行こうよ」

「馬鹿か、行くわけないだろ。パーティなんて陽キャの巣窟、俺らが行ったらどうなると思う？」

「どうなるの？」

「惨めな思いをする」

ケビンは頑《かたく》なで、いくら誘ってもＯＫしてくれなかった。なんて薄情な親友だ。僕は彼の退屈な動画に毎回欠かさず高評価ボタンを押してやっているというのに。


友達の少ない僕にとって、パーティの同行者探しは困難を極めた。結局、陽キャの巣窟というダンジョンには一人で挑むしかなかった。

アンソニーの父親が金持ちだというのは校内でも有名な話で、今夜の会場となる一軒家は噂通り立派なものだった。彼に勝てるところが僕には一つもないという事実を、改めて思い知らされてしまう。

僕が到着した頃にはすでにパーティは始まっていて、超盛り上がってた。暗い部屋の中で眩しく点滅するライト（目がチカチカする）。爆音で響き渡る流行《はや》りの音楽（一曲も知らない）。ビール瓶を手に飛んだり跳ねたり、歌ったり奇声を発したりと、高校生たちが馬鹿みたいに騒いでいる。ニューヨーク・ヤンキースが優勝した瞬間のスポーツバーの方がまだお上品なんじゃないかと思う。

リズを探しながら長い廊下を歩いていく。酒と煙草《たばこ》の臭いに混じってマリファナの臭いもする。人目も憚《はばか》らずイチャイチャしているカップルの横をすり抜けると、広々としたリビングにたどり着いた。爆音に合わせて、大勢の学生が体を揺らして踊っている。その輪の中央に、リズがいた。

正直に言えば、僕は少しだけ期待していた。リズが僕に話しかけてきて、一緒に楽しい時間を過ごせるんじゃないか、ちょっとは距離を縮められるんじゃないか、って。

だけど、その考えは甘かった。リズは我がグランドン高校の人気者だ。彼女は常に美男美女の友人たちに囲まれていて、入り込む隙はなかった。入り込む勇気もないけど。

リズは僕に話しかけるどころか、僕の存在にすら気付かない。アンソニーたちと踊っている彼女の姿を遠くで見つめながら、いったいこの場をどう楽しめばいいんだと僕は途方に暮れるしかなかった。パーティ会場に到着してまだ10分も経《た》ってないというのに、親友の言うことは聞いておくべきだったなと後悔が芽生える。部屋の隅っこにぽつんと突っ立って、誰と話すわけでもなく、話しかけられることもなく、ただ手持ち無沙汰にオレンジジュースをちびちびと飲んでいるだけの僕。たしかにこれは惨めだ。ハミルトン先生のラテン語の授業より退屈な時間を過ごしていたところ、

「――おい、見ろよ！」

今、最も聞きたくない声が聞こえてきた。

「オリバー・サンシャインがいるぜ！」

そして、最も顔を見たくない連中が現れた。ジャクソンと愉快な仲間たちが僕を指差して嗤《わら》っている。やっぱり来るべきじゃなかったと僕はさらに後悔した。奴らが酒を片手に近付いてくる。大柄な三人組に囲まれて委縮している僕に、

「ほら、お前も飲めよ」

と、ジャクソンがグラスを渡してきた。中には真っ赤な色の液体が入っている。まるで赤い絵の具を溶かしたような、人工的な鮮やかさだ。

「……美術の授業の後、これで筆洗った？」僕は恐る恐る尋ねた。

ジャクソンが鼻で笑う。「おいおい、そんなに警戒すんなよ。ただのブラッディ・メアリーだって」

警戒するに決まってる。2年生のときに「食えよ」と彼が寄越してきたホットドッグに

は、ソーセージの代わりに超デカい芋虫が入っていたんだから。

ほら飲め、と強引にお酒を押し付けられた。鼻をゆっくりグラスに近付け、臭いを嗅いでみる。たしかにトマトジュースのような香りがする。

「腰抜けのオリバーは酒も飲めないか」

ジャクソンが挑発してきた。

彼に何を言われようと僕は平気だった。どんなに馬鹿にされたって、別になんとも思わない。だけど、ジャクソンの機嫌を損ねることだけは避けたかった。ここでこれを飲まなかったら、僕はもっと酷い地獄を見ることになるかもしれない。たとえば、服を脱がされて、全裸のままフロアのど真ん中で踊らされるとか。それだけは避けたい。

やるしかない、オリバー。

意を決した僕は、苦笑いで「乾杯」とグラスを掲げた。一口飲んだところで、やっぱりやめとけばよかったと後悔した。ここへ来てから後悔してばかりだ。グラスの中身は案の定変な味がして、すぐにでも口から吐き出してしまいたかったけど、なんとか我慢して飲み干した。

「うえっ」

吐きそうになり、とっさに掌《てのひら》で口を押さえる。それを見たジャクソンたちがゲラゲラと笑う。

「『R』っていう、最近流行りのドラッグだよ。兄貴からパクってきたんだ。どうだ？　美味《うま》いだろ？」

「げえ、なにこれ」

美味いわけがない。なんか鉄の錆《さび》っぽい味がする。鉄の錆を食べたことはないけど。とにかく不味《まず》い。さらに吐き気が込み上げてくる。酒に変な薬を混ぜるなんて。こいつは最低だ。心の底から嫌いだ。

気分は悪くなる一方で、僕はすぐさまトイレに駆け込んだ。いくら吐いても吐き気がおさまらない。全身が燃えるように熱い。おまけに、まるで超高速のメリーゴーラウンドに半日乗り続けていたかのような感じで、視界がグラグラと揺れている。「いつまで入ってんの、早く出てよ」と外からドアを叩く音が聞こえたけど、言葉を返す余裕もなかった。トイレは上の階にもあるから、そっちを使ってくれ。心の中でそう思いながら、僕はただぐったりと便器に凭《もた》れ掛かっていた。

それから30分くらい経って、ようやく立ち上がれるくらいに回復した。もうリズどころじゃない。一刻も早く家に帰りたかった。まだフラフラしていて真《ま》っ直《す》ぐ歩けなかったから、仕方なくタクシーを使った。ジャクソンが酒に混ぜていた得体の知れないドラッグのせいで、運転手の顔が馬だったり、通りを歩く人々の中に宇宙人みたいなものがいたりと道中ずっとヤバい幻覚を見た。

タクシーを降り、バーを5軒ほどはしごした酔っ払いみたいな足取りで、自宅に向かって歩く。こんなのすぐバレる、薬と酒に手を出したって。母さんに何て言い訳すればいいんだ。悩ましい問題に、さらに頭痛が酷《ひど》くなる。

それにしても、散々な目に遭った。パーティは全然楽しくないし、ジャクソンには変なものを飲まされるし、リズとは一言も話せないし。最悪の時間を過ごしただけだった。これ以上に酷いことはそうそうないだろうなと思いながら、自宅のドアを開ける。

でも、そうじゃなかった。

本当に最悪な出来事は、この直後に起こった。

「──母さんが、男に襲われていたんです」

昨夜の記憶を呼び起こしながら、僕は刑事に説明した。

「帰宅したのは……たぶん、夜の8時半頃でした。今日は久々に早く帰れそうって言ってたから、母さんも帰ってきてるはずなのに、部屋が真っ暗だったので、おかしいなって思ったんです。それから、電気を付けたら、リビングに、その……男がいて──」

見知らぬ男が、僕の母さんに馬乗りになって、彼女の首筋に顔を埋めていた。まるで母さんをレイプしているかのような体勢だった。僕は驚き、「母さん」と叫んだ。男が顔を上げ、僕を見た。その顔は血塗《ちまみ》れだった。

「男の顔は覚えてる?」

僕は首を振った。「いえ、あまり」

本当は覚えていた。焦げ茶色の髪で、すべてのパーツが平均的な、あまり特徴のない顔立ちの男だった。覚えていたのに、否定した。だって、そのときの僕はジャクソンのせいでラリっていたから。タクシー運転手の顔が馬に見えるほどに。そんな僕の記憶を元に男の似顔絵を作成したところで、犯人逮捕の役に立つとは思えない。

「犯人は凶器を持ってた?」

「……たぶん、刃物を持っていたと思います。キッチンナイフを」

「その後は? 何があった?」

「男が、僕の方に来て……」

僕は必死に抵抗した。命の危険を感じ、周りの物を手あたり次第に投げつけ、両手を振り回して暴れた。だけど、無駄だった。

信じてもらえないと思うけど、その男は僕を片手で軽々と持ち上げ、そのまま投げ飛ばしてしまった。僕の体は宙に浮き、勢いよく背後の壁に激突した。まるで映画のワイヤーアクションみたいに。相手は細身なのに、その力はびっくりするくらい強かった。片手で人を投げるなんて人間業じゃない。

それから男は、床に倒れた僕を殴ったり蹴ったりした。薬のせいで僕の神経は鈍っていたけど、それでも強烈な痛みが襲ってきた。体を丸めるようにして耐えた。男は僕の体に馬乗りになった。そして、また殴ってきた。両腕を交差するようにして攻撃を防ぐと、バットで殴られたような衝撃が前腕に走った。

僕の両手首を摑《つか》み、ものすごい力で床に押し付けて動きを封じると、男は顔を近付けてきた。その直後、首の辺りに痛みが走った。アイスピックのようなもので刺されたかと思った。

ドラッグと痛みと恐怖でパニックになっていた僕は、意識を保っていられなかった。いつの間にか気を失っていた。

看護師から聞いた話だと、ちょうど家賃を回収しにきた大家さんが、血だらけで倒れている僕と母さんを発見し、通報してくれたらしい。僕たちはすぐに病院に運ばれ、手術を受けた。そして、先に僕の意識が回復し、こうして警察の事情聴取を受けている、という次第だ。あのまま誰にも見つからなかったら、きっと二人とも死んでいた。

警察の現場検証の結果、押し入られた形跡や荒らされた部屋の様子から、強盗目的の犯行という線が濃厚らしい。この国じゃそんなに珍しくない話だけど、まさか自分が被害者になるなんて思いもしなかった。

「犯人は片手で君を投げ飛ばしたの？」

「だったら、相当屈強な男だっただろう。軍人上がりかもしれない」

「はい」

「いえ、細身でした」

僕の答えに、市警の刑事は腑《ふ》に落ちない顔をしている。当然だと思う。僕だって昨夜の記憶が信じられない。あのときの僕は、ずっと夢の中にいるようなフワフワした感覚だった。自分が目撃したものに自信が持てない。

結局、僕の証言は採用されなかったみたいで、

「まあ、記憶が混乱してるんだろうな。事件が与える精神的ショックは大きい。被害者の証言が支離滅裂だったり、辻褄《つじつま》が合わなかったりすることは、なにも珍しいことじゃないんだ」

と、刑事は結論付けた。

ニューヨーク市警が帰った後、今度は州警察の刑事や保険会社の人が僕の病室にやってきて、さっきの市警と同じような質問をした。僕も同じように昨夜のことを説明した。

午後になると、今度はアメリカ連邦捜査局《FBI》の捜査官が来て、やっぱり同じことを訊《き》かれた。

「よく覚えてないんですが、男は母さんに馬乗りになっていました。こう、首の辺りに顔を近付けていて。僕が叫んだので、男が今度はこっちに来て、僕を壁に叩《たた》きつけて。必死

に抵抗したけど、相手の力がすごく強くて、どうにもできなかったんです」

最初はたどたどしかった僕の口調も、さすがに4回目の事情聴取となると慣れたものだった。大統領のスピーチ並みにスラスラと昨日の出来事を説明した僕に、

「――ちょっと待って」

と、ＦＢＩのジェンキンス捜査官が眉間に皺《しわ》を寄せた。

「犯人は、お母さんの首の辺りに顔を近付けていた？」

「そうです」

「君も同じことをされた？」

「はい」

僕は「この辺りに」と自分の首筋を指差した。ぐるぐると包帯が巻かれている僕の首を捜査官がじっと見つめる。

「鋭いもので刺されたような痛みでした。でも、よく覚えてないんです。パーティの帰りだったから、悪酔いしてて――」

「悪酔い？」

口が滑った。

「……あ、いえ。ちょっと人に酔って、気分が悪かったので」

危ない。ＦＢＩ捜査官に向かって、うっかり薬物の使用を自供するところだった。

「なんていうか、ちょっと意識が朦朧《もうろう》としていたので、記憶が曖昧なんです」

「君の話だと、犯人は君を片手で摑んで投げ飛ばしたんだよね？　でも、君は体調が悪くて意識が朦朧としていたから、自分の記憶に自信がないと？」

「そうなんです」

「ちなみに、犯人の体型は覚えてる？　君を投げ飛ばすくらいだから、かなり屈強な男だと思うんだけど」

「いえ、細身の男でした」

「なるほど」

さっきの市警とは打って変わって、捜査官はなぜか僕の言葉に納得していた。

「ご協力ありがとう、オリバー」

捜査官が椅子から腰を上げた。それから彼は、上着のポケットから小さな紙を取り出した。そこに何かペンで書き込み、僕に手渡す。

それはジェンキンス捜査官の名刺だった。表には彼のフルネームと連絡先、それから所属のチーム名が印字されている。

「もし何か困ったことがあったら、そこに行ってみるといいよ」

と、捜査官が紙を指差した。名刺の裏面には『聖サニーデール教会』という文字と、その住所が走り書きで記されている。

「お気遣い感謝します、捜査官」
礼を言いながらも、僕の心は白けた気分だった。

教会に行ってどうしろと？　神様に祈れって？お母さんを助けてくださいって。そんなの、何の気休めにもならない。

捜査官が立ち去った後、僕は自分の部屋を出て、点滴のスタンドを引きずりながら病院内を歩いた。看護師が慌ただしく行き交う集中治療室を覗《のぞ》き込む。ガラス越しに母さんの姿が見えた。ベッドの上で、いくつものチューブに繋《つな》がれている。運ばれてきたときにはすでに心肺停止だった母さんに、医者はやれるだけの手は尽くしたという。

母さんは二度と目覚めないかもしれない。心臓が止まっていた時間があまりに長かったせいだ。このまま息を引き取ってしまう可能性も高いらしい。最悪の事態を覚悟しておいてほしいと言われた。残酷な言葉だと思う。僕はまだハイスクールの生徒で、父親を銃乱射事件で亡くしていて、さらに今度は強盗事件で母親まで失おうとしている。どうして犯罪者は僕の家族を奪おうとするんだ。理不尽じゃないか、こんなの。思わず涙が込み上げてくる。

もし、と考えてしまう。

もし仮に、僕があのパーティに行かなかったら。

僕がずっと家にいれば、強盗は他の部屋を狙ったかもしれない。ドラッグ入りのカクテルなんか飲まなければ、もっと早く帰宅できていれば、母さんはあんな目に遭わなかったかもしれない。僕がもっと強ければ、母さんを強盗から守れたかもしれない。今さら悔やんでも遅いことはわかっているけど、どうしても自分を責めずにはいられなかった。

母さんがこうなったのは、僕のせいだ。

奇跡の生還を遂げた僕は驚異の回復力を見せ、翌日には退院することができた。その次の日には元気に学校に登校した。とはいえ、元通りの生活とは言えなかった。原因が精神的なものなのか身体的なものなのかはわからないけど、僕の体はどこかおかしくなっていた。

まず、日中ぼんやりとしてしまう。授業中ずっと居眠りしていて、ラテン語のハミルトン先生にも叱られた。

それから、味覚がなくなった。食べ物の味を感じないんだ。何を食べても不味《まず》く思えてしまう。まるでただの紙粘土を咀嚼《そしゃく》しているような気分。怪我《けが》や病気の後遺症で味覚に異常が生じるのは案外よくある話らしいけど、僕の好物であるチリビーンズも、ハンバーガーもフレンチフライも、ピザもマカロニ&チーズも、どれも美味《おい》しく感じないっていうのは、なかなか気が滅入《めい》る。

味覚だけじゃない。寒さも感じなくなった。12月上旬のニューヨークでも半袖で歩き回れるほどに。そんなことをしたら目立ちたがりの変な奴だと思われかねないので、学校に行くときはいつものダッフルコートを着てるけど。

怪我の後遺症は他にもあった。幻覚が見えるようになったのだ。たとえば今、僕はケビンと一緒にランチタイムを過ごしてるんだけど、大勢の生徒が集まる食堂の片隅に、見ず知らずの人が佇《たたず》んでいるのが見えている。青ざめた顔の、白い服を着た女の人が、まるで切れかけの電球のようにチカチカと点滅している。僕に霊感はないはずだから、これはきっと幻覚なんだと思う。

体に妙なことばかり起こってるけど、そのうち治るだろうと僕は自分に言い聞かせていた。周囲に気付かれないよう、なるべく今まで通りに振舞っていたつもりだったのに、

「――オリ、大丈夫か？」

親友の目は誤魔化せなかった。ホットドッグに齧《かぶ》り付きながらケビンが尋ねた。

トマトジュースのストローを咥《くわ》えたまま、僕は「なにが？」と首を傾《かし》げる。

「顔色が悪い。真っ青だ。それに、飯も全然食わねえし、いつも上の空だし。……おまけに、いきなりイメチェンするし」

「イメチェン？」

「眼鏡のことだよ」

「ああ、コンタクトにしただけだよ」指摘され、僕は嘘《うそ》をついた。「またジャクソンが顔面にボール投げてきたら、危ないから」

事件の後遺症は悪いことばかりでもなかった。なぜか視力が良くなったのだ。僕の両眼は矯正器具がなければ日常生活もままならないほどで、いつも度の強い黒縁の眼鏡をかけていた。ところが、退院後は周囲の景色がはっきりと見えるようになった。逆に眼鏡を掛けると視界が歪《ゆが》み、気分が悪くなってしまう。

「まあ、あんなことがあったんだから、変になるのも仕方がないだろうけどさ」例の事件と母さんのことが頭を過《よぎ》ったようで、ケビンが気の毒そうに言った。「困ったことがあったら、スクールカウンセラーに相談しろよ」

「それは無理。頭おかしいって思われて、病院に逆戻りになりそう」

カウンセラーには言えないけど、代わりに親友に相談してみることにした。実は、と声をひそめて打ち明ける。「たまに、変なものが見えるんだ」

「変なものって、どんな?」

「あそこ」僕は食堂の隅を指差した。「誰がいる?」

ケビンが振り返り、確認する。彼は「誰もいないけど」と答えた。

「女の人が見える」

という僕の言葉に、親友は「マジかよ」と目を見開いた。

「ドラッグのせいかも」

「お前、薬やってんのか？」ケビンはショックを受けていた。「どうしちゃったんだ、オリバー・サンシャイン！　あんなに真面目だったのに！」

「違うってば。ジャクソンに無理やり飲まされたんだ。あのパーティで」

「だから行くのやめとけって言ったのに」

「君の言う通りだったよ。……とにかく、あれ以来、ずっと変なものが見えるんだ。人の顔が動物になってたり、今みたいに、いるはずのないものが見えたり」

　きっとジャクソンに盛られた薬がまだ体から抜け切れていないのだろう。だから、こんなわけのわからない幻覚を見てしまうんだ。そのうち元に戻るはず。僕はそう楽観的に捉えていた。

　ところが、ケビンは違った。かなり深刻そうな顔で、

「……お前、悪魔にでも取り憑《つ》かれてるんじゃないか？」

　と、突拍子もないことを言い出した。

「真面目に聞いてよ」

　呆《あき》れてため息が出る。そうやって何でもすぐオカルトに結びつけようとするのは、僕の親友の悪いところだと思う。僕らが3年生のとき、急に学校に来なくなった同級生がいたんだけど、あのときもケビンは「きっと宇宙人に攫《さら》われたんだ！」ってひとりで勝手に大

騒ぎしていた。真相は、ただジャクソンの虐《いじ》めに耐え切れず休学していただけだった。

「聞いてる。大真面目だって。お前こそ真面目に聞けよ。これは命に関わることなんだからな。今のお前は顔色も最悪だし、生気が感じられない。マジでなにかに憑かれてるみたいだ。今すぐ悪魔祓《ばら》いしてもらった方がいいぞ。でないと、いつか完全に体を乗っ取られちまう」

「僕もブリッジしながら階段を降りるようになる？『エクソシスト』みたいに」

「あの映画に出てくる悪魔は、パズズっていう古代のアッシリア神話に出てくるノンヒューマンがモデルで、人間の体と蠍《さそり》のような姿をしていて人々に病気を――」

「ストップ」長くなりそうだ。僕はケビンの言葉を遮った。「ここで君のチャンネルの生配信をするのはやめて」

脱線してしまった。話を戻そう。

「仮に僕が取り憑かれていて、その悪魔祓いとやらが必要だとしてもさ、いったい誰に悪魔祓いを頼めばいいわけ？　現実世界のアメリカにジョン・コンスタンティンがいるとは思えないんだけど」

ネットに広告が出ていたら探し出すのも楽なのに。『悪魔祓い、たったの100ドルで承ります。初回10％オフ』みたいな。

「まあ、本場バチカン出身の専門家に頼むのが一番だろうけど」ケビンは大真面目な顔で言う。「このニューヨークにも、オカルトに精通している神父がいるらしいぞ。俺らマニアの間の単なる噂《うわさ》に過ぎないけど、行ってみる価値はある」

「その人、どこにいるの？」

ケビンが答えた。「聖サニーデール教会」


聖サニーデール教会――そう言われて、僕はすぐに思い出した。病院でFBI捜査官に渡された名刺のことを。

帰宅してすぐに、キッチンにあるゴミ箱をひっくり返し、中からくしゃくしゃになった紙を取り出した。ジェンキンス捜査官にもらった名刺だ。必要ないと思って捨ててしまっていたその紙切れを広げ、確認する。

名刺の裏面。そこにはたしかに『聖サニーデール教会』と書かれていた。

悪魔とか取り憑かれているとか、そんな妄言を信じるわけじゃないし、別にオカルトマニアの親友に脅されて怖くなったわけでもない。ただ、この短期間で二人の人物に同じ教会に行くように勧められたことが、単なる偶然とは思えなかった。まるで見えない力に導かれているような気味の悪さを感じてしまう。

捜査官のメモとインターネットの地図を頼りに、僕は噂の教会を目指した。場所はニューヨーク市の郊外。街はずれの閑静な住宅地、その奥に広がる墓地の手前に、噂の聖サニーデール教会は実在していた。木々に挟まれた砂利道の先に、花に囲まれた煉瓦《れんが》造りの建物が見える。屋根の上に十字架を載せた、紛れもなく教会の外観をしたその小さな建物にたどり着いた僕は、恐る恐る両開きの扉を押した。

中に入り、辺りを見回す。中央には通路があり、左右に長椅子が並べられている。見た感じはごく普通の教会だ。正面には祭壇と大きな十字架がある。その近くに黒い服を着た男の人が立っていた。僕に気付いてこちらに近付いてくる。

「ようこそ、サニーデール教会へ」

彼は微笑《ほほえ》みを浮かべてそう言った。黒い法衣《ほうえ》を身にまとい、首からは十字架を下げている。見るからに神父の装いをしたこの人が、例の専門家なのだろうか。

「あの、ここに来るように、FBIの人に言われて」

紹介状は持ってないけど、という僕の微妙な冗談に、神父は「大丈夫だよ。ここは一見《いちげん》さんも大歓迎だから」と笑い返してくれた。

「オリバーです。オリバー・サンシャイン」

「よろしく、オリバー。私のことは神父《ファーザー》と呼んでくれ」

僕はファーザーをまじまじと見つめた。背の高い人だ。髪はプラチナブロンドのオールバック。一度も日に当たったことがないような肌の白さで、その東欧系の顔立ちは作り物かと思うくらい整っている。若いようにも見えるし、年寄りのようにも見える。すごく威厳があるのに、一方で柔らかい感じもする。なんとも不思議な雰囲気の人だった。

「さあ、好きな場所に座ってくれ。椅子ならたくさんある」

僕は長椅子の一つに腰を下ろした。ファーザーが僕の隣に座る。

「困っていることがあるんだね。話してごらん、オリバー」

何でも見通しているかのようなグレーの瞳と、低くて心地いい声色に誘われ、自然と口が軽くなってしまう。まるで懺悔《ざんげ》室の中にいるみたいな気分で、僕は今までに起こったことを、すべて正直に打ち明けた。まず、パーティでドラッグ入りのお酒を飲んでしまったこと。意識が朦朧《もうろう》とした状態で帰宅したら、見知らぬ男が母さんを襲っていたこと。僕も酷《ひど》い怪我をしたこと。母さんは今もまだ危険な状態だということ。覚えてる限りのことをすべて、詳しく、嘘偽りなく告白した。

退院してからの体の変化についても話した。「変なものが見えるんです。幽霊とか、悪霊とか、そういうのを信じてるわけじゃないけど、怖い幻覚を見てしまって」

「他にも、体に変化はあった？」

僕は頷《うなず》いた。事故の後遺症について、さらに詳しく説明する。視力が良くなって眼鏡が要らなくなったことや、食べ物が不味く感じるようになったこと。日中にぼんやりしてしまうことも。

一通り話し終えたところで、

「僕は、悪魔に取り憑かれてるんでしょうか？」

と、ファーザーに尋ねてみた。

すると、彼は一笑した。「いや、そうではないよ」

「ですよね、よかった」

悪魔なんているわけない。わかってはいたけど、本職の神父にそう言われるとすごく安心する。

「だが、ある意味ではそうかもしれない」安堵《あんど》したのも束《つか》の間、ファーザーは妙なことを言い出した。「比喩的な表現をすれば、悪魔に取り憑かれている、とも言えるかな」

それがどういう意味なのか、僕にはさっぱりわからなかった。含みのある発言に眉をひそめていると、

「オリバー、これを見てごらん」ファーザーは法衣を捲《めく》り、服のポケットから何かを取り出した。

それは、刃物だった。形はシンプルなサバイバルナイフみたいな感じ。大型で、刃渡りは僕の掌《てのひら》より大きい。

「……ナイフ？」

「そう」刃を覆う革製のカバーを外しながら、彼は言葉を続ける。「ボウイナイフという

ものでね、西部開拓時代によく使われていた。これは、私の古い友人がテキサスの独立戦争に参加した際に手に入れたもので、アラモ土産にとプレゼントしてくれたんだ。大事なものだからね、長い間きちんと手入れを続けていた。だから切れ味も落ちていない。これで心臓を刺されると、人間はどうなると思う？」

「それは、死ぬと思います、けど……」

なにを言ってるんだろう、この人。

心臓を刺されたら死ぬ。そんなの当たり前のことだ。彼が今、なぜそんなことを訊《き》いてきたのか、まったく理解できない。

「そうだね。では、試してみようか」

次の瞬間、ファーザーは信じられない行動に出た。ナイフの切っ先を、僕の心臓に向けたのだ。

「え——」

僕は目を剝《む》いた。

「ちょ、ちょっと待って」とんでもない展開に、手足が小刻みに震えはじめる。「冗談ですよね、ファーザー」

冗談だと言ってほしかった。

だけど、彼は本気だった。

僕は慌てて腰を上げた。ファーザーの大きな掌が伸びてきて、逃げられないよう僕の腕を摑《つか》んだ。本気で僕を刺そうとしている。

そんな凶行とは裏腹に、彼は穏やかな微笑みを浮かべる。「怖がらないで、オリバー。痛みは感じない」

なにが、悪魔祓いだ。

なにが、困ったときはここに行け、だ。

僕はケビンとジェンキンス捜査官を恨んだ。そして、この教会に近付いたことを深く後悔した。

この神父の正体はきっと、聖職者の皮を被《かぶ》った連続殺人鬼《シリアルキラー》だったんだ。迷い込んだ子羊たちを次々と手に掛けては、教会の裏の墓地に埋めているんだろう。もしくは人肉が好きなカニバリストで、その愛用のボウイナイフで僕の肉を削《そ》いで食べるつもりなのかもしれない。かの有名な、57人を殺して食べたニューヨーク史上最悪の死刑囚ティモシー・ディモンみたいに。

「待って、やめて――」

恐怖のあまり僕の体はガタガタと震えていた。いくら叫んでもファーザーはやめてはくれなかった。少しも躊躇《ためら》うことなく、そして優しい笑顔を浮かべたまま、僕の体にナイフを突き刺した。

刃が胸元に埋まる。体に重い衝撃が走り、傷口から血が噴き出す。

「う、あ……」

僕は刺された。

神父に。神のしもべに。この神聖なる教会の、ど真ん中で。

そう、僕は殺された──はずだった。

「結論から言おう、オリバー」

ところが、驚くことに、ファーザーの言葉は正しかった。

たしかに痛みを感じないのだ。刺されたはずなのに痛くない。何も感じない。出血はもう止まっている。

僕は死ななかった。

どういうわけか、生きている。信じられない。

ただただ呆然《ぼうぜん》としている僕に、ファーザーが衝撃の真相を告げた。

「君は、吸血鬼になってしまったんだ」

2　チャイナタウンの私立探偵

悪魔に取り憑《つ》かれてはいなかったけど、吸血鬼になっていた。

まるで、風邪かもしれないと思って病院に行ったら、「骨折してますよ」って診断されたような気分だ。そんなの信じられると思う？　無理だよね。ケビンなら両手を上げて大喜びしただろうけど、あいにく僕はオカルトに興味がない。超常現象や都市伝説などという非科学的なことは一切信じてない。チュパカブラもモスマンも存在するわけないし、ロズウェル事件も宇宙人も嘘《うそ》っぱちだと思っている。

——だけど。思っていた、って言うべきかもしれない。

今まさに自分の身に起こったことは非科学的で超常的だ。ナイフで心臓を刺されて何ともないなんて、人間ならまずあり得ない。となると、僕は人間ではない何者かになってしまった、という結論が自然と導き出されてしまう。

じゃあ、僕はいったい何者になってしまったのか？

「手荒な真似《まね》をして悪かったね、オリバー」ファーザーが申し訳なさそうに言う。「実際にその目で見てもらうしかないと思ったんだ。いきなり吸血鬼などと言われたところで、信じられるはずもないからね」

吸血鬼――平凡な僕の人生に突然割り込んできた異物のようなその単語を、心の中で呟《つぶや》く。吸血鬼って、あの吸血鬼？　ハロウィンの仮装でよく見る、あの？　ケビンのオカルト超常チャンネルが3日に1回くらいの頻度で話題に挙げてる、アレのこと？

僕の体が何らかの変化を遂げてしまったことは否定のしようがない事実だけれど、自分が吸血鬼であるという自覚はなかった。「でも、僕には牙がないよ」

「牙は必要なときにだけ出てくるんだ。猫の爪みたいに」

「太陽の光を浴びても灰にならないし、昨日の夜はガーリック味のフライドチップスを食べた」

「同じ吸血鬼でも個体差があるんだよ。ニンニクに弱い者もいれば、太陽光が嫌いな者もいる。苦手の度合いも様々だ」

「そもそも、僕はどうやって吸血鬼になったの？　何が原因？　まったく身に覚えがないんだけど」

「身に覚えはあるだろう？」

「……もしかして」最近、僕の身には非日常的な事件が起こったばかりだった。原因として考えられるのは、それくらいしかない。「あの事件のせい？」

ファーザーが頷く。「おそらく、君たち親子を襲った男は吸血鬼だったんだろう。君はそのときに吸血の被害に遭い、体が変異してしまった可能性が高い」

「犯人の正体は吸血鬼で、僕はそいつに血を吸われてしまったから、吸血鬼になったってこと？」

「そうだよ。君の体が回復したのは、吸血鬼の治癒能力のおかげだ」

「だったら、母さんはどうなの？　母さんも襲われたんだから、吸血鬼になってるはずだよね？　どうして母さんは元気にならないの？」

「血を吸われただけでは、吸血鬼にはならないんだ」

ファーザーは人間が吸血鬼になる仕組みについて教えてくれた。彼の話によると、吸血行為と授血行為という儀式が必要らしい。人と吸血鬼の間で血液の交換が成立すれば、人は誰でも吸血鬼になってしまうんだって。

「遥《はる》か昔、吸血鬼には『始祖』という、神が造った最初の一体がいた。それが人間と血を交換し、新たな吸血鬼を作った。そうして誕生した始祖の子供たちがまた別の人間と儀式を交わし、吸血鬼は鼠算《ねずみざん》式に増えていったんだ」

要するに、吸血鬼に血を吸われる、吸血鬼の血を摂取する——この二つの条件が揃《そろ》ったときだけ、儀式は成立し、人間が人間じゃなくなるということらしい。

僕が吸血鬼になったってことは、僕とあの強盗犯の男との間で儀式が成立したってことだ。「僕は、あの吸血鬼に血を飲まされたの？」

　医者は僕のことを「一命を取り留めたのは奇跡だった」と言っていた。もし犯人が自分の血を飲ませなかったら、僕は今頃死んでいたはずだ。結果的にあいつは僕を助けたことになる。どうして？　理由がわからない。それに、僕だけに血を飲ませて、なんで母さんには飲ませなかったのか。なぜ母さんを助けなかったのか。それもわからない。まあ、そもそも吸血鬼に変異することがイコール「助かった」と言えるかどうかは微妙なところだけど。吸血鬼だって死んでるようなものだし。

「これは、犯人にとって意図していなかった結果なのかもしれない。どんな形であれ、体内に摂取すれば儀式は成立するからね。血液感染する人間の病気と同様、傷口や粘膜といった経路でも血の交換は可能だ」

「じゃあ、犯人は僕を吸血鬼にしたかったわけじゃなくて、僕がうっかり吸血鬼ウィルスに感染しちゃったってことか」

「理解が早い。君は賢い子だね、オリバー」ファーザーが僕の頭を撫《な》でた。

　この時点で、僕はすでに自分が吸血鬼であると認めはじめていた。ファーザーの表情は終始真剣で、口ぶりは常に冷静で落ち着き払っていて、僕を信じ込ませるだけの説得力があった。カニバリストのシリアルキラーだと疑ったことを申し訳なく思うほど、彼は僕に優しくしてくれるし。

「人間でなくなると、時折人間ではないものが見えることがある。君の症状は、別におかしなことではないんだよ」

そうか、僕は吸血鬼になったから、霊感が強くなって幽霊が見えるようになっただけだったんだ。それはよかった。——なんて、喜べることじゃないけど。

さらに、もう一つ喜べない事実があることに気付く。ファーザーは聖職者だ。さっき彼は僕のことを、ある意味で「悪魔に取り憑かれている」と言っていた。彼にとってみれば吸血鬼も悪魔と同じ、教会の敵なんじゃないだろうか。悪魔に取り憑かれてなくても、そもそも僕自身が悪魔みたいなものだ。

「……それで、僕をどうするの？」僕は恐々と尋ねた。「退治する？」

ファーザーはきょとんとしている。「退治？　どうして？」

「僕が吸血鬼だから」

そう言うと、ファーザーはくすくすと笑った。おかしなことを言ったつもりはないんだけど。

予想外の反応に眉をひそめていると、

「安心してくれ、オリバー」

と言い、ファーザーは再びボウイナイフを手に取った。ついさっき僕の心臓を貫いたそれを、今度は自分の顎の下に当てる。そして次の瞬間、ファーザーは自分の喉を突き刺してしまった。勢いよく血が噴き出し、その返り血が僕の顔を赤く染める。

まるでホラー映画の登場人物みたいに僕は絶叫した。神父が教会で自殺なんて。信じられない。これほどまでに罪深いことがあるだろうか。

早く救急車を呼ばなきゃ、と震える手で携帯端末を探す。取り乱す僕とは対照的に、ファーザーは平然としている。

僕は気付いた。「もしかして……ファーザーも？」

「そう」ファーザーが頷《うなず》く。「私も君と同じ、吸血鬼なんだ」

見てごらん、と言って彼がナイフを引き抜く。すぐに出血が止まり、傷もみるみるうちに塞がっていった。

「普通のナイフで刺したくらいでは、吸血鬼に致命傷を負わせることはできないんだ。この通り、傷を負ってもすぐに回復する」

それならそうと先に言っておいてほしい。心臓に悪すぎる。僕は深く息を吐いた。「今日だけで寿命が10年は縮んだよ」

「たった10年くらい問題ないさ。我々の平均寿命は６００年だ」

聞けば、ファーザーはかなり長寿の吸血鬼で、それもカーストの上位種、始祖の子供たちの一人らしい。我がグランドン高校で喩《たと》えるならば、彼はアンソニー、僕らを襲った不良吸血鬼はさしずめジャクソンといったところか。

要するにファーザーは強い力を持っていて、それゆえに弱点も少ない。だから首から十字架をぶら下げていようと、職場が聖なる教会だろうと、炎天下で趣味のガーデニングを長時間楽しもうと、まったく平気だそうだ。

それにしても、吸血鬼のくせに聖職者だなんて驚きだ。てっきり教会と魔物は相容《あいい》れない存在だと思っていた。とはいっても、『プリーチャー』のキャシディだって牧師と仲良しで教会に入り浸っていたし、意外と相性がいいのかも。

「このニューヨークには、様々な人外の生き物、通称『ノンヒューマン』が数多く棲息《せいそく》している。吸血鬼もその一種だ。我々は親人派だから、人間に危害は加えない。揉《も》め事を起こさず、善良な市民として平和に暮らしている。私のコミュニティは、そういう吸血鬼の集まりでね、皆で助け合い、支え合い、人間社会に溶け込もうと努力しているんだ」

と、ファーザーは現代の怪物事情を話してくれた。彼は神父として働く傍ら、ニューヨークに住む吸血鬼たちのコミュニティのリーダーを務めているという。この街にはアラブ人やら中国人やらメキシコ人やらと、様々な民族のコミュニティが存在しているけど、まさか吸血鬼のグループまであるとは知らなかった。

「学生の君にわかりやすいように喩えるなら、私はバンパイアハイスクールの校長先生みたいなものだね。生徒が健康でいられるよう美味《おい》しい学食を手配したり、悪さをした生徒に退学や停学の処分を下したりして、吸血鬼が人と上手《うま》く共存できるように指導しているんだ」

「その学校には、何人くらいの吸血鬼がいるの？」

「ここの教会の椅子では足りないくらいかな」

「へえ、そんなにいるんだ」

「コミュニティに所属しておくことで、受けられる恩恵は大きいからね」

高校の部活に所属すれば大学進学に有利に働くのと似たようなものかもしれない。その恩恵のために討論部《ディベート》に入ったはいいが3か月で辞めてしまった過去が一瞬頭を過《よぎ》ったけれど、僕はそのコミュニティとやらに心を惹《ひ》かれつつあった。善良、平和、健全、それはまさに僕が日常に求めているものだ。ジャクソンによって台無しにされることも少なくないけど。

それに、僕は生まれたての吸血鬼で、まだ右も左もわからない状態だ。いつでも悩みを相談できる吸血鬼学の先生が必要だった。

「僕も、その仲間に入れる？」

すると、ファーザーは笑顔で頷いた。「もちろん、歓迎するよ。掟《おきて》を守ってくれるならばね。君の学校にも校則があるのと同じで、我々の間にも規則がある。わかるよね？」

「うん、わかるよ」

「ルールはただひとつ、犯罪に手を染めない善良な市民として暮らすこと、だ」

いったいどんな厳しい規則なんだろうかと身構えていたので、僕は拍子抜けした。「そんなことでいいの？　今と変わらないじゃん」

簡単なことだ。今だって国のルールを守って生活してる。犯罪行為はやらない。……まあ、こないだちょっとお酒を飲んじゃったけど。ドラッグも。

「いや、今まで通りとはいかないよ」と、ファーザーは僕の言葉を否定した。「吸血鬼であることを受け入れて、この体質に適応しなければならないからね」

「それって大変なこと？」

「最初の数か月は辛《つら》いだろうが、そのうち慣れるさ」

化け物になってしまうなんて最悪の事態だと思っていた。でも、数か月で慣れるくらいのことなら、そこまでオーバーに捉えなくてもいいのかもしれない。人間というアイデンティティは犠牲になったけど、こうして吸血鬼として生き延びられたことは、むしろラッキーだったと考えるべきかも。

となると、僕の頭にひとつの考えが浮かぶ。僕はさっそく先生に質問した。「ねえ、ファーザー。訊《き》きたいことがあるんだけど」

「なにかな？」

「僕がもし、母さんの血を吸って、母さんに僕の血を飲ませれば、母さんは吸血鬼になるの？」

「そうだよ」

「だったら、今すぐ病院に行かなきゃ」

母さんを吸血鬼にする。名案だと思った。そうすれば、きっと意識が戻る。母さんの命を助けられる。

ところが、ファーザーの表情が曇った。「それは駄目だよ、オリバー。人間を襲うことはルール違反だ。我がコミュニティでは勝手な儀式は許されていない」

「襲わない、助けるんだよ」

「意識がない相手に噛《か》みつくのだろう？　襲うことに変わりはない」

「違う！」

僕の声が教会に響き渡った。思ったより大きな声が出てしまって、僕自身ちょっとびっくりした。

ただ、とにかく母さんを助けたい。今はそのことしか考えられなかった。

「このままじゃ、母さんは目を覚まさないし、死んじゃうかもしれないんだ。きっと母さんは、僕のやることを許してくれるはずだから」目に涙が滲《にじ》んできた。鼻声で言葉を続ける。「それに、母さんは真面目で正義感が強い人だ。偉い人の悪事について記事を書いてるし。だから、吸血鬼になっても、絶対に悪いことはしないよ。人を襲ったりしない。断言する。絶対に掟を守ってくれる。だから、お願い」

手段を選んでいられる状況じゃないんだ。ファーザーに理解してほしくて、僕は懸命に訴えた。

僕の話を聞くと、ファーザーは困ったように眉を下げて、

「……君の気持ちはよくわかったよ、オリバー」

と、肩をすくめた。

「認めてくれるの？」

「君の働き次第では、認めてあげられるかもしれない」

「本当に？」

「月に一度、コミュニティの定例会があるんだ。そこで、君のお母さんを吸血鬼の仲間にするかどうか、議題として挙げてみよう。賛成派が8割を上回れば、血の交配の儀式が許される。……ただ、賛成票を得るためには、君が日頃どれだけコミュニティに貢献しているかを、その働きで示さなければならない」

「僕、何でもするよ」

力強く頷いてみせた。本心だった。どんなことだってやる。母さんが目を覚まして元気になってくれるのなら、どんな苦行にも耐えてみせる。

ファーザーが微笑《ほほえ》み、椅子から腰を上げる。「それじゃあ、ついておいで」

「どこに行くの？」

「人間社会の言葉を借りるなら」法衣《ほうえ》を翻し、彼は答えた。「インターンシップだ」

聖サニーデール教会を後にした僕たちは、それから大通りに出てタクシーを拾った。まず向かった先はクイーンズにある僕の家だった。自宅に到着すると、ファーザーは外泊の荷造りをするよう僕に命じた。

いくら片付けや掃除をしたところで、事件の記憶は消えてはくれない。リビングに足を踏み入れる度にあの夜の光景が頭を過る。母さんはここに倒れていた。カーペットに広がる黒い染みがそれを物語っている。買い換えたいけど今はお金がない。様々な現実から目を逸《そ》らし、僕は自分の部屋に入った。クローゼットから着替えの服をいくつか引っ張り出し、それから歯ブラシとか授業のテキストとか必要なものをかき集め、ボストンバッグに雑に詰め込んでいく。ついでに『ジャスティス・リーグ』のお気に入りの巻も何冊か入れておいた。

荷物を抱えてアパートを出て、再びタクシーに乗り込む。次にファーザーが運転手に告げた行き先は、マンハッタンの南側、チャイナタウンだった。しばらく走ると、異国情緒たっぷりの景色が見えてきた。赤や黄色といった派手な色の看板がずらりと並ぶ通り。飯店、餐廳《ツァンティン》、小籠包《シャオロンバオ》、餃子《ジャオズ》、牛肉。どこを見ても漢字ばかりだ。

窓の外を眺めながら「僕のインターン先って、中華料理屋？」って尋ねてみたけど、どうやらそうじゃないらしい。

「私の友人がこの街に住んでるんだ。しばらくの間、彼に君の面倒をみてもらおうと思ってね」とファーザーは答えた。

「僕もうすぐ18だよ？　一人で大丈夫なのに」

「君は吸血鬼になったばかりだ。誰かが傍《そば》に付いていた方がいい。私の友人は吸血鬼の専門家だから、君の保護者に適任だ。彼の傍にいれば、吸血鬼として正しい知識やマナーを身につけられるよ」

口では大丈夫だと言ったけど、正直なところ大丈夫じゃなかった。あんな目に遭った後だし、さすがに独りで生活するのは辛いところだ。家にいると事件のことを思い出してしまうし、母さんの顔が浮かんで泣きたくなってしまう。この家にまた犯人が来るんじゃないかって怖くもなる。だから、余所《よそ》に泊まれることは有難《ありがた》かった。

僕たちはチャイナタウンの東側へと向かった。雑居ビルが立ち並ぶ大通り。漢方薬の専門店から右に曲がったところでタクシーを降り、細い路地を進んでいく。歩きながら、言葉を交わす。「その友人って、どんな人？」

「良《い》い人間だよ。やや取っつきにくいところがあって、誤解されがちだけどね。彼はいつも吸血鬼のために働いてくれている、我がコミュニティにとって大事な存在なんだ。君に彼の仕事を手伝ってもらえたら、私としても助かるよ」

「その人の役に立てたら、コミュニティのみんなが僕のことを認めてくれる？」

ファーザーは目を細めて頷《うなず》いた。「そうだね」

「わかった。僕、頑張るよ。賛成票のために」

「あまり気負わないでくれたまえ、オリバー。単なる住み込みのアルバイトだと思えばいい。——ほら、着いた。ここだよ」

6階建ての古いビルに入り、螺旋《らせん》状の階段を上る。3階に到着し、廊下を進む。切れかけの蛍光灯が点滅してたり、虚《うつ》ろな目をした住人が無言でこっちを見てたりと、まるでホラー映画のロケ地みたいな怪しげな場所だった。

さらに奥へと進み、ファーザーは突き当りにあるドアを開けた。ノックもせずに中へ足を踏み入れる。彼の背中に隠れるようにして、僕も続いた。

部屋の中は薄暗かった。見るからにヤバそうなところだ。前にケビンの付き添いで訪れたオカルトグッズの専門店に似た雰囲気。右側の壁には三段の棚があり、上の段には十字架やらマリア像やら、蠟燭《ろうそく》やら古い手鏡やらが置いてあった。見たことのない不細工な人形みたいなものもある。真ん中の段には大小様々な大きさの瓶が並んでいた。中身もバラエティに富んでいて、謎のハーブらしきもの（漢方っていうやつかも）、いろんな色と形の鉱物、薬品に漬けられた蛇や蛙《かえる》などの生き物の死骸もある。下の段はまるで博物館にある動物の骨の展示コーナーみたいで、様々な生き物の骸骨らしきものが並んでいた。

やたらと煙たい部屋で、僕はここに来てからもう5回は咳込《せきこ》んだと思う。煙草《たばこ》の煙が充満していた。ここの住人はかなりのヘビースモーカーみたい。部屋の中央には丸いテーブルがあって、その上に置かれた灰皿は吸殻で溢《あふ》れ返っていた。

テーブルを挟むように茶色いチェスターフィールド風の家具が置いてある。手前には三人掛けのカウチ、奥には一人用のチェア。

この部屋の住人はカウチの上に寝転がっていた。

「やあ、エイブ」

と、ファーザーがその男に声をかけた。

彼は無言のままだった。仰向けのまま、ぴくりともしない。僕はその人の顔をまじまじと見つめた。アジア系の男だ。丸いフレームのサングラスをかけている。薄い青色のレンズから透けて見える両目は、しっかり閉じられていた。

「寝てるみたい」

僕がそう言うと、ファーザーは「寝たふりをしているんだよ。いつもこうなんだ」と肩をすくめた。

男は天然なのかパーマを当て過ぎたのかわからない縮れた黒髪で、寝起きの僕よりもボサボサだった。黒いTシャツの袖から太い腕が伸びていて、二の腕に見たことないような記号（あとから調べてわかったけど、梵字《ぼんじ》という文字らしい）のタトゥが入っている。黒いスラックスを穿《は》いた足がカウチから随分はみ出してるので、結構な長身だと思う。

「空気が悪いな。換気をしよう」

と、ファーザーは部屋の奥へと進んだ。

奥には窓が一つあり、赤いブラインドカーテンで覆われている。その窓を取り囲むように、書物がぎっしりと詰まった本棚が壁一面に広がっていた。真面目そうには見えない男だけど、もしかしたらかなりの読書家なのかも。

ファーザーは勝手知ったる様子でカーテンを上げ、窓を開けた。外から新鮮な風と太陽の光が差し込んでくる。無精ひげを生やした男の顔を、強い西日が照らす。彼は眉をひそめると、獣が唸《うな》るような声を発した。「……やめろ、眩《まぶ》しい」

「まるで君の方が吸血鬼みたいだ」

ファーザーが笑った。

「オリバー、紹介しよう。彼はエイブラハム・ヤン。私の友人で、私立探偵だ」

そのヤンという男は「やあ」とも「よろしく」とも言わなかった。僕の方を見ることもなく、ただ寝転がったまま煙草を咥《くわ》え、ライターで火をつけた。

自己紹介をする気がまったくないその男に代わって、ファーザーが補足してくれた。エイブラハム・ヤンは台湾系のアメリカ人で、本名は陽鱗明《ヤンリンミン》。年齢は32歳。表向きは私立探偵だけど、浮気調査とか失踪人捜しとか、そういう一般的な事件は扱っていないらしい。血を吸われたとか首筋を噛まれたとか、吸血鬼が絡んでいそうな猟奇的な事件を専門に調査する探偵なんだって。

「今日は何の用だ、ファーザー」

と、ヤンが面倒くさそうな声で尋ねた。

「この子の面倒を見てほしい」

サングラスを指で少し押し上げ、探偵が僕を見る。「……あ？」

「彼には両親がいない。監督する大人が必要だ」

「なんで俺がガキの面倒みないといけないんだよ。そんなの児童保護局に頼め。俺の仕事じゃない」

「いや、これも君の仕事だ」

「……まさか」ヤンがはっとした。勢いよくカウチから起き上がると、棚に並べてある瓶のひとつを手に取り、大股で僕に近付いてきた。そして、その瓶の中に入っている透明な液体を、僕の顔めがけて放った。

「熱っ！」

顔が水で濡《ぬ》れた瞬間、僕は思わず叫んだ。まるで熱湯をかけられたみたいな衝撃。顔がドロドロに溶けるような感覚。ジャクソンのジュース攻撃の方がまだ可愛《かわい》げがある。

「熱い！　痛い！　ねえ、僕に何したの！」

両手で顔を覆いながら喚《わめ》き散らしていると、

「このガキ」ヤンが僕を指差して怒鳴った。「吸血鬼じゃねえか！」

僕は棚に置いてあった手鏡を掴《つか》み、覗《のぞ》き込んだ。顔からは白い煙が上がっていて、肌は真っ赤になっていて、一部の皮膚は火傷《やけど》したように爛《ただ》れている。泣きたくなった。「まさか……硫酸？」

「ただの聖水だ。大丈夫だよ、オリバー。すぐに治る」

ファーザーの言葉通り、痛みも煙もすぐにおさまった。火傷した皮膚もみるみるうちに再生していき、涙も引っ込んだ。

「おい、ファーザー」ヤンが低い声で言う。「その化け物のガキを連れて、今すぐここを出ていけ」

「エイブ」

「クソ吸血鬼なんかと一緒に暮らせってか？　冗談じゃない」

「この部屋の大家もクソ吸血鬼だということを、忘れたのかい？」

「…………」

ヤンは途端に勢いを失い、黙り込んだ。

どうやらこのアパートメントはファーザーの所有物らしい。どうにも逆らえなくなったヤンは深いため息をつき、一人掛けの椅子にふんぞり返った。新しい煙草を咥え、口を開く。「……いつまで預かればいいんだ」

「彼の親が元気になるまで」

ボサボサの頭を掻《か》きむしりながらヤンが舌打ちする。ライターで火をつけ、白い煙を天井に向かって吐き出すと、「用件はそれだけか？」と不機嫌そうに尋ねた。

「いや、もうひとつある」

「何なりと、神父様」やけくそな態度だ。

「この事件を調べてもらいたい」

ファーザーは数枚の紙を懐から取り出し、テーブルの上に並べた。それは新聞記事の切り抜きだった。その中の一枚を手に取り、ヤンが見出しを読み上げる。「『ブロンクスで通り魔事件、女性が男に噛《か》みつかれる』――こないだの事件か？」

そういえば、と僕は思い出した。ケビンが動画で言っていたような気がする。女性が噛まれたとか、吸血鬼の仕業だとか。聞き流していたからあんまり覚えてないけど。

ファーザーはカウチに腰を下ろした。ヤンと向かい合い、話を続ける。「最近、ブロンクス周辺で3件、同様の事件が起こっている。被害者は3人とも若い女性。犯人は鋭い犬歯をもっていて、正面から襲い掛かり、被害者の首に噛みついたそうだ。全員命に別状はなかったんだが、数針を縫う怪我《けが》をした」

「犯人は、お前が作った仲良しサークルのメンバーか？」

「いや」ファーザーは首を左右に振った。「確認したが、犯人の歯型はコミュニティ内の吸血鬼のものとは一致しなかった」

記事を睨《にら》みつけながらヤンが訊《き》く。「本当に吸血鬼の仕業なんだろうな？　またフェティシズム犯罪かもしれないぞ。先月お前の依頼で捕まえた男は、女の足に噛みつくのが大好きな、ただの人間の変態だったろ」

「今回は間違いなくノンヒューマンの仕業だ。ＦＢＩの知り合いに頼んで被害者の傷痕を見せてもらったが、紛れもなく吸血鬼の噛み痕だった」

まるで僕のことなんてすっかり忘れてしまったみたいに、二人は話を進めていく。疎外感と退屈さを紛らわそうと、僕は部屋の棚を物色した。気味の悪いものばかりで、つい興味をそそられてしまう。下の段に並べてある骨の中には、人の髑髏《どくろ》のようなものまであった。用途が気になって仕方がない。

「ねえ、これって人間の骸骨？　何に使うの？」

骨を指差し、二人に声をかけた。

ヤンが睨んできた。「仕事の話をしてるんだ。邪魔するな」

答えてくれたっていいのに。僕は口を尖《とが》らせた。上の段に目を向ける。茶色の塊が視界に入った。手に取ってみる。見たことのないものだった。麻の紐《ひも》がぐるぐると何重にも巻き付けられた、人間の形を模した物体。

「これは何？」

僕が尋ねると、

「呪いの人形だ」ヤンが答えた。「触った奴は死ぬ」

「えっ」

慌てて手を離す。人形が足元にぽとりと落ちた。

「意地悪を言うんじゃない、エイブ」と、ファーザーが肩をすくめた。「大丈夫だよ、オリバー。それはただのブードゥー人形だ。触っただけでは死なない」

「よかったぁ」

それにしても、変なものばかり置いてある部屋だ。クローゼットを開けてみると、中はまるで武器庫だった。拳銃にライフル、ショットガンも。鉈《なた》や斧《おの》に、大小様々な形のナイフ。何でもある。木で作られた杭《くい》や、鎖の先に鉄球がついたものまで。品揃《ぞろ》えが豊富。副業で武器商人をやってるのかもしれない。そんなことを考えていると、ヤンから「勝手に開けるな」とお叱りの声が飛んできた。僕は慌てて扉を閉めた。

二人はまだ事件の話をしている。

「気になるのは、被害者たちの証言だ。警察の事情聴取で、全員が『吸血鬼のように牙が鋭かった』と話しているそうだ」

というファーザーの言葉に、ヤンが首を捻《ひね》った。「顔を見られたのに、殺さなかったのか？」

「ああ。まるで吸血鬼であることを、これみよがしに見せつけるかのように襲っているらしい」

「たしかにそれは変だな。無差別に人を襲う化け物は、普通は獲物を殺すものだ。人間に情けはかけないし、自分たちの正体を知られた相手を生かしてはおかない。……まあ、ロビショメンみたいな例外もいるが」

「ねえ、ロビショメンってなに？」

聞いたことのない単語に興味が湧き、僕は口を挟んだ。

「おいガキ、いい加減にしろよ」ヤンが語気を強めた。まるでマンハッタンで3時間の渋滞に巻き込まれたタクシー客みたいにイライラした口調だった。「邪魔するなって言ってるだろ、追い出すぞ」

教えてくれたっていいのに。意地の悪い奴だ。ファーザーはこいつのことを良《い》い人だと言っていたけど、僕にはそうは思えない。第一印象は最悪。

僕の質問には、代わりに心優しい神父が答えてくれた。「ドーベルマン、シベリアンハスキー、チワワ、シェパード、マルチーズ――これらを総じて何という？」

「犬？」

「それと同じことだよ。一言で吸血鬼と言っても、国や地域によって姿形や特徴が違うんだ。最初の一体となる始祖がいて、その子孫たちが世界各地に散らばって、それぞれの国や地域で独自の進化を遂げてきた。ロビショメンというのは、ブラジルに伝わる吸血鬼の一種のことさ」

「へえ、そうなんだ。他にはどんな吸血鬼がいるの？」

「ロビショメンは人を襲うが、命までは取らない。奴らは経血の臭いを嗅ぎつけて獲物を見つける。襲われた被害者全員が月経中だったとしたらこいつで当たりだろうが、この種族はまだニューヨークでの発見例はないはずだ」

僕の質問は無視されてしまった。ヤンって本当に意地悪な奴。

「はみ出し者の吸血鬼か、もしくは人間嫌いの反人派吸血鬼か。海外からの流れ者かもしれないな。とにかく、その犯人を捕まえて、情報を聞き出してもらいたい」

「了解」

やっと話が終わったみたい。ファーザーがカウチから腰を上げた。

「それじゃあ、私はそろそろ教会に戻るよ」僕に歩み寄り、頭に大きな掌《てのひら》を置く。「いい子にしてるんだぞ、オリバー」

僕は頷《うなず》き返した。

ファーザーは僕を残して帰ってしまった。彼とは今日出会ったばかりだけど、優しい神父に僕はすっかり心を許していたので、彼がいなくなると途端に寂しくなってきた。今の自分はまるで飼い主に置いてかれた捨て犬のような顔をしていると思う。正直、僕はファーザーと一緒にいたかった。このヤンとかいう怪しい男じゃなくて。

だけど、そんな文句を言ってる場合じゃない。僕にはミッションがある。吸血鬼コミュニティに母さんの命を救うことを認めてもらわないといけない。吸血鬼学の授業でA評価をもらうため、僕はこのエイブラハム・ヤン先生に媚《こ》びを売る必要があった。

「僕、オリバー」自己紹介がまだだった。僕は名乗り、笑顔を作った。「名字はサンシャイン。友達にはオリって呼ばれてるから、そう呼んでくれても――」

「黙れ」

「……オーケイ」

一蹴され、撃沈する。ヤンは新聞記事に目を通していて、少しも僕を見ようとしなかった。僕は握手のために差し出した手を引っ込め、肩をすくめた。前途多難だ。

　ヤンの事務所は1ベッドルームタイプの部屋だった。玄関から入って右側が、仕事場のリビングと武器庫のクローゼット。左側がバスルームとトイレで、その先にドアがひとつある。たぶんヤンの寝室だろう。

　初対面の男と今日からここで暮らさないといけないわけだけど、不親切な家主は僕に何の説明もしてくれなかった。

「それで、僕はどこで寝ればいいの？」

訊くと、ヤンは上を指差した。「知らないのか？　吸血鬼はみんな天井にぶら下がって寝るんだよ。蝙蝠《こうもり》みたいに」

「えっ、そうなの？」

「んなワケないだろ」今度は下を指差す。「床にでも寝てろ」

本当に意地悪な奴だ。ジャクソンの次に嫌いかもしれない。

ヤンは新聞記事を読み終えると、それを服のポケットに乱雑に突っ込んだ。クローゼットを開け、銃やら杭やら鉈やらで全身を武装してから、黒いレザーのロングコートを羽織る。

「出掛けるの？」

尋ねると、ぶっきらぼうな返事が返ってきた。「ああ」

「仕事だよね？　僕も行くよ」

「来るな」

「でも――」

ヤンの背中を追い掛けた、そのときだった。彼はいきなり振り返った。ドアノブを掴んだ手がコートを捲《めく》り、腰のベルトに差していた銃を抜いた。銃身を短く切り詰めたソードオフ・ショットガン。その銃口を僕の額に押し当てる。

硬直するしかなかった。

「この中には特殊な弾が入ってる。これを食らったら、たいていの吸血鬼は頭を吹き飛ばされて動けなくなる」

僕はゆっくりと両手を上げた。まるで強盗に襲われている売店の店員みたいに。

「今すぐこれをブチ込まれて床の上でお昼寝するか、それとも学校の宿題でもしながら家でおとなしく過ごすか。どっちがいい？」

「……おとなしく宿題します」

「少しでも悪さしやがったら」ヤンが銃を下ろした。「命はないと思えよ、吸血鬼」

「……イエス、サー」

ヤンが部屋を出ていった。ドアが大きな音を立てて閉まる。

その場に残され、僕は立ち尽くした。取りつく島もない彼の態度に、苛立《いらだ》ちやら寂しさやら、いろんな感情が込み上げてくる。なにも、あんな態度取らなくたっていいのに。大人のくせに、大人げない。

途方に暮れながら窓の外へと視線を向けると、ヤンの姿が見えた。道路に停《と》めてある車に乗り込むところだった。あれが彼の愛車らしい。ボディの色は薄汚れた白で、全体的に角ばったデザイン。見るからに古そうな車だ。車種はたぶん１９９０年前後の型式のキャデラック・フリートウッドだと思う。車のことには詳しくないけど、ラテン語のハミルトン先生があの色違いに乗っているから知ってる。

走り去る車を見つめながら、僕はため息をついた。初日はF評価といったところだろうか。

ヤンの役に立たないといけないのに、彼は僕を拒絶している。このままではファーザーに認めてもらえない。票も集められない。母さんを助けることができない。強い焦りが心を襲う。

気を紛らわそうと事務所の中を歩き回ってみた。壁には新聞記事やら写真やらが大量に張り付けられている。最近のものから昔のものまで様々だ。共通しているのは、どれも「血」が関係している事件ということ。被害者が血を抜き取られていたり、現場に血で文字や記号が書かれていたり。サクラメントの吸血鬼と呼ばれたリチャード・チェイスや、ブルックリンの吸血鬼の異名を持つアルバート・フィッシュのような、連続殺人犯についての記事もある。

奥のドアに手を伸ばす。開けると、そこは予想通りヤンの寝室だった。だけど普通の部屋じゃない。壁にはよくわからない文字や記号が書かれた紙（あとから知ったけど、魔除《まよ》けの呪符というものらしい）が貼られているし、床には魔法陣みたいな模様がベッドを囲むように描かれている。それに近付くと何だか気分が悪くなってきたので、僕は慌てて離れた。

そのとき、枕元の壁に貼りつけられた写真が、ふと目に留まった。三人組の制服警官が笑顔で写っている。真ん中に金髪の男、その右側には黒人の女性警官。

左側の男はアジア系だった。彼のことは見たことがある。エイブラハム・ヤンだ。髭《ひげ》がなく髪も短い、さっぱりとした風貌の、まるでティーンエイジャーみたいな顔つきをしたヤンが、男の警官と肩を組んで笑っている。

ヤンの前職は警察官だったのか。

「あんな奴でも警官になれるなんて、NYPDも終わってる」

思わず皮肉が漏れた。

なんとなく気になったので調べてみることにした。リビングに戻ってカウチに座り、リュックの中からノートパソコンを取り出す。ネットの検索画面を開き、エイブラハム・ヤンの名前を検索する。インスタのアカウントは出てこなかった（出てきたら笑える）。代わりにヒットしたのは、ニュースサイトの記事だった。ニューヨーク市警、巡査。お手柄。店員を救出。そんな文字が並んでいる。5年以上前の記事だ。

その記事には、ニューヨーク市警のエイブラハム・ヤン巡査が、強盗犯に襲われていたアルバイト店員を命がけで助けた武勇伝が書かれていた。一緒にいた同僚の警官は負傷したけど、人質の店員は無事だったらしい。

命がけで助けた？　あいつが？　信じられない。ついさっき、僕はヤンに銃を向けられたばかりだった。額に押し付けられた鉄の感覚が未《いま》だに残っている。いくら僕が吸血鬼とはいえ、何の罪もないティーンエイジャーにあんなことをするような奴だ。むしろ、売店の店員に銃を突き付けて「強盗に襲われたくらいで警察呼ぶんじゃねぇ」くらいの暴言を吐きそうなイメージなんだけど。

それにしても、得体の知れない男だと思う。普通の警官が、どうして吸血鬼専門の探偵なんかに転職したんだろう。気にはなったけど、本人に訊《き》く気にはならなかった。どうせ教えてくれないだろうし。あの態度を見る限り、身の上話をするほどまで親しくなれるとも思えない。

自然とため息が出てしまう。

家に帰りたいよ、母さん。

3　アイム・バンパイア・ヒーロー

吸血鬼になってしまったという重大な秘密については、親友にだけは打ち明けておくことにした。ケビンとは学校でも放課後でも一緒にいる仲で、彼は僕の些細《ささい》な変化にすぐ気付いてしまうから、隠し事をするのはすごく難しい。むしろこんな馬鹿げた話、ケビンくらいしか真面目に聞いてくれないだろうし。

「──おい、マジかよ！」

その日の放課後、誰もいない男子トイレで真実を打ち明けたところ、ケビンはまるでマイケル・ジョーダンに会った黒人のバスケ少年のように大興奮していた。

「吸血鬼だって？　信じらんねえ！　親友が吸血鬼だなんて！　おいおい、こんなの最高すぎんだろ！」

「声がでかいよ、ケビン」

「オリバー、お前は最高にクールだ！　この学校で一番イケてるのはアンソニーじゃない！　お前だ！」

言わなきゃよかったかもしれない。ちょっと後悔した。

「吸血鬼って言っても、そんなにいいものじゃないよ」

ケビンの誉《ほ》め言葉が恥ずかしくて謙遜しているわけではなく、これは本心だった。何を食べてもマズいし、昼間は体が怠《だる》いし。彼が思っているほど吸血鬼はクールな存在じゃない。視力が良くなったことだけはありがたいけど、そもそも吸血鬼になったのは僕の家が襲われたからで、そのせいで母さんもあんなことになってしまった。あまり喜べることじゃない。

とはいえ、オカルトマニアにとっては喜ばずにはいられないだろう。ここまで興奮したケビンを見るのは初めてだ。チア部の可愛《かわい》い女子からデートに誘われた（後でそれがジャクソンの仕掛けた悪戯《いたずら》だと判明して落ち込んでいた）ときより喜んでる。

「オリ、次にお前がやるべきことを教えてやる」

「なに」

「まずは、マスクのデザインだ」

「マスク？」

「ヒーローマスクだよ」さも当然のことのようにケビンが言う。「お前が人助けして、俺がその動画を撮る。絶対バズるぞ」

親友を利用して動画の登録者数を伸ばそうと考えてるらしい。僕は顔をしかめた。「やだよ、そんなの」

「おいおい、なに言ってんだ。ピーター・パーカーだってクモに嚙《か》まれてヒーローになったじゃないか。吸血鬼に嚙まれたお前もニューヨーク市民のために働くべきだ。それにお前、大好きだろ？　アメコミのヒーロー」

「僕が好きなのはDCで、マーベルじゃない」

「ヒーロー名は何にする？　バンパイアマン？　ダークシャドウ？　ブラックナイトっていうのもありだな。スーツとマントも用意しないと」

「絶対やらない」

馬鹿げてる。ブルース・ウェインみたいに潤沢な資金があるならともかく、高校生が二人でヒーロー活動なんて無茶な話だ。

「もういいから、早く行こう」

勝手に盛り上がっている親友を引き連れ、トイレを出た。これからケビンの家に遊びに行く予定だ。「俺の部屋に吸血鬼の本がたくさんあるから、お前に見せてやるよ」と、親友はなんだかすごく楽しそうだったけど、

「──待て、あいつらがいる」

突然、ケビンが顔を強張《こわば》らせ、僕の腕を摑《つか》んだ。驚いて足を止める。廊下を歩くジャクソンと愉快な仲間たちの姿が見えた。

とっさに近くの教室に隠れ、こっそりと外の様子を窺《うかが》う。ジャクソンは一人の男子生徒に近付くと、その服にジュースをぶっかけた。取り巻きもそれを真似《まね》している。白いシャツをカラフルな色に染めて満足したジャクソンたちは、「これでダサい服が少しはマシになったなぁ」と下品な笑い声をあげながら去っていった。

「……あいつら、本当にクズだな」ケビンが顔をしかめた。「オリ、お前ちょっと奴に噛みついて懲らしめてやれ」

「ふざけたこと言わないでよ」

だけど、たしかに噛みついてやりたくなる。

ジュースをかけられた男子生徒は悲しげな顔になっていた。気持ちはよくわかる。僕もよく同じ目に遭ってるから。

「ねえ、大丈夫？」

僕はその生徒に声をかけた。背が高くて、痩身で、黒縁の眼鏡をかけた、ブロンドの（僕が言える立場じゃないけど）ダサい髪型の男子。見たことのある顔だった。スミス先生の憲法のクラスで一緒だ。たしか3年のときにこの高校に編入してきた生徒で、名前はポールだっけ。

「これ、よかったら使って」僕はリュックの中から新しいシャツを取り出し、彼に手渡した。「僕もよく同じことをされてるから、いつも替えの服を用意してるんだ」

「ありがとう」ポールが笑顔を見せた。「僕も次からそうするよ」

「それがいいと思う」

　と、僕も笑い返した。

「助かったよ。このあとインターンなのに、こんな格好じゃ行けないし、すごく困ってたんだ。これ、洗って返すね。来週でもいい？」

「いつでもいいよ。その服もう一枚持ってるし」

「たしか、憲法のクラスで一緒だよね？」

「うん。僕、オリバー」

「ポールだよ。よろしく」

　握手を交わす。「よろしく」

　男子トイレに走るポールの背中を見送っていると、

「お前は本当にお人好《ひとよ》しだな」

　と、ケビンが言った。

「ヒーローの素質がある」

「だからやらないってば」

　まだ諦めてないのか。僕は呆《あき》れて肩をすくめた。

ケビン・マシューズの家はクイーンズにある。僕の家からほんの3ブロック先にあるアパートメント、その2階だ。マシューズ家は父、母、姉、ケビンの4人家族だけど、お姉さんはLAの大学に通っているから今は家にいない。

僕がお邪魔したとき、ちょうどケビンのおばさんがキッチンで夕食の準備をしているところだった。「オリバー、あなたも一緒に食べていかない?」と誘ってくれたので、お言葉に甘えることにした。あの事務所に帰りたくない気持ちが僕の中にあったから、正直すごく有難《ありがた》かった。

おばさん自慢のキャセロールが出来上がるまでの間は、ケビンの部屋で過ごした。招いてくれる親友には悪いけど、本音を言うと、何度来ても落ち着かない場所だ。壁に大量に貼り付けられているポスターは、好きなバンドとかスポーツ選手のものじゃなく、ゾンビや狼男《おおかみ》、マッドガッサーやフックマンみたいな多種多様な怪物・怪人が描かれたものばかり。よくこんな部屋で寝られるなと思う。

本棚にはぎっしりと書物が詰まっているけど、中身は教科書より魔術書の方が多い。その中から、ケビンは吸血鬼に関する本をいくつか取り出し、テーブルの上に並べた。「それで、吸血鬼って実際はどんな感じなんだ? やっぱ狼男と戦争してんの? 『アンダーワールド』みたいに」

「そんなことないよ。誰とも争わないようにしてるんだって」

「へえ、意外と平和的なんだな」

「他はどうかわからないけど、少なくともファーザーたちのグループは。……そんなことより、僕が吸血鬼だってことは絶対黙っててよ？　動画で取り上げたら怒るからね」

誰も見ていないような寂しい番組だし、「親友が吸血鬼になった」なんて言っても本気で信じる人はいないだろうけど。念のために釘《くぎ》を刺すと、ケビンは「わかってるって」と頷《うなず》いた。

「そんなことしたら、ウィンチェスター兄弟がお前を殺しにきちゃうもんな。首を切り落とされたら大変だ」

「僕、首を切り落とされたら死ぬの？」

吸血鬼の平均寿命は600歳前後だってファーザーは言っていた。永遠に生きられるわけではないらしいけど。心臓を刺されても平気なのに、首を切り落とされたら死ぬというのは、ちょっと納得がいかない気もする。吸血鬼の生死の基準がよくわからない。

「さすがに胴体と頭を切り落とされたら、吸血鬼でも復活できないんだ。言い伝えによると、殺した吸血鬼を埋葬するときは足元に首を置かないといけないらしい。切断面が近かったら、また繋《つな》がってしまう恐れがあるから」

僕が質問したせいで、マシューズ先生によるオカルトのクラスが始まってしまった。我が校一の早口であるスミス先生に勝る勢いで捲《まく》し立てる。

「吸血鬼を殺す方法は、他にもいくつかある。心臓に木の杭《くい》を打つのも効果的だ。弱い吸血鬼なら、だいたいこれで倒せる。それに、灰になるまで体を燃やせば、奴らは復活できない。一方で、吸血鬼は太陽の光で死ぬものだとよく思われてるけど、これは正しい説とは言えないんだ。ブラム・ストーカーの小説だとドラキュラ伯爵は真っ昼間に2回も登場してるし、ポーランドやロシアの伝承でも昼間に歩き回る吸血鬼の話がたくさんある」

「ということは、運動場でスポーツのクラスを受けている最中に死ぬ心配はない？」

「ああ。太陽の光で燃え尽きることはないから大丈夫。ただ、もともと日光には邪悪なものを祓《はら》う力があるとされてるから、あんまり浴びない方がいいとは思うけどな。ほら、人間でも紫外線は肌に悪いし」

「わかった、今度から日焼け止めを塗っておくよ」

「それより重要なのは、お前にどんな力があるか、だ」

という彼の言葉に、僕はうんざりした。「まだ諦めてないの？　僕をスーパーヒーローにする計画」

「そうじゃない」文献の一つを開き、ケビンが指差す。「ほら、これ見てみろ」

渋々、僕は本を覗《のぞ》き込んだ。そこには、吸血鬼がもつスーパーパワーについて書かれている。

「多少の個人差はあるけど、吸血鬼の能力は大まかに三つだ。その一つが怪力。人間とは比べ物にならない力がある」

それは身をもって知っている。僕と母さんを襲ったあの吸血鬼も信じられないほどの力だった。僕を片手で投げ飛ばすほどの。

「それから、変身能力もあるぞ。この資料によると、特定の動物に姿を変えることができるっていうのが通説らしい。蝙蝠《こうもり》とか狼とか。その一方で、どんな姿にも変身できる奴もいる。これも吸血鬼によって個人差があるってことだ。人間にだって得意不得意があるだろ？」

「アンソニーはスポーツ万能なのに、僕は運動音痴だしね」

「そういうことだな」吸血鬼について語るケビンは今までにないくらい生き生きとしている。「最後は、空を飛ぶ能力だ。吸血鬼は高いところでも軽々とのぼれるんだってさ。まるで猫がジャンプするみたいに。背中から生えた羽で飛ぶ奴もいれば、体の一部を切り離して浮遊する種類もいるらしい」

よくわからないけど、どれも今の僕には必要ない力だと思う。僕はただ、今まで通り人間としての生活を続けたいだけなんだけど、ケビンがそれを阻んでくる。

「なあ、試しに練習してみようぜ」

「練習？　何の？」

「空を飛ぶ練習だよ」

「やだよ。怪我《けが》でもしたらどうするの」

「ナイフで刺されても死ななかったんだろ？　平気だって」

たしかに、それもそうだ。

半ば強引に連れられ、僕たちは家を出た。それから、アパートの裏にある細い路地に向かう。目的地に到着すると、ケビンが「あそこが俺の部屋だ」と上を指差した。開いた窓から光が漏れている。

「ここから飛んで、あの窓から中に入ってみろよ」

ゴミ箱と街灯しかない殺風景な路地裏で、僕たちは揃《そろ》って建物を見上げた。２階とはいえ結構な高さがある。

「……やらなきゃダメ？」

「新しいことに挑戦しない人間は、ブードゥー教のゾンビと同じようなものだ」

「それ誰の格言？」

「俺」

きょろきょろと辺りを見回す。誰にも見られていないことを確認してから、僕は覚悟を決めた。数歩後ろに下がり、息を吐き出してから、軽く助走をつける。路地の幅ギリギリの距離を走り、右足で踏み込み、ジャンプする。

結果として、僕は飛べた。……いや、跳べたという方が正しいかもしれない。飛行というより、跳躍的な力だった。僕の体は、まるで巨大なトランポリンを使ったかのように高く舞い上がり、もう少しでケビンの部屋の窓に手が届くところだった。

重力に逆らえず、僕の体は再び地面に落下した。着地も軽やかだ。

「おお！」ケビンは興奮していた。「すげえじゃん！　エンジェルみたいだ！」

「天使がどうしたって？」

「違う、ロサンゼルスで法律事務所を開いてる吸血鬼だよ。元々はアンジェラスって名前の悪い奴で――」

「もういい」

長くなりそうだったので話を止めた。

「なあ、もう一回やってみろよ」

というケビンの声に、僕は露骨に嫌な顔をした。「えー、まだやるの？」

「コツは摑《つか》めたろ？　次は成功するって」

仕方なく、僕は再度挑戦した。同じ要領だけど、今度はさっきよりも強く踏み込んでみた。吸血鬼の力は思っていた以上に強力で、結果として僕は――やり過ぎた。ケビンの部屋の窓の前を通過し、それでも勢いは止まらず、3階の高さに到達した。

3階の窓は開いていて、僕の体は勢いを殺しきれず、そのままに部屋の中へと転がり込んでしまった。上の階には老夫婦が住んでいると前にケビンが言っていた。部屋にいた白髪頭のおばあさんが、いきなり入ってきた僕に驚き、目を丸くしている。心臓発作で倒れかねない驚きようだった。

もし僕が人間だったら、体中から大量の冷や汗が噴き出していたことだろう。唖然《あぜん》としている老婦人に向かって、僕は苦笑いを浮かべた。

「……すみません、部屋を間違えました」

人間離れした跳躍力と引き換えに、僕は食べ物を味わう心を失ってしまった。あんなに美味《おい》しかったマシューズ家のキャセロールも、残念なことに吸血鬼の舌ではその辺の土を食べてるみたいにしか感じない。

チャイナタウンに戻ったのは9時過ぎ。エイブラハム・ヤンの事務所で暮らしはじめて2日目の夜。ヤンは昨日、僕にショットガンを突き付けて家を出て行ったきり、朝になっても帰ってこなかった。別に顔を合わせたいわけではないけど、悪い吸血鬼を捕まえに行ったまま戻ってこないのだから、なにかあったんじゃないかって少しだけ心配になる。

だけど、それは杞憂《きゆう》だった。事務所に帰ってみると、ヤンがいた。

部屋にはもう一人いた。見た感じ二十代半ばくらいのヒスパニック系の男の人が、チェスターフィールドの一人掛けチェアに座っている。いや、座らされていると言った方がいいかもしれない。その人の胴体と両手足は、椅子と一緒にロープで縛りつけられて、拘束されていた。おまけに口も粘着テープで塞がれている。まるで監禁しているかのような事件性の高いその光景に、僕はぎょっとした。

「……誰？」

と、戸惑いながら尋ねる。

ヤンはテーブルに腰かけ、男と向き合っていた。首だけ動かして僕を一瞥《いちべつ》してから、不機嫌そうな声で質問を返す。「どこ行ってた？」

それはこっちの台詞《せりふ》だと思う。一晩中帰ってこなかった人に言われたくない。

「友達の家だよ。大学入試で提出する小論文を、今日中に書き直さないといけなくて、手伝ってもらってたんだ。夕飯も一緒に食べてきた」

僕は嘘《うそ》をついた。友達と空を飛ぶ練習をしてた、なんて言えなかった。絶対馬鹿にされるに決まってる。

「そんなことより」男を指差して、もう一度聞く。「この人、誰なの？」

「ダニーだ」

「いや、だから誰？」

「例の嚙《か》みつき魔」

「えっ」僕は目を丸くした。「この人が犯人？　もう捕まえたの？」

ヤンは答えなかった。イエスということだろう。彼がファーザーから依頼を受けたのはつい昨日のことだ。それなのに、たった1日で吸血事件の通り魔を捜し出して捕まえてくるなんて。人間性はイマイチだけど、探偵としてはかなり優秀なのかもしれない。

ヤンは腰を上げ、ゆっくりと男に近付いた。その右手には鉈《なた》のような大きな刃物、左手にはウイスキーの酒瓶を持っている。

「さっそく話してもらおうじゃないか、ダニー。お前の目的は何だ？」

男の口を塞いでいたテープを、ヤンが勢いよく剝がす。自由に発言する許可をもらった男は、にやりとあくどい笑みを浮かべた。

「……目的？　何のことかわかんねえなぁ」

ダニーという名のその吸血鬼は、お世辞にも素行がよさそうには見えなかった。目つきが悪くて、両腕ともタトゥだらけで、顔も体も厳《いか》つい。その辺の路地裏でコカインを売り捌《さば》いている売人みたいな雰囲気だし、態度の悪さはヤンといい勝負だ。

「これで思い出すか？」

ヤンは持っていた酒瓶を男の口に突っ込んだ。透明の液体を吸血鬼の体に注《そそ》ぎ込む。その瞬間、ダニーは声にならない悲鳴をあげた。痙攣《けいれん》しているかのように激しく体を揺らしている。椅子に縛り付けられていなければ床の上をのたうち回っていただろう。それほどの苦しみようだった。

酒瓶の中身はウイスキーではなかった。聖水だ。まるで大量のドライアイスを飲み込んだみたいに、ダニーは口から白い煙を噴き出している。それを見て、ヤンに聖水をかけられた昨夜の出来事を、僕はふと思い出した。あれは本当に痛かった。吸血鬼にしかわからない痛みだ。あんな劇薬を無理やり飲ませるなんて。想像しただけで喉の奥が痛くなってくる。すぐに治るとはいえ、酷《ひど》い拷問だ。

「人間を襲ったよな？」ヤンが再び尋ねた。「どうだ？」

苦しげに咳込《せきこ》みながら、

「……わかった！　わかった、話すから！」と、ダニーは観念した。こんなことをされたら、そりゃあ口が軽くなるのも当然だ。

ダニーは「俺はただ、雇われただけなんだよ」と正直に話した。

ヤンが再びテーブルに腰かけ、話の続きを促す。「それで？」

「バーで飲んでたら、吸血鬼が話しかけてきて、バイトをしないかって誘われた。その辺にいる人間を適当に選んで血を吸ってこい、ただし絶対に殺さず、吸血鬼だってバレるように襲え、ってな。結構な額を払ってくれたから、断れなかったんだ」

「吸血鬼だとバレるように？」ヤンが眉をひそめる。「なぜだ」

「そんなの知らねえよ。俺は言われた通り、その辺を歩いてる女を襲った。ただそれだけだ」

　ヤンは女性の写真をダニーの顔に突き付けた。「最初の被害者、アンナ・ガルシアだ。彼女を襲ったのはお前か？」

　被害者の顔を確認し、ダニーは「ああ、そうだ」と認めた。

「こっちは、2人目の被害者のアシュリー・キャボットと、3人目のルーシー・グリーンの写真だ。見ろ、覚えはあるか？」

「あるよ。二人とも俺が襲った」ダニーが頷《うなず》く。「あの日以来、何度か店で例の男と顔を合わせることがあって、その度に同じような仕事を頼まれたんだ」

「襲ったのは、この3人だけか？」

「そうだ」

「お前を雇った男は何者だ？」

「さあな、わかんねえよ」ダニーが首を振る。「知ってるのは吸血鬼だってことだけ。あの辺じゃ見ない顔だった」

「その店、どこにある？」

「サウスブロンクスにある、ヘイズ・バーっていう店だよ」

　ダニーは「それ以上のことは何も知らねえ、本当だ」と話を締めたけど、ヤンは信じなかった。聖水入りの酒瓶をダニーに見せつける。「もう少し飲めば、なにか思い出すかもしれないな」

「本当に何も知らねえって！　マジで！」

「なにも知らない？　本当に？」

「ああ、神に誓って！　知らねえよ！」

「そうか、知らないのか」ヤンが鉈を握り直す。「じゃあ、用済みだな」

マシューズ先生の授業を受けたおかげで、ヤンがこれから何をしようとしているかを察してしまった。ダニーの首を切り落とし、殺す気なのだと。

「待て待て待て！」ダニーが勢いよく首を左右に振る。「た、助けてくれ、頼むよ！」

たしかに、ダニーは悪いことをした。罪は償うべきだと思う。だけど、吸血鬼とはいっても見た目は普通の人間と同じなのだ。彼の首が事務所の床に転がるところを、僕は見たくなかった。

「ちょっと待って、ヤン」

口を挟むと、

「邪魔するなら、どうなるかわかるよな」ヤンが振り返り、僕を睨《にら》んだ。鋭い刃がぎらりと光を反射し、思わずたじろいでしまう。

それでも僕は止めたかった。なんとか彼を説得しようと試みる。「ねえ、なにも殺さなくたって……人を殺したわけじゃないんだし、可哀《かわい》そうだよ」

「金で人を襲うような奴は、そのうち金で人を殺す」

「もしかしたら、なにか思い出すかもしれないし、このまま生かしておいた方がいいと思うけどな」

「見るからに頭の悪そうな吸血鬼だ。後々役に立つとは思えない」

「だったら、サニーデール教会に連れていこう。ファーザーに預けるべきだよ」

「それは名案だ」ヤンが皮肉を吐いた。「また居候が増える」

僕の意見はすべて退けられてしまった。普段からディベートの授業は苦手だった。彼を説き伏せられるほどの話術は、僕にはない。

「人を襲った吸血鬼は始末するしかない」

死刑宣告だ。ダニーの顔が絶望の表情に変わる。

エイブラハム・ヤン。ハミルトン先生より厳しくて、ジャクソンより嫌な奴。僕の話なんて全然聞いてくれないこの男を止めるには、もう力尽くしかない。刃物を振り上げたヤンの腕に、僕は「やめて！」と飛びついた。

「離せ、馬鹿！」

「やだ！」

摑み掛かる僕を、ヤンが無理やり引き剝がそうとする。僕は必死に抵抗した。ヤンの力はものすごく強かった。吸血鬼じゃなければ腕力であっさり負けていたと思う。僕はどうにかヤンの腕から刃物を奪おうとした。ヤンが負けじと僕の体を押し返す。

「邪魔すんな！」

「殺しちゃ駄目だ！」

「うるせえ！」

取っ組み合いが続いていた、そのときだった。

ダニーが消えた。

椅子に座っていたはずの男が、突然、いなくなってしまった。

実際は、いなくなったように見えただけだった。消えたダニーの代わりに、一匹の蝙蝠《こうもり》が部屋の中を飛び回っている。何が起こったのかを察し、僕は「あっ」と声をあげた。

人間の姿をしていたダニーが、一瞬にして蝙蝠に変身していた。

ヤンはすぐさま鉈を振りかぶり、蝙蝠に向かって投げつけた。すばやく羽ばたき、ダニーはそれを躱《かわ》した。狙いを外した刃が、その背後の壁に突き刺さる。

蝙蝠が窓の隙間から逃げていく。こうなってはもう追いかけられない。諦めたヤンは舌打ちし、

「お前のせいで術が解けた」

と、床を指差した。

足元に視線を向ける。ダニーを縛っていた椅子を取り囲むように、よくわからない文字

と大きな円、いわゆる魔法陣のようなものが描かれていた。ヤンのベッドの下にあるものと似た模様だ。

その円の一部が消えている。

あとから知ったことだけど、この呪《まじな》いは吸血鬼の力を弱め、ダニーの変身能力を封じるものだった。魔法陣の中にいる吸血鬼は、いかなるものにも変身することができない。そんな結界が解けてしまったのは、ヤンに飛び掛かった拍子に僕が円を踏みつけ、線の一部を消してしまったせいだった。その結果、ダニーが逃げてしまったというわけだ。

「良《い》いことをした気分か？」

最高に不機嫌そうな顔でヤンが言う。これはかなり怒っている。まずい、と僕は首を窄《すぼ》めた。

「お前の甘い判断で人が死ぬことになっても、俺は知らないからな」

そんな呪《のろ》いのような言葉を残し、ヤンは自分の寝室へと消えていった。

その日の夜、僕はなかなか眠れなかった。ヤンの言葉がずっと頭の中をぐるぐるしていたせいだ。

僕のしたことが間違っていたとは思わない。だけど、ヤンの言うことにも一理ある。もし、あのダニーという吸血鬼が人を殺してしまったらどうしよう。今さらになってそんな不安が芽生えた。僕が奴を逃がしたことで、選択を誤ったことで、どこかにいる誰かの運命を変えてしまうんじゃないかって、怖くなった。

これ以上、僕のせいで人が傷付くのは嫌だ。母さんのときみたいに。

ずっと引きずっていたそのモヤモヤした気分は、翌朝インスタを開いた瞬間に吹き飛んでしまった。なぜなら、リズのアカウントに僕のことが書かれていたからだ。カフェでコーヒーを手に自撮りしているリズの可愛《かわい》い写真。それに添えられた文章には、『そういえば今日、私の同級生がジュースをかけられた子に服を貸しているのを見たの。私も彼を見習いたい』とあった。ハッシュタグは「#heismyhero」だった。

間違いなく、これは僕のことだ。ポールに服を貸していたところを彼女に見られてたのだろうか。信じられない。

コメントもたくさんきていた。『そんな優しい人がうちの学校にいる？』『クソ高校の唯一の良心』『確かにそいつはヒーローだ！』と、みんなが僕のことを褒めちぎっている。吸血鬼だから体温が低いはずなのに、僕の体は興奮で熱くなった。今すぐ学校に行って、リズに声をかけたかった。「あれって、もしかして僕のこと？」って。

でも残念ながら、今日は学校が休み。

不意にベッドルームのドアが開いて、中からヤンが出てきた。昨日あんなことがあったばかりだから、顔を合わせるのが少し気まずい。

ヤンは挨拶もなしに外出の準備をしている。愛用のレザーのコートを羽織り、肩にボストンバッグを担ぐ。

「どこに行くの？」

声をかけると、「仕事だ」といつも通りの不愛想な答えが返ってきた。

「僕も行く」

「ついてくるな。足手まといだ」

一蹴し、ヤンは部屋を出ていった。

彼は僕のことを嫌ってる。元々あまりいい印象を持たれてなかったけど、昨日のことで余計に嫌われたと思う。

だからって、簡単に引き下がるわけにはいかなかった。僕は母さんを救うんだ。心を奮い立たせて部屋の窓を開ける。下の路地にヤンの愛車が見える。ここは3階。この高さなら楽勝だ。僕は窓から飛び降りた。体がふわりと浮き上がり、軽やかに地面に着地する。

先回りして車の前で待っていると、しばらくしてヤンが降りてきた。僕を見て、少し驚いたような顔になる。

「足手まといにはならない。絶対役に立ってみせるから、仕事を手伝わせて」

お願い、と相手の目をじっと見つめる。

ヤンはため息をついた。僕が窓から飛び降りたことを察したようだ。彼は何か言いたそうな顔だった。目立つことをするなとか、誰かに見られたらどうするんだとか、たぶんそんな感じだと思う。だけど、言葉を飲み込んで、代わりに舌打ちをこぼした。無言で運転席のドアを開けたので、僕はそれをＯＫのサインだと捉え、助手席に乗り込んだ。

ヤンの愛車の乗り心地はお世辞にも良いとは言えなかった。かなりのおんぼろで、あちこちにガタがきているようだ。エンジンを吹かすと変な音も聞こえてくる。

車内にはラジオが流れているだけで、ヤンはずっと黙り込んだまま運転していた。わかってはいたけど、僕と仲良くお喋《しゃべ》りする気はないみたい。

「――ねえ」どうしても沈黙が耐えられなくて、僕は口を開いた。「この世界には、吸血鬼みたいな人外の生き物が、たくさんいるんだよね？」

すると、ヤンは面倒くさそうな顔で答えた。

「ああ、わんさかいる。お前みたいな化け物がな」

いちいち言い方に棘《とげ》がある。

「そういうの、メタヒューマンって言うんだっけ？」

「ノンヒューマン」

「そのノンヒューマンのこと、アメリカ政府は知ってるの？」

「知ってる」

「じゃあ、どうして国民に黙ってるの？」

「真実が知られたら、世界中がパニックになるからだ」ヤンがため息をついた。「考えてみろ。人間同士でも攻撃し合ってるってのに、そこに人間じゃない生き物まで現れたら、余計な争いが増えるだろうが」

「ノンヒューマンを狙ったヘイトクライムとか？」

彼は何も答えなかった。片手でハンドルを握ったまま、もう片方の手で煙草《たばこ》を吹かしている。車の中が白い煙で充満してきたので、僕は窓を開けた。「警察も、ノンヒューマンのことを知ってるの？」

「質問が多い。だからガキは嫌いなんだ」舌打ちが聞こえてきた。

「警察は知らないの？」

「一部の人間は知ってる。それに、ＦＢＩには専門の捜査機関がある」

「へえ、そうなんだ」

「ＣＩＡはノンヒューマンを捕まえて、危ない研究をやってるらしい。お前もいつか実験台にされるかもな」

ぞっとした。実験用のラットのように、ウイルスに感染させられたり、体を切り刻まれたりしている自分の姿を想像してしまう。「……気を付けるよ」

マンハッタンを北上する途中で、車は渋滞に巻き込まれていた。あちこちでクラクションが鳴り響いている。

「――いつから吸血鬼になった？」

今度はヤンが口を開いた。彼から話しかけてくるとは思ってもみなかったので、僕は少し驚いてしまった。

「月曜日」

まだ1週間も経《た》っていない。なのに、いろんなことがあった。今週は僕の人生の中で最も波乱に満ちた日々だと思う。

「知らない男に襲われたんだ。警察の話だと強盗目的らしい。家の中が荒らされてた。その強盗犯の正体が、吸血鬼で――」

「金目のものを盗むついでに、腹ごしらえしたわけか」

「うん。そのときに偶然、相手の血が僕の体に入ったみたいで、こんなことになっちゃった」

「犯人は捕まったのか？」

「いや、まだ」

あの後、ニューヨーク市警察からもＦＢＩからも、事件についての進展は聞かされていない。だからといって、彼らの捜査能力を責められなかった。犯人の手がかりを摑《つか》めない責任は、僕にもある。

「僕が、ちゃんと犯人の顔を覚えていればよかったんだけど……」

男の顔は見た。だけど、自分が見たものが正しいとは思えなかった。パーティでジャクソンの挑発に乗らなければ、僕の意識もはっきりしていたのに。何の役にも立てなくて歯がゆい。

すると、

「吸血鬼の中には、見た目を自在に変えることのできる奴もいる。人相を覚えてたところで、何の当てにもならない」

と、ヤンが前を向いたまま言った。そんなつもりはなかっただろうけど、彼の言葉は僕にとって慰めになるものだった。僕は「そうだね」と頷《うなず》いた。

「母親は？」

「まだ意識が戻らなくて、病院にいるよ。僕と違って人間のままだから、怪我《けが》が治らなかったんだ」

「父親は？」

父さんが死んだとき、僕はまだ7歳だった。今はもう断片的な記憶しかない。「10年くらい前に、ショッピングモールで銃乱射事件があったでしょ？　父さんはそこで警備員として働いてた。事件のときに、犯人に撃たれて死んだって、母さんから聞いた」

「そりゃ気の毒だったな」

　車は少しも進まず、周囲の景色は一向に変わらない。暇つぶしのつもりなのか、ヤンは会話を続ける。

「俺とファーザー以外に、お前が吸血鬼だってことを知ってる奴は？」

「……いない」

　一瞬、ケビンの顔が頭に浮かんだ。だから答えを返すのが遅れてしまった。それがいけなかった。次の瞬間、ヤンはハンドルから手を離し、腿《もも》のホルダーに差していたソードオフ・ショットガンを抜いた。短い筒の先にある銃口を僕のこめかみに突き付け、

「誰が知ってる？」

　と、低い声で問い質《ただ》す。

「ケ、ケビン！」

　白状するしかなかった。

「親友だよ。大丈夫、良い奴なんだ。僕の秘密をばらすことはないと思う」

「そいつは」銃を戻しながらヤンが問う。「お前が吸血鬼だってこと、信じたのか？」

「うん。ケビンはオカルトマニアだから。動画も配信してる」

「動画？」

「こういうの」

　僕はポケットから携帯を取り出し、ケビンのチャンネルを開いた。ヤンがそれをぶんど

り、動画を再生する。

『ハーイ！　ケビンのオカルト超常チャンネルへようこそ！』

　ペスト医師の仮装をしたケビンが喋りはじめると、ヤンは何ともいえない表情を浮かべた。その気持ちはちょっとわかる。

『今日は政府が隠している重大な秘密について、特別に暴露しちゃうよ！　実は昨日、我がチャンネルに匿名のタレコミがあったんだ！　その情報によると、なんとこの世には人間じゃない生き物——通称ノンヒューマンというものが存在して——』

　すぐに動画を停止し、ヤンは舌打ちした。

「口がヘリウムガスより軽そうな奴だ」

　ようやく前の車が進みはじめた。

　ヤンが向かった先は、マンハッタンの中心部にある高層マンションだった。ゲスト用の駐車場に車を停《と》め、常駐しているフロント係に話を通してから、中へと進む。エレベーターに乗り込み、32階のボタンを押した。鉄の箱がゆっくりと上昇していく。

「それで、どういう仕事なの？」

　確認のために僕が尋ねると、

「さあな」と、ヤンは素っ気なく返した。意地悪で教えてくれないわけではなく、本当に知らないらしい。「急に呼び出された」

私立探偵であり、吸血鬼の専門家である彼を頼りにしているのは、どうやらファーザーだけじゃないみたい。人間や吸血鬼以外のノンヒューマンから仕事を引き受けることも多いらしく、今日の依頼人はニューヨーク市警の刑事なんだって。

32階に到着し、エレベーターを降りる。長い廊下の先にあるドアの前で女の人が待っていた。

「よう、アレックス」

ヤンが名前を呼んだ。

スーツ姿の黒人女性がこちらを振り返る。「遅かったじゃない、エイブ」

二人は親しげに言葉を交わしている。その女性の顔には見覚えがあった。あの写真。ヤンの部屋で見つけた、三人組の私服警官の。右側に写っていた女性は、たぶん若い頃の彼女だと思う。きっと彼女はヤンの元同僚なんだろう。

アレックスと呼ばれたその女性は、僕のことを訝《いぶか》しげに見つめていた。「……この子、誰？」

「最近、副業でベビーシッター始めたんだよ」

ヤンの嫌みを無視し、彼女に挨拶する。「はじめまして、僕はオリバー。ヤンの仕事を手伝っています」

「アレクサンドラ・モーガンよ。ニューヨーク市警の警部なの」

「どうも、モーガン刑事」

握手を交わしていると、ヤンが「気を付けろ、そいつは吸血鬼だ。噛《か》みつかれるぞ」と横やりを入れてきた。

「そうなの？　歳《とし》はいくつ？」モーガン刑事が尋ねた。どうやら彼女はノンヒューマンの存在を知ってる側の人間みたい。

「17です」答え、僕はヤンを見た。「いいの？　僕の正体バラしちゃって」

「お前の親友よりは信頼できる」

「……返す言葉もないよ」

僕は肩をすくめた。

モーガン刑事が再びヤンを見た。「あなたが吸血鬼の助手を雇うなんて、意外だわ」

「知り合いの吸血鬼に押し付けられたんだよ。しばらく面倒見ろってさ。ほっといたら何するかわからないから、しかたなく連れてきた。……そんなことより、今回はどんな事件なんだ？」

「殺人よ。現場はここ」

モーガン刑事がドアの鍵を開け、部屋の中に入った。僕たちもそれに続く。廊下を進みながら、彼女は簡潔に説明した。「事件が起こったのは3日前。被害者はジェニファー・ムーア、42歳。不動産会社の経営者よ」

「こんないいとこ住んでるなんて、どんな金持ちかと思ったら」辺りを見渡しながらヤンが言う。「女社長か」

たしかに、すごい豪邸だった。僕の家にある部屋を全部合わせても、ここのリビングの大きさには敵《かな》わないかもしれない。天井も高くて、広々としている。おまけに壁一面がガラス張りになっていて、ニューヨークの景色を一望できる。モダンなモノトーンで統一された家具も見るからに高級そうだし、壁に飾られている絵画もたぶん有名な人が描いたものなんだと思う。

「それだけじゃないわ。美容関係のインフルエンサーとしても有名人で、結構稼いでいたみたい。だから、事件直後はテレビやネットで大騒ぎだった」

「その事件知ってる。ニュースで見たよ」

ネットで検索してみる。被害者の名前を入力すると、すぐにインスタのアカウントが出てきた。自撮りの写真が並んでいる。四十代とは思えないほど見た目は若々しい。一見プライベートな投稿ばかりに思えるけど、よく見たら化粧品や健康食品を紹介するプロモーションが多い。

ヤンが壁を見上げ、

「自分の絵を部屋に飾る奴の気持ち、理解できないな」

と、呟《つぶや》いた。

リビングの壁には家主の肖像画が飾られている。それも特大のサイズだ。縦も横も、僕の身長の倍くらいはあるだろう。ヤンの横に立ち、僕もその絵を見上げた。被害者の顔がキャンバスにでかでかと描かれていて、圧倒されてしまう。大きなグリーンの目に、ブルネットの長い髪。左目の下にホクロがある。唇は厚め。実物と違って皺《しわ》がひとつもないから若い頃の肖像画なのか、それとも修正を入れて描いてもらったのか。これも彼女の友人である画家の作品らしい。

「仕事に来ないボスを心配した秘書が自宅を訪ねて、そのときに遺体を発見した。被害者は馬鹿みたいにデカいベッドの真ん中で、眠るように死んでたって」

モーガン刑事が奥にあるドアを開けた。そこは寝室だった。シルクのシーツに包まれたクイーンサイズのベッドが置かれている。

「死亡推定時刻はその日の夜0時から明け方の間。体の中の血液がほとんどなくなった状態で、死因は失血性のショック死だけど――ご覧の通り、部屋は掃除したてかと思うくらい綺麗《きれい》なまま」

「まるでモデルルームだ。ここで殺人が起こったとは思えないな」

死に至るほどの量の出血をしたはずなのに、部屋には一つの血痕も残されていなかったという。

「犯人が掃除したんじゃない？　それか、バスルームで殺したとか？」

僕が意見すると、ヤンはあからさまに嫌そうな顔をした。子供が首を突っ込むな、って言いたげな感じ。

「すべての部屋を確認したけど、ルミノール反応は出なかった」モーガン刑事はタブレット端末をヤンに手渡した。解剖の際に撮影した遺体の写真を見せている。「外傷は、頸動《けいどう》脈《みゃく》に残された二つの傷痕だけ」

「なるほど、これは間違いなく吸血鬼の牙の痕だな」

背伸びをして画面を覗《のぞ》き込もうとしたけど、ヤンが僕の頭を押さえて邪魔してきた。見せてくれない。本当に意地が悪い。

「吸血鬼がこの部屋に忍び込んで、被害者を殺したの？」なんとか捜査に加わろうと、僕は積極的に発言した。「それとも、外で殺してから、わざわざ家まで送り届けた？」

普通に考えれば前者の可能性が高いだろうけど、その線は警察の捜査によってすでに打ち消されているらしい。「窓にもドアにも、すべて鍵が掛かってたわ。侵入した形跡はないし、防犯カメラにも何も映っていなかった」とモーガン刑事が答えた。

エントランス、フロント、エレベーター、フロア、非常階段、ベランダと、警察はマンションに設置されたすべてのカメラの映像をチェックしたけど、それでも何も得られなかったらしい。死亡推定時刻の間、このマンションを出入りした怪しい人物は一人もいなかったことになる。

「部屋の合鍵を持ってる人は？」

「彼女の秘書と恋人だけ。確認したけど、両者とも完璧なアリバイがあった」

有名人の変死体。現場は密室。目ぼしい容疑者もなし。たしかに難解な事件だ。

「正直言って、お手上げ状態よ。何の手掛かりも得られないの」と、モーガン刑事も困り顔だ。「ここまでくると、もう人間の仕業とは思えないでしょう？」

「それで俺に相談してきたわけか」

「そう。吸血鬼なら、誰にも見られずに侵入する方法があるんじゃないかと思って」

「不可能ではないな。たとえば、モーラという種族の吸血鬼は、魂を離脱させて家に侵入し、獲物の血を吸うことができる。密室だろうと関係ない」

「じゃあ、そいつが犯人？」

「いや。眠っている人間をまず窒息死させ、それから血を吸うのがモーラの手口だ。仮に奴の仕業なら、死因は失血死ではなく、窒息死という結果になるはず」

それからヤンはサングラスを外し、被害者の部屋を調べはじめた。まずは寝室。シーツや枕を触ったり、ベッドの下を覗き込んだり。隅から隅まで念入りに観察している。特に何をするわけでもないけど、僕は彼の後について回った。

次にヤンが向かったのはバスルームだった。洗面台の戸棚を調べたところ、薬の入った瓶が出てきた。

「被害者は病気だったのか？」

「不眠症だったみたいよ」モーガン刑事が答えた。「仕事が忙しくて眠れないことが多かったって、秘書が証言してたわ。睡眠薬を処方された記録も残ってた」

「社長は大変だな」

ヤンは傍《そば》にあるゴミ箱を漁《あさ》った。しばらくして、「なるほど」と呟いた。すぐさまキッチンに移動する。棚や引き出しを開け、中を確認している。冷蔵庫や冷凍庫も。特に、冷蔵庫の中の飲み物を入念に調べていた。

ヤンが冷蔵庫から取り出したのは、ココナッツミルクの容器だった。

「それ、事件と関係あるの？」

「ああ」

「そういえば、美容のために毎日飲んでるって言ってたよ」

「誰が」

「被害者」

「なんで知ってんだ」ヤンが僕を見た。眉をひそめてる。

「インスタに書いてあったから」

僕はヤンに携帯端末の画面を見せた。被害者の投稿の中に、この商品と一緒に映っている写真がある。毎日欠かさず飲んでるって書いてあったけど、なぜか冷蔵庫の中にある容器は空っぽだった。これを飲むのが日課なら切らしておくはずがない。

リビングに戻ったところで、

「犯人がわかった」

と、ヤンが告げた。

「アヅェだ」

聞いたこともない単語に首を傾《かし》げる。「アヅェ？」

「アフリカ大陸に棲息《せいそく》する吸血鬼だ。ガーナ島南部とトーゴ南部にエウェ族っていう先住民がいる。その部族の伝承に出てくる怪物で、人間の子供の血が好物だ。面食いで、特に容姿の整ったガキが好きらしい。たまに大人も襲う」ヤンはカウチに腰を下ろした。「アヅェは、ヤシの油や果汁も好物だ。冷蔵庫のココナッツミルクは製造年月から見ても、被害者が殺される直前に購入したものだと考えられる。それなのに、すでに中身がなくなってるのは変だ」

「ものすごく喉が渇いてたんじゃない？　僕だって、2リットルのコーラを1日で飲み干したことあるよ。母さんにすごく怒られた」

「それだけじゃない」ヤンは僕を無視して話を続けた。バスルームに移動し、ゴミ箱の中身をひっくり返す。「これを見ろ。空のパウチが捨てられているが、容器に小さな穴が二つ開いている」

ヘアオイルが入ったパウチ。僕はすぐに被害者のインスタを調べた。ある投稿に、『私が毎晩愛用しているヘアオイル。ココナッツオイルのオーガニックで、髪がつやつやになるのよ』といった内容の文章が書かれていた。

「それ、この商品だよ。ココナッツオイルだ」僕は二人に写真を見せた。

血を吸い尽くされた死体に、消えたココナッツオイルとココナッツミルク。その証拠からヤンは犯人を導き出したようだ。

「犯人は、最初からこの部屋の中にいたんだ」

というヤンの言葉に、モーガン刑事が首を捻《ひね》る。「どういうこと?」

「アヅェは人間の姿にもなれるが、普段は蛍のような姿で飛び回っている。犯人は、開いていた窓から入ってきて、部屋の中に隠れていた。そして夜になるのを待ち、睡眠薬を飲んでぐっすり寝ている被害者の血を吸い、喰《く》い殺した。満足して出て行こうとしたが、そのときには窓がすべて閉められ、部屋の中に閉じ込められてしまった、ってわけだ」

「なるほど。現場の密室を完成させたのは、被害者自身だったのね」

「そういうことだな」ヤンが頷《うなず》く。「死体が発見された後、現場検証で大勢の警官が入ってきた。犯人は見つからないよう、虫の姿のままじっと隠れていたはずだ。部屋に閉じ込められたままの犯人は、警察がいなくなってから、空腹を紛らわそうと部屋にあるものを物色した。そしてココナッツミルクを見つけて飲み干した。それでも食料が足りず、このオイルを飲んだ」

ヤンがパウチを刑事に手渡す。

「触ってみろ、オイルがまだ乾いていない。おそらく飲んだばかりだ」

「ということは、犯人はまだこの部屋に？」

「どこかに隠れている。捜すぞ」

という合図で、僕たちは手分けして部屋の中を捜し回った。クッションの下とか、観葉植物の葉っぱの裏とか。とにかく隅々まで見逃さないよう念入りに調べたけど、アヅェはどこにもいなかった。そもそもこんな豪邸で一匹の虫を見つけ出すなんて、無理な話だと思う。

捜索に疲れて、僕は手を止めた。L字型のカウチに腰を下ろして休憩していると、

「おい」ヤンが声をかけてきた。「サボってないで、お前も捜せ」

「サボってないよ。ちょっと休憩してるだけ」

「大口叩《たた》いた割には、何の役にも立たねえな」

ヤンの嫌みにむっとしながら腰を上げると、特大キャンバスに描かれた被害者の顔と目が合った。美しく微笑《ほほえ》む彼女の肖像画が、まるで僕らの苦労を嘲笑《あざわら》っているかのように見

えてしまう。

そのときだった。その絵画に対して、僕はふと違和感を覚えた。その違和感の正体を突き止めようと、被害者のアカウントを確認する。目の前にある巨大な肖像画と、ネットにアップされた自撮りの写真。それらを交互に見比べていると、その違和感はさらに強まってきた。

「……ねえ、この人、あんなところにホクロあったっけ？」

絵を指差す。写真にはない泣きボクロが、肖像画にはある。モーガン刑事がすぐに解剖結果の報告書を開き、死体の写真を確認した。「ないわね」

「ホクロじゃない」ヤンが絵を見上げ、声を張った。「ありゃ虫だ」

目を凝らしてみると、たしかにそれは黒くて小さな虫だった。絵の一部だと思い込んでいた黒い塊こそ、吸血鬼が変身した姿だった。

「あんなところにいたのね。いくら捜しても見つからないはずだわ」モーガンが携帯電話を取り出しながら言う。「ちょっと待って、部下に梯子《はしご》を用意させるから」

「その必要はないよ」

僕はそう言うと、モーガン刑事から証拠品を入れるビニール袋を借りた。リビングの中で助走をつけてジャンプする。僕の体は高々と舞い上がり、肖像画の目線と同じ高さまで到達した。絵にくっついている虫に袋を被《かぶ》せて、すばやく捕まえる。逃げられないよう袋の口を手で縛った。

「捕まえた！」

と、僕は叫びながら着地した。

袋の中で虫が暴れ回っている。ヤンは持参した荷物から瓶を取り出した。中には透明の液体が入っている。聖水だ。

「寄越せ」と、僕に手を伸ばす。「人間の姿に戻る前に殺す」

虫が入った袋を渡すと、ヤンはそれを瓶の上でひっくり返した。小さな蛍が瓶の中にぽとりと落ちた。ヤンはすぐさま蓋を閉めた。

水の中に沈んだ瞬間、その虫に変化が起こった。まるで火をつけられた紙のように、じわじわと体が燃え、灰になってしまった。ただの虫ではなかったことは明らかだった。

犯人の吸血鬼は聖なる力によって退治された。瓶の中に残されたのは、透明な水と、そこに浮かぶわずかな灰だけ。モーガン刑事が頭を抱え、愚痴をこぼす。「報告書になんて書けばいいのか、毎回悩まされるわ」

何はともあれ、事件は解決だ。

僕はヤンに向き直り、

「ほらね」と、得意げに胸を張ってみせた。「役に立ったでしょ？」

ヤンは面白くなさそうな顔をしていたけど、否定はしなかった。

その日の僕は、朝からすごく気分がよかった。

先週、僕は殺人事件を解決した。NYPDが手を焼いていた難事件の犯人を、見事この手で捕まえたんだ。あの瞬間の僕はまさにスーパーパワーを手に入れたヒーローみたいだったと思う。

そんな僕の気分を台無しにする奴がいた。ジャクソンだ。僕のロッカーの前（というか自分のロッカーの前）で、彼はいつものように生徒に絡んでいた。相手は同じ憲法のクラスのポール。以前、僕が着替えを貸してあげた、あの彼だった。

今回の虐《いじ》めはジュースをかけるくらいの可愛《かわい》いものではなかった。ジャクソンはポールの胸倉を摑《つか》み、ロッカーに押し付けて脅している。ズボンのポケットから財布を奪い、現金を抜き取ろうとしていた。「ちょっと貸してくれよ」って。大抵の場合、お金が返ってくることはない。

こういう場面に遭遇したとき、今までの僕だったら巻き込まれないことを第一に考えていた。他の生徒たちと同様、遠くから眺めているだけだった。ちっぽけな僕にできることといえば、彼が酷《ひど》い目に遭わないことを祈るか、急いで先生を呼びに走るくらいだ。

だけど、この日の僕は違った。

　ジャクソンに虐められているポールを見た瞬間、頭の中をあのハッシュタグが駆け巡った。#heismyhero――そう、お前はヒーローだ。誰かが僕に囁《ささや》いているように感じた。ヒーローならば、こんなときにどう行動する？　わかるよな、オリバー？　――って。

「やめろよ」

　その日、僕は初めてジャクソンに歯向かった。

　ジャクソンが振り返る。僕の顔を見た途端、「今、お前が言ったのか？」と馬鹿にしたように嗤《わら》った。

「そうだ」

　僕は力強く頷いた。

　ジャクソンがポールから手を離し、こっちに詰め寄ってくる。「俺にそんな口を利いていいと思ってんのか」と声を荒らげた直後、僕の顔に拳を叩き込んだ。

　僕は殴られた。だけど、あまり痛みは感じない。吸血鬼だから。殴られた衝撃を殺しきれなくて、ちょっとその場に倒れただけ。でも、ジャクソンは僕をやっつけたと思い込んでいるみたいで、再びポールに向き直った。

　その背後で、僕はゆっくりと立ち上がる。

「やめろ、って言ってるだろ！」

　僕は叫んだ。そして、ジャクソンの襟を掴み、ポールから引き剝がそうとした。

ジャクソンの体重は意外と軽かった。……いや、違う。僕の力が強すぎたんだ。ジャクソンを掴んだ瞬間、彼の巨体が宙に浮いた。強く引くと、そのまま反対側のロッカーに勢いよく激突した。ロッカーの扉が大きく凹《へこ》んでいる。

「……こ、この野郎！」

ふらつきながらジャクソンが立ち上がり、僕に襲い掛かってきた。攻撃を避け、相手の顔面を殴る。ジャクソンは勢いよく弾《はじ》かれ、今度は壁に激突した。僕のパンチが効いたのか、彼は鼻血を流して片膝をついた。

だけど、一発殴ったくらいでは気が済まなかった。これまでこいつにされてきた数々の仕打ちが、今までの積年の恨みがふつふつと蘇《よみがえ》り、僕を衝動的に突き動かしていた。

倒れているジャクソンに馬乗りになり、僕は拳に力を込めた。

三発目を殴ったところで、ジャクソンが「もうやめてくれ」と弱々しい声で言った。その瞳はまるで普段の僕のように怯《おび》えていて、いつもと立場が逆転していることは明らかだった。惨めで情けないその姿に、僕は今までに感じたことのない、強烈なまでの高揚感を覚えた。

いい気味だった。

今の僕は、以前の僕とは違うんだ。こいつと対等に渡り合える、いや、こいつを制圧できるほどの能力を手に入れた。思い知らせてやりたかった。ジャクソンに。もう僕はお前の獲物じゃない、お前が僕の獲物なんだ、と。

再び腕を振り上げた、そのときだった。

「オリバー、何をしてるんだ！　やめなさい！」

背後でハミルトン先生の声がした。

4 ウォール街の悪夢？

たとえば、ギャングが車に轢《ひ》かれそうになった人を助けると大絶賛されるのに、優秀な警官が飲酒運転で逮捕されるとボロクソに叩かれる。普段の行いが悪い奴は、ちょっと良《い》いことをしただけで面白いほど好感度が上がるけど、逆に良い人が少しでも悪いことをすると、今までの善行がすべて嘘《うそ》だったかのように失望されてしまう。

その法則は僕にも適応されてしまい、「優秀で手のかからない生徒」だったオリバー・サンシャインは、今日から「普段は真面目でおとなしいが、キレると何をするかわからない危ない奴」になった。

あの後、半泣きのジャクソンは病院に運ばれ、僕は校長室に連行された。今はウォルター校長と、ちょうど現場に居合わせたハミルトン先生の二人に挟まれ、延々と責め立てられてるところ。これじゃまるで警察の取り調べだ。しかも、どっちも悪い警官《バッド・コップ》。

「この学校に赴任してもう6年になるが、こんな事態は初めてだ」

と、ウォルター校長はため息をついた。

「ついさっき、ジャクソンの母親から電話が掛かってきた。鼻の骨が折れてたらしい」という校長の報告に、僕はいい気味だと内心喜んだけど、先生たちにとっては頭の痛い問題だと思う。ジャクソンの母親は校内でも有名なモンスターペアレントだ。近いうちに怒鳴り込んでくるに違いない。

「まさか、君のような良い生徒が。がっかりだよ、オリバー」

ジャクソンに怪我《けが》をさせ、三人分のロッカーを破壊した僕は、一方的に悪者《ヴィラン》になっていた。

「どうして、あんなことをしたんだ？」いつも気難しそうな顔をしているハミルトン先生が、今はさらに一段と険しい顔になっている。

「ジャクソンがポールのお金を盗《と》ろうとしていたから、止めようと思ったんです。そしたら、あいつが殴ってきた。だから僕も殴り返した。いけませんか？」

「鼻の骨が折れるまで殴る必要はないだろう」

「僕だって2年生のときに、あいつに階段から突き落とされて、小指の骨を折りましたけど」

「オリバー」反抗的な態度が気に食わなかったらしい。ハミルトン先生は眉をひそめ、窘《たしな》めるように僕の名前を呼んだ。

そのときだった。ノックもなしに校長室のドアが開いた。「遅くなってすみません」と現れたのは、ヤンだった。珍しくスーツ姿で、きっちりとネクタイを締めたヤンが、校長たちに挨拶している。「オリバーの叔父です」と嘘を吐いて。

「うちの甥《おい》が迷惑をおかけしてすみませんでした。今後、こういうことがないように、よく言って聞かせますんで。ほら、お前も謝れ」

ヤンが僕の背中を強く叩《たた》いた。

なんで僕ばっかり。悪いのはジャクソンなのに。納得がいかなかったけど、僕は渋々謝罪した。「……すみませんでした」

「オリバー、今日はもう帰りなさい」と、ようやく校長から許しが得られた。「明日になったら、ジャクソンに謝るんだ。いいね？」

頷《うなず》く代わりに、僕は肩をすくめてみせた。ハミルトン先生の眉間の皺《じわ》が深くなる。何はともあれ、うんざりするような説教から解放してもらえてよかった。

校長室を出たところで、ヤンが僕に背を向けた。そのまま足早に廊下を進んでいく。離れていく彼の背中を小走りで追い、僕は声をかけた。

「なんで僕が謝らなきゃいけないの」

「なんで俺が呼び出されなきゃいけないんだ」

母さんの代わりの保護者はいないのかと先生たちに訊《き》かれて、僕は仕方なくヤンの連絡先を告げた。それが気に食わなかったらしい。いつもに増して不機嫌そうだ。

「悪いのはジャクソンだよ。あいつはポールの金を盗もうとしてた。僕はそれを助けたんだ」

いいことをしたはずの僕が、どうして責められてばかりなのだろう。本当に納得がいかない。

ヤンは振り返らなかった。聞こえてないふりをしている。少しも目を合わせようともしない。僕を無視して、エントランスの前に停《と》めている車へと向かう。

「僕は悪くない！」

話を聞こうとしないヤンに苛立《いらだ》ちを覚え、僕は声を張りあげた。

「あいつは今までずっと、僕のことをいじめてたんだ！　僕はいつもあいつに酷いことをされてた！　なのに、やり返しちゃいけないって言うの？　そんなの理不尽だよ！」

そのときだった。いきなり彼が振り返った。

「このクソガキが！」

ヤンが怒鳴り、僕の胸倉を掴んだ。殴られるかと思わず身構えてしまった。彼は僕に詰め寄ると、「自分が何をしたか、わかってないようだな」と脅すような口調で言う。

「わかってるよ。ジャクソンを懲らしめてやった。ただそれだけだ」

僕の返事にヤンは舌打ちした。

すると、彼は上着のポケットからロザリオを取り出した。いつも首からぶら下げてるやつ。右手でそれを握り、左手で僕の手首を掴《つか》む。そして、ロザリオの十字架を、僕の掌《てのひら》に強く押し当てた。その瞬間、強い痛みと熱が走った。肉が焼けるような音とともに。手からは白い煙が上がっている。

僕は思わず悲鳴をあげた。僕の掌には、まるで烙印《らくいん》を押されたかのように、十字架の形をした火傷《やけど》の痕がくっきりと残っていた。

「なにするの！」

僕はヤンを睨《にら》んだ。

「気分がよかったか？」ヤンが睨み返し、低い声で言う。「ずっといじめられていた相手を暴力でねじ伏せることができて、さぞ気持ちよかっただろうな」

嫌みたらしい言い方が癪《しゃく》に障る。閑散とした中央エントランスの真ん中で、僕たちはしばらく睨み合っていた。サングラス越しに見えるヤンの瞳は、ひどく冷たかった。

少しの沈黙の後、先に口を開いたのはヤンだった。

「吸血鬼はヒーローじゃない、化け物だ。それを忘れるな」

それだけ言い残し、ヤンが踵《きびす》を返す。自分の車に乗り込み、そのまま走り去ってしまった。置き去りにされた僕は、その場でただ茫然《ぼうぜん》とするしかなかった。なんだ、あいつ。偉そうに。むかつく。後から沸々と怒りがわいてくる。

そのとき、不意に携帯電話の音が鳴った。メッセージが届いている。差出人はファーザーで、「話があるから教会まで来てくれ」と書いてある。授業に戻ることもできないし、事務所に帰る気にもなれない今の僕にとって、これは有難《ありがた》い誘いだった。

聖サニーデール教会はいつも長閑《のどか》で平和だ。煉瓦《れんが》模様の建物の裏には手入れの行き届いた庭があって、お洒落《しゃれ》なガーデンテーブルと対になったチェアが置いてある。そこに座って目の前に広がる自然豊かな景色（といっても、ほとんど墓地ばっかりなんだけど）を眺めているうちに、ヤンとの諍《いさか》いでささくれ立っていた僕の心も落ち着きを取り戻しつつあった。

ファーザーは向かいの椅子に腰を下ろすと、僕に透明の袋を手渡した。中には真っ赤な液体が入っている。

「これ、何？」

「輸血用の血液パックだよ」

という彼の言葉に、僕はぎょっとした。「それってつまり、人間の血ってこと？」

「そう。そろそろ餓《う》える頃だと思ってね」

餓える。要するに、ファーザーはこれを僕に飲ませようとしているわけだ。人間の、それも誰ともわからない他人の血を飲むなんて。考えるだけで吐き気がする。

「いらない」と、僕は袋を突き返した。「お腹《なか》減ってない」

「心配しないで、オリバー。その血は人間の善意で提供されたものだ」

ファーザーの説明によると、この教会では定期的にボランティアによる献血を行い、コミュニティの吸血鬼に配るための食料を集めているらしい。とはいえ、どういう経緯で入手したものかは問題じゃない。

「僕は、人間の血なんて飲まない」

今まで通り、人の食べ物を食べる。それでいい。たとえ味がしなくても、美味《おい》しいと感じられなくても。

ファーザーは少し困ったような顔をして、「それじゃあ、エイブに預けておくから、空腹になる前に飲みなさい」と言った。ヤンの名前を耳にしたことで、ついさっきの出来事を思い出してしまった。

「……僕は化け物じゃない」

思わず言葉を漏らした僕の顔を、ファーザーが心配そうに覗《のぞ》き込んでくる。「どうしたんだ、オリ。学校で嫌なことでもあったのかい？」

僕は右の掌を彼に見せた。さっきより少し薄くはなってるけど、そこには十字架の形をした傷痕がくっきりと残っている。「これって、虐待じゃない？」

なにがあったのか、ファーザーはすぐに察したみたい。苦笑いを浮かべている。「エイブと喧嘩《けんか》したのか」

「この傷、ずっと治らないんだけど」

ファーザーが僕の手を優しく握った。傷をいたわるように摩《さす》りながら言う。「彼の仕事道具は特に強力だから、痕が残ってしまうんだ」

僕は今日の出来事をファーザーに打ち明けた。今までずっとジャクソンに虐《いじ》められてきたこと。今日はじめてジャクソンに立ち向かったこと。校長先生たちに怒られたこと。ヤンに酷《ひど》いことを言われたこと。話しているうちに泣きそうになってきて、声が震えた。

「ヤンなんか、大嫌いだ」

俯《うつむ》くと、涙がぽとりと膝に落ちた。

「……母さんがいてくれたら、よかったのに」

猛烈な寂しさに襲われ、僕は弱音を吐くのを堪《こら》えることができなかった。

校長室に迎えに来たのが、母さんだったらよかった。そう思わずにはいられない。きっと母さんなら僕を庇《かば》ってくれたはずだ。僕の名誉のために戦ってくれた。一方的に悪者にならないよう、守ってくれた。

僕は、庇ってほしかったのかもしれない、ヤンに。僕の味方になってくれると、勇気を出して虐めっ子に立ち向かったことを彼が称《たた》えてくれると期待してた。オリバー、よくやった、強いなって、褒めてほしかった。

　だけど、彼は僕の言い分も聞かずに謝罪させ、さらに酷い言葉を投げつけてきた。そのことが、僕を深く失望させ、ひどく傷つけた。

「辛《つら》かったね、オリ」

　ファーザーが歩み寄ってきて、軽く屈《かが》み、僕と視線を合わせた。僕の肩に手を置き、ゆっくり撫《な》でてくれる。この人はいつも優しい。だから好きだ。吸血鬼のリーダーとして認められている理由がよくわかる。どうせならこの人と一緒に暮らしたいのに、なんであいつじゃないといけないんだろう。

「あいつと一緒にいたくない」

「たしかに言い方は厳しいかもしれないが、エイブだって、ちゃんと君のことを考えているんだよ」

「ありえない」僕は掌で涙を拭い、鼻で笑い飛ばした。

「人間ではないと知られてしまったら、君は学校に通えなくなってしまう。だから厳しいことを言うんだ。どうでもいい相手を叱ったりはしない。君の母さんだって、君を叱るだろう？　それと同じさ」

「同じじゃない」

　僕は首を振った。

「あいつ、僕のことが嫌いなんだ。いつも感じ悪いし、全然優しくないし。今日だって僕のことを化け物だって言った。ヒーローなんかじゃないって」

「それは酷い」

「でしょ？」

「だが、一理ある」

ファーザーは僕の両肩に手を置き、

「いいかい、オリバー。我々ノンヒューマンに最も必要なものは、相手を制する力じゃない。自分を制する力なんだ。大事なのは『ヒーローになること』ではなく、『ヴィランにならないこと』だよ」

と、真《ま》っ直《す》ぐに僕を見据えて言った。

「わかるかい？」

「……たぶん」

僕は曖昧に返した。ファーザーの言いたいことは理解できる。ただ、素直に認めるのが悔しかっただけだ。

ヤンの言葉に傷ついた理由は、他にもある。僕の中に芽生えたどす黒い感情を言い当てられたような気がしたからだ。ウォルター校長の言う通り、鼻の骨が折れるまで殴る必要はなかった。あのときの僕は、優越感とか高揚感とか、復讐《ふくしゅう》心とか征服欲とか、そういうネガティブな感情に支配されていた。それを見抜かれて、恥ずかしかった。

「今日、君は吸血鬼として大事なことを学んだ。エイブの傍《そば》にいれば、もっといろんなことを学べるよ」

ファーザーはそう言って、僕の肩を優しく叩《たた》いた。

チャイナタウンに戻る足取りは重かった。ヤンとは死ぬほど顔を合わせたくなかったけど、そうも言ってられない。嫌なことからいつまでも逃げ続けられると思うほど、僕は子供じゃない。

恐る恐る事務所のドアを開けた僕に、ヤンは「遅かったな。どこで油売ってた」と声をかけてきた。まるで諍いなどなかったかのような、いつも通りの態度だったから、ちょっと拍子抜けした。意外と過去を引きずらないタイプの人間なのかも。それか、ものすごく記憶力が悪いか。ほんの2、3時間前に喧嘩したことも忘れてしまうほどに。いずれにしろ、そういうところは彼の（唯一の）良《い》い所だと思った。だから、僕も「ファーザーに会ってきた」と普段通りの態度で返した。

事務所には客がいた。老人がカウチでお茶を飲んでいる。見た目はヤンと同じアジア系だけど、歳《とし》はだいぶ上だと思う。頭は白髪の長髪で、顎にも白くて長い髭《ひげ》が生えてる。太極拳のユニフォームっぽい黒い服を着ていた。カンフー映画に出てくる主人公の師匠みたいな雰囲気の人。

「誰？　お客さん？」

僕が尋ねると、「近くに漢方の店があるだろ？　この人はそこの店主だ」ってヤンが紹介した。

「よろしく」客人が片手を上げた。見た目の割に溌剌《はつらつ》とした若々しい声だった。

この老人の名前はタオ。漢方薬専門店のオーナーで、ヤンとは仲のいいご近所さんみたい。そこの棚に並べられている薬草の一部も彼の店で買ったものらしい。

とはいっても、やっぱりヤンの友人。タオの正体はハーブを売っているただの老人ではなかった。貘《ムー》という種族の、アジア圏に棲息《せいそく》するノンヒューマンなんだって。人間そっくりの見た目をしてるけど、本当の姿は四本足の動物に近いと聞いて驚いた。

老人が僕をじろじろ見て言う。「顔の血色が悪い、肌も乾燥しとる。お前さん、貧血気味か？　ナツメとクコの実を食べなさい。今度持ってきてやろう」

「いらん」僕の代わりにヤンが答えた。「こいつは吸血鬼だ」

「ああ、道理で。虚血の症状が出ているわけだ」

貘は人間の病気や災い、悪夢を祓《はら》うことができる怪物だとヤンが説明した。「だから、こいつの下には体調不良や不眠症に悩む奴が訪れる。人間・人外問わずな」

中でも彼の不眠治療はよく効くらしく、悪夢を食べるノンヒューマンとしてこの界隈《かいわい》では有名らしい。

「それで、今日は何の用だ？」

ヤンが本題に入ると、老人は髭を撫でながら「厄介な症状の患者がおってなぁ」と切り出した。お茶を一口飲んでから、話を続ける。

「患者の名前はジョシュア・ベネット。銀行員で、歳は37歳の若い男だ。ニューヨーク市には出張で来ていて、今はウォール街のホテルに泊まっとる」

「それって若いって言うの？」

僕が訊《き》くと、老人はむっとした。「若いだろう。儂《わし》はその30倍は生きとるぞ」

頭の中で計算しようとして、やめた。吸血鬼もそうだけど、ノンヒューマンは人間より寿命が長いものみたい。

「ジョシュアはここ数週間、体調不良が続いておった。体が怠《だる》く、頭も重い。毎晩のように酷い悪夢に魘《うな》され、よく眠れていないそうだ。それも、何かに追いかけられる夢を見るんだと」

「へえ」ヤンが身を乗り出し、続きを促す。「それで？」

「ジョシュアは最初、今の自身の状況のせいだと思った。出世して立場が変わったことで毎日プレッシャーを感じていた。おまけに彼は、つい先月、実の父親を亡くしたばかりだった。仕事の忙しさと、大事な人を亡くした喪失感が自身にストレスを与え、体調不良と悪夢を引き起こしているのだと」

「まあ、それは納得のいく理由だな」

「ところが、セラピストのカウンセリングを受けても、睡眠薬を飲んでも、彼の症状は一向に改善されなかった。眠ると決まって魘され、心身ともに休まらない日々が続いたという」

「それで、お前が治療したのか」

「ああ。知人の紹介でベネットが儂を訪ねてきてな。自分の正体は伏せたまま、儂は彼の悪夢を祓おうとした。……が、できなかった」

「どうして？」

「さあ、わからん。お手上げだ」

タオは「ありとあらゆる呪符や呪《まじな》いも試してみたが、どれも効果がなかった」と付け加えた。それで困り果てて、こうしてヤンに相談しに来たという。

「でも、なんでヤンに？」ふと引っ掛かり、僕は口を挟んだ。吸血鬼専門のヤンが解決できる事件とは思えないけど。

「それがな」タオは白い眉をひそめて言う。「ジョシュアは夢の中で、化け物に追いかけられて血を吸われたと言っとるんだ。おまけに、本人にも虚血の相がある。これはお前さんの専門だろう？」

タオの依頼を受け、さっそく相談者であるジョシュア・ベネットに会いに行くことになった。仕事に同行しようとする僕にヤンが文句を言うことはなかった。さすがにもう諦めたみたい。

高層ビルが立ち並ぶウォールストリートを歩きながら、

「これって、本当に吸血鬼の仕業なの？」

と、ヤンに素朴な疑問をぶつけてみた。何でも吸血鬼の仕業にされるのは不服だと思ってしまったのは、僕の中に同族意識が芽生えはじめてる兆候なのかもしれない。だとしたらちょっと嫌だ。

「ただ夢に出てきただけで、吸血鬼が関係してるとは限らないじゃん。前の日の夜に『ブレイド』シリーズを観《み》ただけかも」

「貧血の症状はどう説明する？」

「ただの鉄分不足だよ。食生活が偏ったビジネスマンにありがち」

「だったらいいけどな」ヤンは肩をすくめた。「実際、悪夢にまつわる吸血鬼は存在するんだ。北欧地域に棲《す》むマーラという種族は、眠っている人間の上に圧《お》し掛かって呼吸を苦しくさせたり、恐ろしい夢を見せたりする。ドイツのアルプって連中は血を吸う悪霊のようなもんで、人間の口の中から体内に侵入して悪夢を見せることもある」

「へえ、吸血鬼ってそんなこともできるんだ」

「そういうお前は、何ができるんだ？　ジャンプ以外に」

不意に訊かれ、僕は黙ってしまった。考えてみたけど見つからない。苦し紛れに口を開く。「……DCコミックスのヒーローの名前を全員言える」

「そりゃすごい」

鼻で笑われた。ムカつく。そうやって馬鹿にして。いつか、ものすごい能力を手に入れて、絶対にこいつを見返してやる。僕は心に強く誓った。

そんなことを話している間に目的地に到着。ウォール街のど真ん中に聳《そび》え立つ高級ホテルを見上げる。名前はウォール・セントラル・ホテル。上等なスーツを着たビジネスマンがエントランスを行き交っている。サングラスをかけた黒ずくめの男とハイスクールの学生という組み合わせは、ここの客層からかなりかけ離れているようで、ドアマンやフロントスタッフも訝《いぶか》しげな目で僕らを見ていた。

部屋番号はタオから聞いている。高層階用のエレベーターに乗り込み、僕たちはベネット氏の部屋へと向かった。ドアをノックすると、中からスーツ姿の男性が出てきた。ブロンドで長身の男性。彼がジョシュア・ベネットだ。

「ただの鉄分不足じゃなさそうだな」ヤンが僕に耳打ちした。「お前より顔色が悪い」

話に聞いていた通り、ベネット氏は疲れきった顔をしていた。青白い顔に、痩せこけた頬。寝不足のせいで目の下が黒ずんでいる。まるで栄養失調と不眠症とうつ病がいっぺんに襲ってきたみたいな感じ。

「エイブラハム・ヤンです。タオ氏の紹介で来ました」

ヤンが名乗ると、ベネット氏は頷《うなず》いた。「ああ、先生から話は聞いています。信頼できる霊能力者だと」

今日のヤンは『ニューヨーク市警にも捜査協力をしている霊能力者』という設定（あながち間違いでもないけど）になっている。ベネット氏はノンヒューマンの存在を知らない側の人間だから、吸血鬼専門の私立探偵だと打ち明けるわけにもいかなかった。霊能力者や除霊師の方が一般人にとっては馴染《なじ》みがあるし、信用されやすい。怪物は信じないけど幽霊は信じているという人は少なくない。

「どうぞ、お入りください」と、彼は僕たちを中に招き入れた。高そうな部屋だ。ロウアーマンハッタンの景色を窓から一望できるスイートルーム。出張でこんないいホテルに泊まれるなんて、ベネット氏の会社は相当儲《もう》かっているに違いない。

リビングルームの椅子に向かい合って腰を下ろし、さっそく彼から話を聞いた。例の悪夢について、

「詳しいことは覚えていないんですが……化け物が追いかけてくる夢でした。黒い人影の

ような形をしていて、そこに口があって、長くて鋭い牙が剝《む》き出しになっていて。それが私の体に嚙《か》みついて、血を吸うんです。いつもそこで目が覚めてしまって、なかなか眠れず……すみません、変なことを話してしまって。化け物なんているわけないのに」

と、ベネット氏は語った。今まさに目の前に僕という化け物がいることを、彼は知らない。

「いつからニューヨークに？」

「1週間前からです」

「悪夢を見るようになったのは？」

「たぶん、同じ頃だと思います」

ウォール街に来てから悪夢に魘されるようになったということは、このホテルで何かしらの超常現象が起こっているのかもしれない。ホテルの中に吸血鬼が潜んでいるとか、この部屋自体が呪われているとか。

ヤンも同じことを考えたようで、客室を調べたいと言い出した。ベネット氏の許可を得てから、僕たちは部屋を念入りに見て回った。クローゼットの中に怪物が隠れてないかとか、絵画の裏に呪いの人形が仕込まれてないかとか。結局のところ、なにも見つからなかったけど。

最後に寝室を調べていたとき、

「これを持ち上げろ」

と、ヤンがキングサイズのベッドを指差した。

「僕が？　無理だよ」

「吸血鬼なんだから、これくらい持てるだろ」

渋々、僕は命令に従った。ベッドの一辺を摑《つか》み、ぐっと力を込めて上に引き上げる。まるで空の段ボール箱を持ち上げているみたいに軽々と浮き上がったので、自分でもびっくりした。「ねえ、すごくない？　僕、スーパーマンみたい」

「すごいすごい」

ヤンは荷物の中からスプレー缶を取り出した。グラフィティアートに使うやつ。僕がベッドを持ち上げてる間に、床の上にスプレーで白い模様を描いていく。

「なに描いてるの？」

「魔物を退ける呪《まじな》いだ。この上で眠れば、幽霊や悪霊の力が及ばなくなる。ベネットはもう二度と悪夢を見ないはずだ」

「そんなもの描いて、ホテルの人に怒られない？」

「問題ない。時間が経《た》てば色が消える特殊なインクだ」

ヤンの言う通り、白い模様はすぐに透明になった。ベッドを元の位置に戻してから、僕たちは寝室を出た。

「除霊は完了しました。もう心配ないでしょう」

というヤンの言葉に、ベネット氏は半信半疑のようすだった。「なにかあったら連絡をください」と電話番号を渡し、僕たちは彼の客室を後にした。

ホテルを出たときにはもう夜になっていた。途中でダイナーに立ち寄り、夕食を取ることにした。奥のテーブル席に向かい合って座り、ヤンはハンバーガーとポテトとコーラを注文した。僕はジンジャエールだけ。そういえば、こんな風にヤンと一緒に食事をするのは初めてのことだった。まあ、僕は何も食べてないんだけど。

ウェイトレスの女性が料理と飲み物を運んできたところで、

「本当に吸血鬼の仕業だと思う？」

と、僕はもう一度同じ質問をした。

「さあな」ハンバーガーに齧《かぶ》り付きながら、ヤンが首を捻《ひね》る。「吸血鬼かもしれないし、悪魔や夢魔の仕業かもしれない。幽霊や悪霊の可能性だってある」

「容疑者が多すぎるね」

僕はリュックからノートパソコンを取り出し、テーブルの上に置いた。キーボードを叩《たた》き、インターネットを検索する。

「なにしてるんだ？」ヤンが視線を僕に向けた。

「SNSの投稿を調べてる。ホテルの宿泊客で、他にも同じように悪夢を見た人がいないかと思って」

余計なことするなって言われるかと思ったけど、「なるほど、悪くない考えだ」と、ヤンは珍しく僕を褒めた。「お前にしては」

「最後の一言は聞かなかったことにする」

とはいえ、彼に褒められたのは初めてだったから、正直ちょっとびっくりした。

「それで、結果はどうだ？」

「いないみたい。みんな大絶賛してるよ。いいホテルだって」

よく眠れなかったとか、魘《うな》されたとか、そういう話は出てこなかった。ホテルの口コミにも目を通してみたけど、軒並み高評価だ。星の数はほぼ5個。ベネット氏のような症状を訴えている人は見当たらない。

「ということは、ホテル自体が呪われてるわけでも、従業員の中に吸血鬼が紛れ込んでるわけでもなさそうだな」

「そうだね。過去の新聞記事も漁《あさ》ってみたけど、ホテル内での事故死や不審死、殺人事件も一切なかった。やっぱり、ベネットさん自身に問題があるのかも」

「どちらにしろ、やれるだけのことはやった」

帰るぞ、と料理を平らげたヤンが腰を上げる。パソコンを抱え、僕も後に続いた。

その数日後、良《い》い知らせと悪い知らせが、ジョシュア・ベネットから届いた。

良い知らせは、あれ以来ベネット氏が悪夢を見なくなった、ということ。

悪い知らせは、奥さんのエマの体調が芳しくないことと、彼の愛娘《まなむすめ》のミアが昨夜「怖い吸血鬼の夢を見た」と泣き出したことだった。

車を運転しながら、ヤンは眉をひそめた。「ジョシュア・ベネットの症状が、今度は家族に移るとは」

「いったいどうなってるの？」

「さあな。とにかく、行って確かめるしかない」

ホテルでのエセ除霊ですっかり信用を得た僕たちは、今度は家を調べてみてほしいとベネット氏に依頼され、すぐに彼の自宅へと向かった。住所はニューヨークの市外で、緑が多い長閑《のどか》な場所だった。

現場に到着し、ヤンは車を路肩に停《と》めた。長い通りに一軒家が並んでいる。その中に、水色の壁と深緑色のドアの家がある。ここが依頼人の自宅、ベネット家だ。

ドアをノックすると女性が顔を出した。彼女がベネット氏の奥さんみたい。家は4人家族で、妻のエマと娘のミア、それから生後3か月の赤子のノアがいるって、ベネット氏から聞いてる。

「エイブラハム・ヤンです。ご主人の依頼で参りました」

ヤンが名乗った。僕も「助手のオリバーです」と続けた。

「お待ちしておりました。どうぞ、中へ」

僕たちはリビングに案内された。L字型のカウチに腰を下ろす。奥さんがコーヒーを用意しようとしているけど、なんとなく動きが鈍かった。話に聞いていた通り、やっぱり調子が悪いみたい。

「大丈夫ですか？　ご気分が優れないようですが」

ヤンが様子を伺うと、

「……ええ」夫人が弱々しい声で返した。「最近ちょっと、体調が優れなくて」

ベネット氏に負けず劣らずな顔色の悪さの夫人をカウチに座らせ、ヤンはいくつか質問をした。

「夜は普段、ちゃんと窓の鍵を閉めていますか？」

「はい」

「最近、知らない人を家の中に招き入れたことは？　たとえば、ここ数週間の間で新しく知り合って、仲良くなった人を、夕食に招待したとか。そういったことはありませんでした？」

「いえ、特には」

「家の中や周りに、白いチョークの粉みたいなものは落ちていなかった？」

「いえ」

「最近、火の玉のような発光した物体を見ました？」

「いえ、まったく」

妙な質問の数々に、夫人は怪訝《けげん》そうな顔をしながらも真面目に答えてくれた。

「ママ」

不意に声がした。幼い少女が階段を下りてくる。彼女が娘のミアだろう。ぬいぐるみを握りしめた少女はこちらに走ってくると、母親の膝の上に乗った。「部屋にいなさい」と言う夫人に対し、ミアは「やだ」と首を振る。

「ひとりは怖いから、やだ」

彼女は頑《かたく》なにその場を動こうとしなかった。

ベネット氏と同じく、ミアも悪夢を見たという話だ。僕はヤンに耳打ちした。「あの子にも訊《き》いた方がいいんじゃない？」

すると、ヤンは眉をひそめた。あからさまに嫌そうな顔だ。「ガキは苦手なんだよ。お前が訊け」

仕方がないな、と心の中でため息を吐く。

「やあ、ミア」手を振りながら近付き、僕は少女に声をかけた。「僕はオリバー。ちょっと教えてほしいことがあるんだけど、いいかな？」

　僕の顔をじっと見上げ、ミアが無言で頷《うなず》く。

「怖い夢を見たって、本当？」

「うん」

「夢に吸血鬼が出てきたの？」

「うん」

　彼女は寂しげな表情で、

「でも、ママは信じてくれないの」

　と俯《うつむ》いている。

「信じてもらえないのは、悲しいよね」僕は彼女の肩に手を置いた。「わかるよ、その気持ち。僕も君くらいの歳《とし》のときに同じようなことがあったから。ある日、朝起きたら、僕のベッドのシーツが濡《ぬ》れていたんだ。窓から入ってきた妖精が僕のベッドに炭酸水をこぼしたんだって説明したけど、母さんは全然信じてくれなかった」

「妖精さんがやったの？」

「いや、僕が漏らした」

　話を戻そう。「それで、その吸血鬼はどんな顔だった？」と尋ねると、ミアは壁に飾られている写真を小さな指で差した。

「あの人?」

「うん」

僕はそれに目を向けた。家族写真みたい。写っているのは4人。ジョシュア・ベネットと妻のエマ。そして、今よりも少しだけ幼いミア。それから、優しい笑顔でミアを抱きかかえている老人。

「あの人、誰?」

尋ねると、ミアは「おじいちゃん」と答えた。

この老人の名前はローガン・ベネット。ジョシュアの父であり、ミアの祖父だと、エマ夫人が説明してくれた。

「亡くなるまで、この家で一緒に暮らしていました。元々体が弱かったんですが、3か月前から急に悪くなってしまって、最後の方はほとんど寝たきりの状態で……」

ローガンは1か月ほど前に自宅で息を引き取ったそうだ。そういえば、タオも言っていた気がする。ジョシュア・ベネットは父親を亡くしたばかりだって。たしか、ジョシュアの体調不良は、ローガンの死の直後から始まったんだっけ。

「吸血鬼になったお祖父《じい》さんが、夢に出てきたの?」

再度ミアに確認すると、彼女は頷いた。「おじいちゃんの口に、牙があったよ。こわかった」

「こら、ミア。お祖父さんを悪く言わないの」夫人が眉をひそめた。それから、僕たちに困ったような顔を向ける。「人の死に触れるのが初めてだったので、きっとショックだったんでしょう。だから、変な夢を見てしまったんだと思います」

話を聞くのはこれくらいにして、ヤンがカウチから腰を上げる。「家の中を見てもいいですか？」

夫人の許可をもらったところで、僕たちは家中を調べて回った。ベネット家は、この国のどこにでもあるような、ごく普通の家だった。2階建ての、庭付きの一軒家。ガレージには車が2台。クリスマスツリーが飾り付けられているリビング。手入れの行き届いたキッチン、少し広めのバスルーム。玩具やぬいぐるみで溢《あふ》れた子供部屋。元々ゲストルームだった部屋には、今はベビーベッドが置かれ、赤ちゃんが眠っている。彼が生後3か月のノアだろう。起こさないよう、そっとしておいた。

ホテルでベネット氏にしたのと同じように、ヤンはこの家にあるすべてのベッドの下に例の魔法陣を描いた（その度に、僕がベッドを持ち上げなければいけなかった）。これで今夜、エマ夫人とミア、そしてノアの3人が悪夢を見たり、吸血鬼や悪霊に襲われることはないはず。

子供部屋の床に魔法陣を描いている最中、

「一連の犯人は、あのジイさんかもしれないな」

と、ヤンは呟《つぶや》くように言った。

「ローガン・ベネット？」

「ああ。ドッペルジュガーという吸血鬼がいるんだが、連中はドイツのハノーヴァー地方に伝わる種族で、類感呪術を使い、自らの家族を餌食にするんだ」

「類感呪術、ってなに？」

「呪いの儀式の一種で、自分の体や持ち物を他者に見立て、それに何らかの行為を加えることで相手を呪う方法だ。たとえば、ある地方では死衣を噛《か》む行為は遺族に呪いをかけることだと考えられていた。だから、死体が服を噛まないよう、口の中に物を詰めて埋葬した事例もある」

床に呪《まじな》いを描き終え、ベッドを元の位置に戻す。

「ドッペルジュガーは埋葬されると、まず棺桶《かんおけ》の中で自らの肉を食らうんだ。そうすることで、血の繋《つな》がりのある家族に呪いをかけ、生命エネルギーを奪うことができる。家族が衰弱したところを狙って、家の中に侵入し、血を吸って殺してしまう」

「つまり、ベネット一家が体調不良になったり悪夢を見たりしているのは、お祖父さんが墓の中から呪っているせい？」

「可能性の一つだけどな。ジョシュアの不調が始まったのは、ローガンが死んだ直後だ。タイミング的に偶然とは言い難《にく》い。それに、夢は深層心理の表れでもある。吸血鬼になったジイさんの姿が夢に出てきたのは、無意識のうちにジョシュアの体が吸血鬼による呪いを感じ取っているからかもしれない」

家族写真の中であんなに優しそうに笑っていたお祖父さんが、死後に家族を皆殺しにしようとしているなんて、僕には信じられなかった。だけど、信じられないことが起こるのがこの世界だ。

「ベネット家を助ける方法はないの？」

「ドッペルジュガーの攻撃を防ぐには、遺体の口にコインを詰めたり、顎の下に板を置いたりして、自分の肉や服を噛めないようにするしかない」

それでも効果がなかったら、別の種族の仕業だと考えられる。そのときはまた違う策を講じればいい。そうやって可能性を一つずつ潰していくことが、この仕事のやり方なのだとヤンは語った。

だけど、問題がひとつある。「どうやって家族に説明する？」

お祖父さんが墓から蘇《よみがえ》って殺しにくるから、25セント硬貨を遺体の口の中に突っ込ませてくれ、なんて正直に頼めば、この家から追い出されるに決まってる。ヤンは肩をすくめた。「適当に話をでっち上げるしかないな」

その後、ヤンがエマ夫人に語った作り話は、こうだった。

この家の中にはローガンの霊がいて、邪悪な力で家族を呪っている。家族の生命エネルギーを吸い取ったり悪夢を見せたりして、災いを引き起こしている。

対策としては、まずは墓を暴く必要がある。そして死体の口の中に清めたコインを入れることで、亡者の呪いを防ぐことができる。それ以降、悪夢を見ることも、体調が悪くなることもなくなり、一家は安心して過ごせるようになる。

事実をちょっと脚色した作り話を、夫人は信じてはくれたけど、また別の問題が生じてしまった。一通りの説明を聞いた彼女は、「お義父《とう》さんの墓を掘り返すんですか？」と、あからさまに嫌そうな顔をした。

「心配いりませんよ。すべて、我々がやりますから」

「駄目です」夫人が首を振る。「そんなことをすれば、死者を怒らせて、余計に呪われてしまいそう。それに、夫だって嫌だと思います」

もっともな言い分だと思う。普通なら、埋葬した遺体はそっとしておきたいところだろう。普通の人間の心を持ち合わせていないヤンにはわからないだろうけど、彼は「わかりました」と引き下がった。

僕は「どうする？」とヤンに耳打ちした。

「仕方ない。プランBだ」

ヤンが小声で返した。

ヤン曰《いわ》く、ドッペルジュガーは家の玄関を目印にして家族の下へと向かうため、玄関の見た目さえ変えておけば、怪物の襲撃を防ぐことができる、とのことだった。

具体的にどうするかというと、家の壁やドアにペンキを塗って色を変えるだけだ。

夫人には、特殊な清めたペンキを塗ることで邪悪な霊から家を守ることができる、と説明した。いきなり家の色を塗り替えると言い出せば猛反対されるかと思ったけど、意外にもベネット一家は快く承諾してくれた。あちこちペンキが剝がれていて、ちょうど塗り直そうと思っていたらしい。希望の色を確認したところで、ヤンと僕は近所にあるホームセンターで屋外用のペンキを購入した。再びベネット家に戻り、路肩に車を停《と》める。

「お前が塗っとけ。俺はやることがある」

と、ヤンは僕にペンキとブラシを押し付けた。やることっていったい何なんだろうと思っていたら、ヤンは車の中に戻り、なんと運転席のシートを倒して昼寝をしはじめた。むかつく。

渋々、僕は一人でペンキ塗りの作業を開始した。すべての家の壁を、ブラシやローラーを使って白色に染めていく。3時間ほど経《た》ったところで、黙々と作業する僕にエマ夫人がクッキーの差し入れをしてくれた。有難《ありがた》いけど、味はしなかった。吸血鬼だから。

それからさらに4時間後、僕の仕事は完成した。自分で言うのもなんだけど、なかなかの出来だと思う。夫人にもすごく感謝されて、僕はいくらかのチップをもらった。ヤンには黙っておいた。こっそり自分のポケットに突っ込む。

壁を水色から白に、玄関のドアをダークグリーンからネイビーに。まるで建て直したかと思うほど綺麗《きれい》になったし、以前とは印象がかなり違う。これならドッペルジュガーがベネット家を襲うことはないはず。

そんなことをしている間に日が沈み、夜になった。僕たちは車の中でベネット家を見張ることにした。ここからは、墓から蘇った吸血鬼が、家を探して彷徨《さまよ》い歩いているところを、ヤンと僕で退治する、という計画だ。

だけど、日中ずっとペンキ塗りをやらされていた僕は、かなり疲れ果てていた。強い眠気に襲われ、正直、見張りどころじゃなかった。

欠伸《あくび》を嚙み殺していると、

「吸血鬼のくせに、夜更かしができないのか」

と、隣に座るヤンが呆《あき》れたような顔で言った。

「……誰のせいだと」

自分は昼寝してたからいいものを。僕は口を尖《とが》らせた。少しは労《いた》わってくれたっていいのに。

「じゃあ、何か話してよ」

「は？」

「喋《しゃべ》ってないと寝ちゃいそうだから、何か話して」

「ちょっと待ってろ、話題を探す」

「……普通、『お前は休んでいいぞ。俺が見張っとく』って言うとこだよね？」

気が利かない奴。本当に優しくない。

僕を寝かせてやるつもりはないようで、ヤンはいくつかの適当な話題を振ってきた。その中のひとつが、「友達とは仲直りできたか？」だった。

「友達？」

「お前が殴って怪我《けが》させた奴だよ。ちゃんと謝ったか？」

ジャクソンのことを言ってるらしい。僕は「友達じゃない」と強い口調で否定した。あの日以来、ジャクソンはずっと学校を休んでいる。顔を合わせる機会がなかった。

「その話題は嫌だ」

と言えば、ヤンは面倒くさそうな顔で話を変えた。「ファーザーから聞いたぞ。メソメソ泣いてたらしいな」

「……その話題も嫌だ」

あの日のことを思い出し、恥ずかしくなってきた。僕は両手で顔を覆った。ファーザーの馬鹿。なんでヤンに言うの。

するとヤンは頭を掻《か》きながら、

「……まあ、あのときは悪かった。俺も少しやり過ぎた」

と、外を眺めたまま言った。

びっくりした。この男が謝罪の言葉を口にするなんて、信じられない。「……ファーザーに言わされてる？」

「俺も謝ったんだから、お前も友達に謝れよ」

「友達じゃない」

何度言ったらわかるんだ。ジャクソンは友達じゃない。僕の敵。

「そういえばお前、飯食ってないんだって？」

話題が変わった。ヤンが僕を横目で見た。

「ちゃんと食べてるよ。さっきも、エマ夫人からもらったクッキーを食べた」

「そうじゃない。言わなくてもわかるだろ？」

わかってる。「わかんない」

「ファーザーから輸血パックを預かった。冷蔵庫に入ってるから、帰ったらちゃんと飲んどけよ」

頷《うなず》くことはできなかった。僕はまだ、人間の血を飲むことに抵抗がある。一度飲んでしまえば、それこそ自分が完全に化け物になってしまうんじゃないかって、怖かった。「血なんか飲みたくないよ。全然美味《おい》しそうじゃないし」

ヤンは深いため息をついた。「なにかあってからじゃ遅いんだ。意地張ってないで、受け入れろ」

結局、会話はそこで終わった。ヤンが次の話題を振ってくることはなく、僕の眠気も頂点に達した。瞼《まぶた》が重くて、目を開けていられない。僕はそのまま眠ってしまった。

そして、夢を見た。

悪夢だった。

目の前に怪物がいる。まるでゾンビのような、体の一部が腐った人間。その顔には見覚えがあった。ミアのお祖父《じい》さん、ローガン・ベネットだ。大きく開いた口には二本の鋭い牙が生えている。まるで吸血鬼だ。ミアの言う通りだった。

次の瞬間、ローガンが僕を追いかけてきた。慌てて逃げようとしたけど、足が動かなかった。吸血鬼は腐りかけの腕で僕の両肩を摑《つか》み、強く揺さぶった。

殺される、と思った。

『助けて』

そう叫ぶ声が、辺りに響き渡る。

だけど、それは僕の声じゃなかった。ローガンの声だった。『助けてくれ』と、彼は僕にむかって懸命に訴えている。

助けてくれ、家族を。あの怪物から救ってくれ。

「──うわぁ！」

そこで、目が覚めた。

いきなり叫びながら飛び起きた僕に、隣のヤンが「なんだ、どうした」とぎょっとしている。吹かしていた煙草《たばこ》を落としそうになっていた。

「……お祖父さんが、夢に出てきた！」

「ジイさん？」

「ローガン・ベネットだよ！　吸血鬼になったローガンが、僕の夢に出てきたんだ！」

ヤンは信じなかった。眉をひそめている。「なんでお前の夢にベネット家の祖父さんが出てくるんだ？　ドッペルジュガーは血縁者しか呪わない」

「呪いじゃないんだよ！」

僕は叫んだ。とにかく落ち着こうと、深呼吸を繰り返す。息を整えたところで、話を続ける。

「夢の中で、ローガンは『家族を助けてくれ』って言ってた。彼は家族を呪ってたんじゃない。逆だよ。家族に危険が迫っていることを、警告してたんだ」

「警告？」

ヤンがはっとした。

「……なるほど、そういうことか。だからあのタオでも、悪夢を祓《はら》うことができなかったのか」

ようやく信じてくれたみたい。僕は頷いた。「そもそも悪夢じゃないから、祓えるはずがないんだ」

ローガンは悪夢を見せていたのではなく、夢を通じて家族に危険を知らせようとしていた。悪霊でも吸血鬼でもなく、ただの幽霊として。だけど、家族にはそれが上手《うま》く伝わらなかった。ジョシュアは目が覚める度に夢の詳細を忘れてしまい、ローガンの顔や言葉を覚えていない。娘のミアの夢に出てみても、子供の妄言を親は信じようとはしない。おまけに、ヤンが魔法陣を描いたことで、ローガンは追い払われ、家族全員の夢に出ることができなくなった。

「だからローガンは仕方なく、近くにいた僕に助けを求めたんだと思う」

「ベネット家はいったい何に狙われてるんだ？」

「わからない。『あの怪物から家族を救ってくれ』って言ってたけど……」

「怪物？」

ヤンは考え込み、しばらくして口を開いた。

「ローガンが衰弱しはじめたのは」煙草の煙を吐き出しながら告げる。「たしか、３か月ほど前からだよな」

「うん。エマ・ベネットがそう言ってた」

「仮に、ローガンの死の原因が病気ではなく、その怪物の仕業だったとしたら。ローガンは何らかのきっかけで、その時期に怪物と接触しているはずだが」

3か月――ふと、その数字にぴんときた。

「……ノアは生後3か月だ」

まさか、とヤンが目を見開く。

僕たちはすぐに車を降りた。塗りたてのドアを蹴破り、ベネット家の中に突入する。ちょうどそのときだった。エマ夫人の悲鳴が聞こえてきた。キッチンからだ。

間接照明に照らされた薄暗いキッチンで、床の上に夫人が倒れていた。小さな赤ん坊が彼女の首に顔を埋めている。ノアだった。僕らに気付き、振り返ったその顔は、普通の赤ん坊のものではなかった。目はぎらついていて、牙は鋭く、口の周りは真っ赤な血に塗《まみ》れている。床には哺乳瓶が転がっていた。ミルクを飲ませている最中に襲われたようだ。

「オリバー！」ヤンが叫んだ。「来るぞ！」

はっとして視線を上げると、すぐ目の前に赤ん坊がいた。ノアが僕の顔に飛び掛かってきた。勢いそのままに、僕たちはリビングに転がり込んだ。

ノアは獣のような唸《うな》り声をあげていた。母親の血だけでは満足できなかったのか、牙を剝《む》き出し、僕の首に噛《か》みつこうとしている。僕はその頭を両手で掴み、体から引き剝がそうとした。赤ん坊とは思えない怪力がそれを阻む。首筋に噛みつこうとしていたノアが、突然、苦しげな悲鳴をあげた。床の上をのたうち回っている。体から白い煙が上がっていた。ヤンがノアに聖水をかけたのだ。

聖水は僕の顔にも垂れてきた。頬に痛みと熱が走る。「熱っ！　ちょっと！　僕のことも考えてよ！」

ノアはヤンに顔を向けた。そこに人間の面影はなかった。唸り声をあげ、まるで四本足の獣のような動きで部屋を駆け回る様は、どこからどう見ても化け物だった。あれが吸血鬼の真の姿だというのだろうか。そのうち自分もあんな風になってしまうのか。そんな不安が僕の頭を過《よぎ》った。

ヤンに飛び掛かろうとした瞬間、一発の銃声が鳴り響いた。ヤンがすばやくショットガンを抜き、ノアを撃った。額のど真ん中に銃弾を食らった赤ん坊の体は、勢いよく背後の壁に激突した。

ノアは動けなくなっていた。特殊な弾丸が効いているようだ。痙攣《けいれん》している赤ん坊に近寄ると、ヤンは腰に差していた愛用の鉈《なた》を抜いた。

その瞬間、ノアが人間の顔に戻った。まるで、ミルクを欲しがるただの無邪気な赤ん坊のように、甲高い声で泣きはじめた。

ヤンは片足でノアの頭を踏みつけると、

「演技が上手いな」

と、冷めた声色で笑い飛ばした。

ノアの顔が怒りに満ち、牙を剝き出した瞬間、ヤンが刃を振り下ろした。鉈で首を切断した。ノアの頭部がごろごろと床の上を転がり、哺乳瓶に当たってぴたりと止まる。

吸血鬼とはいえ、見た目は人間だった。それも赤ん坊だ。幼い首が刎《は》ねられる瞬間を目の当たりにした僕のショックは相当なもので、吐き気すら覚えた。慌てて生首から目を逸《そ》らす。

「……まだ赤ちゃんだったのに」

首のない死体を足蹴にして、ヤンが言葉を返す。「これはただの化け物だ」

「だ、だからって」赤ん坊相手でも平気で首を斬れるこの男の神経が信じられない。そのあまりの残酷さに、声が震えた。「なにも、殺さなくても」

「人を襲う吸血鬼を殺す。これが俺の仕事だ」

感情のこもっていない、恐ろしいほどに冷静な声色で、ヤンが言う。

「ファーザーが俺にお前を預けた理由が、これでよくわかっただろ?」

僕は何も言い返せなかった。ヤンの目を見ることもできなかった。

この男には関係ないことなのだ。吸血鬼がどんな姿をしていようと。見た目がノアみたいな赤ん坊だろうと、僕みたいな高校生だろうと。

ファーザーが僕をヤンに預けた理由。ずっと、吸血鬼として生活できる術《すべ》を学ばせるためだと思っていた。彼がそう言ってたから。だけど、そうじゃなかった。悪さをしたらいつでも始末できるよう、見張り役の傍《そば》に置いておきたかっただけなんだ。

少しはヤンと打ち解けられたような気がしていたけど、全部僕の勘違いだった。彼にとって僕は、ただの一匹の吸血鬼でしかない。ヤンはいつでも僕を殺せる。ノアにしたように、少しの躊躇《ためら》いもなく。そのことに対する恐怖と、よくわからない寂しさが、僕の心をぐちゃぐちゃにかき乱していた。

その後、エマ夫人はすぐに救急車で運ばれた。酷《ひど》い出血だったけど、なんとか一命を取り留めたらしい。彼女はこれから、然《しか》るべき捜査機関の事情聴取を受け、ノンヒューマンに関する機密保持の誓約書を書かされることになるだろう。そして、ノアの遺体は極秘に処理される。ノンヒューマンの存在を知る一部の人間によって、事件は揉《も》み消される。

翌週の放課後、僕は学校の図書室で調べ物をした。吸血鬼について書かれた文献をかき集め、片っ端から読み漁《あさ》った。ベネット家の事件がずっと心に引っかかっていたからだ。

生後3か月のノアは、いつから吸血鬼になったのだろうか。

ある文献には、ポーランドにオヒンという赤子の吸血鬼の種族が存在すると書いてあった。取り替え子《チェンジリング》といって、妖精や怪物が人間の赤ん坊を攫《さら》い、代わりに自分たちの子供を置いていくケースもあるそうだ。最初から吸血鬼として生まれたのか、知らない間に吸血鬼に嚙まれて人間ではなくなっていたのか、それとも吸血鬼が赤子に化けていたのか。いろんな可能性が考えられるけど、今となっては真実を知ることはできない。犯人はヤンに殺されてしまったから。

いずれにしろ、あの日のノアはたしかに怪物だった。おそらく、寝たきりだったローガン・ベネットの血を密《ひそ》かに吸い続け、死に至らしめたのも彼の仕業なんだと思う。そしてローガンがいなくなると、今度は息子のジョシュア・ベネットを狙った。彼が体調不良に陥ったのはローガンが他界した直後。代わりとなる食料が必要だったんだ。ベネット氏が出張の間、今度はエマ夫人が襲われた。だから彼女も体調不良に陥った。

あの日、ヤンが描いた魔法陣のせいで、ノアの動きは封じられていた。そこでノアは夜泣きをして母親を誘《おび》き寄せ、彼女が自分にミルクを飲ませるよう仕向けた。母親に抱えられて、狙い通り魔法陣から抜け出した吸血鬼は、キッチンで夫人に襲い掛かった。

血を流して倒れているエマ夫人の姿が目に焼き付いて離れない。自分の母親と重なってしまう。事件のショックを振り払おうと頭を搔《か》きむしった、そのときだった。

「――オリバー？」

不意に名前を呼ばれ、僕ははっと顔を上げた。

目の前にリズが立っていて、心臓が止まるかと思った。

「や、やあ、リズ」

僕はぎこちなく片手を上げた。

リズは「聞いたよ、ジャクソンとのこと」と返した。

悪事が広まるのはあっという間だ。幻滅されただろうか。不安になる。「……反省してるよ。あれはやり過ぎだった」

「そうね」

リズは肩をすくめた。

「でも私、ちょっとだけ思っちゃった。……いい気味だって」

「……そう？　実は僕も」

顔を見合わせ、僕たちは笑い合った。よかった。嫌われてはいないみたい。

「なにを読んでるの？」

「え？　ああ、これは、その」

訊《き》かれ、僕は慌てた。オカルト好きのキモい奴だって思われたくなくて、適当に誤魔化す。「地理のクラスで、レポートの宿題があって。世界各地の民間伝承について書こうと思ってるんだ」

「へえ、面白そう」

リズも本を抱えていた。「君は？」と訊き返す。

「これよ」

「政治学？　難しそう」

「私ね、将来、パパのような議員になりたいの」

リズの父親は上院議員のアーロン・バートン。学校一の人気者であるリズが尊敬するだけあって、バートン議員も国民からの人気が高い。

「素敵な夢だね」

「ありがとう」

「前にネットで、君のお父さんのスピーチを見たよ。銃規制法案のために動いてくれてるよね？　僕も身内をそういう事件で亡くした経験があるから、バートン議員の言葉はすごく胸に刺さった」

「本当？　そんな風に言ってもらえると、私も嬉《うれ》しいわ」

リズが笑った。父親のことを褒められて、心の底から嬉しそうだった。お父さんのことが本当に大好きなんだろう。微笑《ほほえ》ましい気持ちになる。

こんなに長くリズと話したのは初めてだ。この時間が永遠に続いてほしいと思った。どうにか会話を終わらせまいと、

「あ、あのさ、リズ」

僕は無理に言葉を発した。勇気を出せ、オリバー。自分を奮い立たせる。

「こ、今度、一緒に映画でも見に行かない？」

なんとか絞り出した精一杯の誘いに、

「いいよ」と、リズは笑顔で頷《うなず》いてくれた。「行こう」

「……よかった」

リズは僕の前の席に座り、勉強をはじめた。近くにいてくれることが嬉しかった。なんだかちょっと仲良くなれた気がして。

それからは、調べ物に集中できなかった。ずっと彼女の後ろ姿を見つめてしまう。リズは長い髪を掌《てのひら》でまとめ、一つに結んだ。彼女のうなじを眺めていると、心臓が大きく脈打つような感覚を覚えた。興奮に似た感覚だった。

ふと、口の中に違和感を覚える。

唇に触れてみて、僕は愕然《がくぜん》とした。

――牙がある。

僕の口に、いつの間にか二本の鋭い犬歯が生えている。

ファーザーの言葉が頭を過《よぎ》る。たしか、吸血鬼は必要なときにだけ牙が出てくると言っていた。だとしたら、今がその必要なときだというのか。

突然、激しい飢餓に襲われた。リズの首筋から目が離せない。本能が叫んでいる。彼女の柔らかい肌に牙を立て、新鮮な血を啜《すす》れと命じている。

噛《か》みついて、血を吸いたくて、たまらなくなった。

一刻も早くここを去らなければ。リズから離れなければ。衝動が爆発する前に。僕は急いで図書室を出た。道中で誰かを襲ってしまうんじゃないかと不安で、地下鉄にもバスにも乗ることができなかった。学校からチャイナタウンまで全速力で走った。

事務所に帰り着くと、真っ先にキッチンへと向かった。冷蔵庫を開ける。中に輸血パックを見つけ、僕はそれに齧《かぶ》り付いた。鋭い牙が袋に穴を開け、中から赤い液体が滴り落ちてくる。

美味《おい》しい、と感じてしまった。

まるで、大好きなお菓子や、母さんの手料理を食べたときのような、満たされた気持ちになった。僕は無心でそれを啜った。口の端から零《こぼ》れた血液が僕の顔や手、服を汚していく。

背後で声がした。

「ようやく自覚できたようだな、自分が化け物だってこと」

振り返ると、ヤンが立っていた。体中が真っ赤に染まった僕を見下ろし、「まるで人一人殺してきたみたいだ」と嗤《わら》う。今の僕はきっと、あのときのノアと同じ顔をしているのだろう。

ヤンの言う通りだった。

僕は、化け物だ。

「……ごめん、僕が間違ってた」

ジャクソンを殴ったとき、どうしてヤンがあれほどまでに怒ったのか。どうしてファーザーが血も涙もないヤンに僕を預けたのか。やっと本当の意味で理解できた。そして、それらが正しいことだと、今では思える。

パックが空になる頃には、空腹は満たされ、興奮も収まっていた。濡《ぬ》れた口元を手の甲で拭い、僕は彼に言った。

「……ヤン」

「なんだ」

自分が怖かった。大好きなリズを、ただの食料として見てしまった自分が。意地を張らずに、食事をしておくべきだった。大事な人を手にかけてしまう前に。

「もし、僕が人を襲ったときは……すぐに殺して」

この男なら、きっとやってくれる。躊躇《ためら》いなく。僕が道を踏み外し、ただの化け物になってしまったら、必ず首を刎ねてくれるはず。

自分の愚かさと甘さに打ちひしがれ、項垂《うなだ》れる僕を、ヤンは無言で眺めていた。しばらくして、汚れた床を指差しながら「掃除しとけよ」と言い、彼は僕に背を向けた。

5　ストレンジャー・デンジャー

「聞いて、母さん。僕、最近3階まで跳べるようになったんだよ」

返事がないことはわかっているのに、それでも毎日のように見舞いに来ては、母さんにこうして話しかけている。学校であったこと（ジャクソンの鼻をへし折った件は秘密だけど）とか、ヤンとの生活のこと、吸血鬼の仕事のことも。特に、ヤンに対する愚痴は止まらない。

「ヤンの奴、本当に酷いんだ。ほら見てよ、この傷」

眠っている母さんに右の掌を向ける。十字架の形をした火傷《やけど》の痕は未《いま》だにくっきりと残ったままだ。たぶん一生消えないんだと思う。

「あいつのせいで、こんなふうになっちゃった」

とは言っても、まるで戒めみたいな感じがして、最近はこの傷のことも悪くないと思えるようになった。あのリズの一件から僕の考えは変わりつつある。自分がもう人間ではないという現実をようやく受け入れられそうな気分。なにか道を踏み外しそうになったときは、この掌の十字架を見て自分を律しようと心に決めている。

「すぐ部屋を散らかすし、服も脱ぎ捨てたままだし。これじゃ、どっちが保護者かわからないよ」

病院の個室は味気がなさすぎて、いつも独りでこんなところにいる母さんが気の毒でならなかった。何か飾ってみようか。花とか。いや、写真の方がいいかな。家族写真を枕元に置いたら、きっと母さんも寂しくないだろうし、喜んでくれるはず。名案だと思う。今度、家に戻ってアルバムを探してみよう。

「最初はどうなることかと思ったけど、まあ、なんとか上手《うま》くやってるから。母さんは安心して、早く元気になってね」

人工呼吸器と点滴に繋《つな》がれた母さんの体は日に日に少しずつ弱ってきている。医者じゃなくてもそれがわかってしまう。モニターに表示される心電図の波が、ここに来るたびに緩やかになっているような気がして、僕は強い焦りを感じていた。

「僕が必ず、母さんを元気にしてみせるから」

吸血鬼のコミュニティに僕の働きを認めさせて、母さんを仲間にしてもらうという目標は変わらない。それが達成できれば、僕たちは今まで通りの生活に戻れる。また二人で暮らせるようになる。

もちろん、母さんが人間じゃなくなってしまうことを、まったく気にしていないわけではなかった。目が覚めて、知らないうちに自分が化け物になっていたら、母さんはどう思うだろうか。母さんは吸血鬼の生活に適応できるだろうか。いろいろと不安は尽きないけど、とにかく元気でいてほしいという気持ちが、それを大きく上回る。

「……母さんが作ったチリビーンズが食べたいなぁ」

どんな姿であっても、母さんには目を覚ましてもらいたいし、ずっと生きていてほしいから。そのために、こうして頑張ってることは、間違ったことじゃないと思ってる。

「そろそろ行くよ」僕は椅子から腰を上げた。「また来るからね」

病院を後にして、チャイナタウンへと戻る。その途中、タオの漢方店に寄って少しお喋《しゃべ》りをした。タオの店はいろんな薬草や茶葉を売っている。人間に効くものから人外に効くものまで幅広く取り揃《そろ》えていて、客層のだいたい半分は一般の人だけど、もう半分は魔女や魔術師、ヤンみたいな怪物を相手にしている職業の人らしい。僕が遊びに行くと、タオは毎回違う種類のお茶を淹《い》れてくれる。茶器を扱うその複雑な手捌《さば》きは何度見ても飽きない。

事務所に戻った頃には日が暮れていた。家主に声をかけても返事がない。ヤンはカウチの上で居眠りをしていた。僕はキッチンに向かい、冷蔵庫を開けた。中から輸血用のパックと、昨日買っておいたテイクアウトのチリビーンズを取り出そうとしたんだけど、

「――ない！」

チリビーンズがなくなっている。

僕の叫び声でヤンが目を覚ました。「なんだ、うるせえな」と欠伸《あくび》しながら言う。

「僕が買ってきたチリビーンズがないんだけど！」

「俺が食った」

「どうして！」

「どうして？　そりゃこっちの台詞《せりふ》だ。どうして人間の食べ物を買う？　お前が食ったところで味がしないんだから、俺が食った方がいいだろ」

完全に開き直ってる。ほんとむかつく奴。

人間の血を飲むことに未だ抵抗のある僕は、料理の上にかけたりジュースに混ぜたりして気を紛らわせながら血液を摂取している。そんな僕の食事風景を、ヤンはいつも「無駄なことしてんな」って馬鹿にするけど。

「そういう問題じゃない」ヤンを睨《にら》みつけ、チリビーンズの代わりに冷蔵庫からトマトジュースを取り出す。パックの中身をマグカップに移し、それをジュースで割ってストローを差す。

マグを片手に部屋へと戻れば、ヤンはテレビでニュースを見ていた。話題は銃規制法案についてだ。賛成派としてバートン議員のインタビューが流れている。こないだのリズの一件を思い出してしまい、罪悪感が蘇《よみがえ》ってきた。あの日は本当にヤバかった。あのままリズに襲い掛かっていたらって想像すると、ぞっとする。

次の話題に切り替わる。失踪事件について報じられている。5歳の少女が行方不明になってるらしい。母親がカメラの前でインタビューに応えていた。

『娘のレベッカがいなくなりました。もし情報をお持ちの方がいたら、警察までご連絡ください。どんなことでも構いません。それから、娘を誘拐した犯人がいるなら、お願いです。あの子を返してください。何でもしますから、お願い』

娘の写真を手に、母親は涙ながらに訴えている。見ているだけで心が痛む光景だ。

そのとき、ノックの音が聞こえた。お客さんが来たみたい。ヤンがドアに向かって「入れ」と無愛想な声をかけた。

事務所に現れたのは、ニューヨーク市警のアレクサンドラ・モーガン刑事だった。どうやらまた厄介な事件を抱えているようで、彼女は「手を貸して、ヤン」と疲れた顔で告げた。

「今度はどんな事件だ?」

「それよ」と、モーガンがテレビを指差す。画面には子供の顔写真が映し出され、ニュースキャスターがレベッカの特徴や失踪時の服装を読み上げているところだった。「子供を捜してほしいの」

「レベッカを?」

「その子だけじゃない」

モーガン刑事の話によると、現在ニューヨークでは未解決の児童失踪事件が3件もあるらしい。

第1の事件は先月起こった。パトリック・ベリーという11歳の男の子が、近所の友達の家に遊びに行ったっきり、家に帰ってこなかった。

第2の事件は先週。7歳の少女リンジー・マグワイアが、父親と一緒にショッピングモールで買い物をしていたところ、ほんの数秒目を離した間に消えてしまった。

第3の事件は今日起こったばかりで、テレビで報道されている通り。レベッカ・ホワイトフィールドという5歳の女の子が、家の近くの公園で遊んでいる最中に突然いなくなってしまったという。

話を聞く限りだと、どれもよくある児童失踪や誘拐事件のように思える。それでもモーガン刑事がヤンを頼ってここに来たということは、この事件に吸血鬼が絡んでいるというのだろうか。

「俺に捜索を依頼するってことは、相応の理由があるんだろ? スレンダーマンの目撃情報でも入ったか?」

「遺体が見つかったの」

「誰の?」

「パトリックよ。最初の事件の被害者。ずっと手掛かりすら摑《つか》めていない状況だったんだけど、今日になって遺体が発見された。空地に埋められていて、再開発のために建設会社が地面を掘り返したら、子供の遺体が出てきたの。解剖して詳しく調べてみないとわからないけど、死因は失血死の可能性が高い。これが遺体の写真よ」

僕たちは報告書を見せてもらった。男の子の死体だ。細いドリルで穴を開けたような痕が一つ、首筋に残されている。

「犯人はたぶん、年寄りの吸血鬼だね」僕は写真を覗《のぞ》き込みながら言った。

「なんでそう思う？」

「牙が片方ない」

吸血鬼の牙は二本。だから当然、傷も二つできるはず。だけど、この少年の遺体には一つしかない。

「きっと抜けちゃったんだ。僕のお祖父《じい》ちゃんも、晩年は歯がなかったし」

「名推理だな」と、ヤンが小馬鹿にしたような顔で嗤《わら》う。どうやら外れらしい。自信あったんだけどな。

「吸血鬼は種族によって血の吸い方が違うから、死体の傷痕も違うんだ。一般的なのは獣みたいに嚙《か》みつくタイプだが、長いものを突き刺して血を啜《すす》るタイプもいれば、生命エネルギーだけを吸い取る精神的吸血を行う奴もいる。今のお前みたいにストローで飲む奴は珍しい」

またひとつ賢くなってしまった。「そうなんだ」と呟《つぶや》き、ストローを咥《くわ》える。

「いずれにしろ、子供の血を好む吸血鬼は大勢いる。容疑者を絞り込むのは難しいだろうな」

「そうよね」

モーガン刑事はあからさまに落胆していた。このまま事件は迷宮入りしてしまうのかと思ったけど、どうやらヤンには秘策があるみたい。

「まあ、そうがっかりするな。犯人は見つけられなくても」ヤンは椅子から腰を上げ、口角を上げた。「被害者なら、すぐに見つけられる」

そんなわけで、僕たちはリンジー・マグワイアとレベッカ・ホワイトフィールドの行方を追うことになった。とはいっても、聞き込みしたり監視カメラの映像を調べたりと、警察みたいに正攻法で捜すわけじゃなかった。奇奇怪怪な事件を専門に扱う私立探偵にはちょっとした裏技的なコネがあるらしい。

僕たちが向かった先はマンハッタンの五番街。高級なアパレル店が並んでいる通りを歩きながら、

「これから、妖精に会いに行く」

と、ヤンが教えてくれた。無精ひげを生やした小汚いおじさんには似合わない、ずいぶんとメルヘンな発言だった。

「妖精?」

「ハイター・スプライトという種族で、イングランド出身のノンヒューマンだ。この辺で店をやってる」

「その妖精が、失踪事件に関わってるの?」

「いや。ハイター・スプライトは人間を助けてくれる存在だ。迷子になった子供を家まで送り届けたり、いなくなった子供を捜し出してくれたりするという伝承が数多く残されてる、善良な妖精なんだ」

「じゃあ、その妖精に訊《き》けば、リンジーとレベッカの居場所がわかるんだ」

楽勝じゃないかと思ったけど、そういうわけでもないらしい。ヤンは「ただ、無条件で助けてくれるわけじゃない。こちらも相応の対価を払わなければならないが」と付け加えた。言い伝えによれば、ハイター・スプライトが助けてくれるのは自分に親切にした者だけらしい。

「着いたぞ、ここだ」

ヤンが足を止めた。妖精の店と聞いてオカルトショップみたいなものを想像していたけど、たどり着いた場所はお洒落《しゃれ》な店構えだった。壁は深いネイビーで、窓枠は白。赤とゴールドに塗装されたドアを開け、ヤンが中に入る。僕もそれに続く。

店内には背広やタキシードを着たマネキンが並んでいた。どうやらここは紳士服の専門店らしい。

店の奥から初老の男の人が出てきて、「本日は、どういったご用件で？」と僕たちに尋ねた。言葉が少しイギリス訛《なま》りだ。モスグリーンのスーツを身にまとい、グレイヘアをきっちりと撫《な》でつけた、いかにも英国の老紳士といった雰囲気。背中に羽は生えてないし、虫みたいに飛び回ってもいないけど、この人が噂《うわさ》の妖精らしい。

「子供を捜してる。手を貸してくれ、ミスター・スプライト」ヤンは老紳士に二枚の写真を見せた。それぞれに失踪した子供の顔が写っている。「右がリンジー・マグワイアで、左がレベッカ・ホワイトフィールド。この二人の居場所を突き止めてほしい。代わりに、ここのスーツを一着買ってやる。どうだ？」

「ええ、いいでしょう。サイズはいつもと同じで構いませんか？」

「ああ」

交渉は成立したらしい。スーツ一着で協力してくれるなんて安上がりな親切だと思ったけど、近くにある商品の値札を盗み見てから、僕はその考えを改めた。一桁多い。

ミスター・スプライトは目を閉じ、二枚の子供の写真に手を翳《かざ》した。まるでそこから何かを感じ取ろうとしているみたいに、じっと神経を集中させている。

しばらくして、

「4、0、7」

口を開いたかと思えば、彼は唐突に数を唱えはじめた。

「4、5、3」

ランダムな数字だ。いったい何を指してるんだろう。僕はヤンに小声で尋ねた。「彼は何を言ってるの？　宝くじの当選番号？」

「座標だ」

「座標？」

「子供のことを考えると頭に数字が浮かぶらしい。それがこいつの能力だ。まあ、占い師の透視や霊視みたいなもんだな」

暗号のようなその数字の羅列は、なんとリンジー・マグワイアの現在地を示す座標だという。僕はリュックからノートとペンを取り出し、それらを書き留めた。4から始まる8桁の数字と、7から始まる8桁の数字。

「1、5、3……なるほど、移動しているようですね」

妖精が告げた座標は複数あった。数字が変化している、つまりリンジーの現在地が動いているということだ。残りの数字もすべてメモしておいた。

「もう一人の少女、レベッカについては、どういうわけか何も視《み》えませんでした」ミスター・スプライトはそう言って目を開けた。「私の力が及ばない場所にいるのでしょうね。お力になれず申し訳ない」

「いや、助かった。礼を言う」

「こちらこそ。またのご利用をお待ちしております」

これで用は済んだ。行くぞ、とヤンが踵《きびす》を返す。僕もその後を追い掛けた。

「……ああ、そうだ」金色に塗装された店のドアノブを摑み、ヤンがふと立ち止まる。

「請求書は、ニューヨーク市警のアレクサンドラ・モーガン宛てで頼む」

「畏《かしこ》まりました」

老紳士は微笑《ほほえ》み、頷《うなず》いた。

店を出たところで、

「いいの？　モーガン刑事に怒られるんじゃない？」

と、僕はヤンに声をかけた。

「子供の命が懸かってるんだ。多少経費が嵩《かさ》んだって、文句は言われねえよ」

「だといいけど」

来た道を戻り、車に乗り込む。

ここからは時間との闘いだ。早くリンジーを助けにいかないと。僕はリュックの中からノートパソコンを取り出した。「さっきの座標、調べてみる」

「ああ」

インターネットの地図を開き、妖精が教えてくれた数字を入力していく。これで表示された場所の近辺を捜せば、リンジーの手がかりが見つかるはず。

という希望は、すぐに打ち砕かれてしまった。座標が示した場所はイーストリバーだった。

つまり、彼女の現在地は、水の中。

「そんな――」

他の二つの座標も入力してみた。すべてがイーストリバー上にあり、少しずつニューヨーク湾の方へと向かっている。

「おい、どうした」

「これって……最悪の事態かも」

僕はパソコンの画面をヤンの方に向けた。イーストリバーのど真ん中に刺さった赤いピンを見て、ヤンも事の重大さを察したようだ。苦々しく顔を歪《ゆが》めてから、

「――アレックス、俺だ」すぐに刑事に電話をかけた。「子供一人の居場所がわかった。川の中を捜索しろ。座標を送る」

その翌日、モーガン刑事から電話が掛かってきた。彼女は良《い》い知らせと悪い知らせがあると言った。

悪い知らせは、イーストリバーの下流で子供の遺体が発見されたことだ。やっぱり身元はリンジー・マグワイアで間違いないらしい。妖精の情報は正しかった。吸血鬼が残した嚙み痕らしきものは見当たらないものの、解剖の結果、遺体から心臓がなくなっていることがわかった。死後1週間は経《た》っているだろうという見立てらしい。重りを括《くく》りつけられた状態で川底に沈められていたけど、何かの拍子でその楔《くさび》が外れて、死体が流されていたみたい。

良い知らせは、3件目の事件の失踪者であるレベッカ・ホワイトフィールドが、なんと自力で家に帰還したという、大変喜ばしいものだった。

僕たちはレベッカの家を訪ねた。ホワイトフィールド家が住んでいるのはブルックリンにあるタウンハウス。僕たちが到着したときには、2階のリビングにモーガン刑事とレベッカの両親がいて、5歳の少女を囲んで事情聴取をしているところだった。テレビのインタビューで涙を流していた母親も、今は笑顔が戻っている。両親ともに愛する娘が帰ってきて本当に嬉《うれ》しそうだ。

事件についてレベッカは、警察にも両親にも「何も覚えていない」と証言しているらしい。それは僕たちに対しても同じだった。僕が何を訊いても、無言で俯《うつむ》き、ただ首を振るだけだった。

何も覚えていないというレベッカだけど、彼女がすごく怖い経験をしたことは明らかだった。長い茶色の髪の隙間から見える彼女の首筋に傷が刻まれている。二つの穴のような痕だ。ヤンは「ちょっと失礼」と彼女の首に触れ、首筋を確認した。

「……間違いなく怪物の仕業だな」と、ヤンが呟くように言う。「歯型の間隔からして、かなり大柄な奴だろう。身長は7フィート前後か」

「だとしたら、無事に帰ってこられたのは奇跡だね」

小声で言葉を交わしていると、レベッカの両親がやって来た。「そろそろ娘を休ませてやりたいから、続きは明日にしてほしい」と言う。モーガン刑事もそれを了承した。

ところが、

「──待って」

引き上げようとする僕たちを呼び止めたのは、他でもないレベッカだった。

「ねえ、ママ。私まだ、この人たちとお話ししたい」

突然のお誘いに、彼女の両親も僕たちも戸惑ったけど、娘がそう言うならと両親は許してくれた。レベッカはモーガンの手を引いて3階への階段を上っていく。僕とヤンもその後に続いた。

子供部屋は3階の奥にあった。部屋に入り、扉を閉めた瞬間、レベッカの態度が豹変《ひょうへん》した。

「驚きました。あなた方も、彼らのことをご存じなんですね」

驚いたのはこっちの方だ。突然の大人びた口調に、どこか悟ったような表情。さっきまでのあどけない姿とは、まるで別人だ。5歳児とは思えないレベッカの貫禄《かんろく》に、僕たちは揃《そろ》って目を剝《む》いた。

「あなた、本当に5歳？」

呆気《あっけ》に取られているモーガン刑事に、レベッカが答える。「実は、私は本物のレベッカではないのです。そもそも人間でもない」

「どういうこと？」

「取り替え子《チェンジリング》なんです」

僕ははっと思い出した。その単語、こないだ本で読んだばかりだ。「それって、ノンヒューマンが人間の子供を入れ替えるやつだよね？」

ヤンが「なんで知ってんだ」と少し驚いた顔をした。

「僕だって、ノンヒューマンについていろいろと勉強してるんだよ」

胸を張って得意げに答えると、「そんなの調べる暇あったら学校の勉強をしろ。こないだの地理のレポートD評価だったくせに」と反撃されてしまった。返す言葉もない。

話についていけてないモーガン刑事が「チェンジリングってなに？　イーストウッドの映画？」と首を傾《かし》げている。

「ノンヒューマンの中には、人間の子供を攫《さら》い、代わりに自分たちの種族の子供を置いていく奴がいるんだ。特に妖精の種族がよく使う手口で、チェンジリングと呼ばれてる」

ヤンが説明しても、まだモーガンはぴんときていないようすだった。「要するに、レベッカは妖精に誘拐されて、偽物が帰ってきたわけ？」

「いえ」そうじゃないらしい。レベッカが首を振る。「元から偽物なのです。誘拐されたのも私です」

「ちょっと待って、どういうこと？」

モーガン刑事はますます混乱している。

でも、僕には理解できた。「そっか、そういうことか」

「いや、だから、どういうこと？」

「人間のレベッカは元々、妖精に誘拐されてたってことだよ。チェンジリングでね。だから、今のレベッカは妖精なんだけど、今回その妖精のレベッカが誘拐されてしまった。でも、妖精だからこうして無事に帰ってこられたんだ」

ミスター・スプライトはレベッカの居場所を特定できなかった。それはきっと、レベッカの正体が人外だったからだ。あの老紳士が捜し出せるのは人間の子供だけ。ノンヒューマンが相手では妖精の力も効果がなかったんだと思う。

「私がただの人間だったら、きっとあのまま殺されていたでしょう」

妖精のレベッカは事件を振り返り、そう語った。あの日、公園で遊んでいた彼女を攫った犯人は、見知らぬ二人組の男だったらしい。

「いきなり抱え上げられ、車に乗せられたんです。それから、私は別の場所へと運ばれました。おそらく、1時間くらいは乗っていたと思います。どこか、廃屋のような所に連れていかれて……」

レベッカは縛られた状態で椅子に座らされていたという。そして、そこで何枚かの写真を撮られたそうだ。それから夜になると、廃屋から連れ出され、拘束されたまま車のトランクに詰め込まれた。再び移動し、今度は工場跡地のような場所に放置された。

「そこに吸血鬼がやってきて、私の首元に嚙《か》みついたんです」

だけど、レベッカは人間ではない。妖精の血を吸った吸血鬼は、まるで不味《まず》いのでも食べてしまったかのように唸《うな》り、苦しんでいたという。妖精アレルギーだったのかも。

「その隙に私は逃げ出しました。だから、こうして助かった」

レベッカが警察や家族に対して事件のことを話さなかったのは、覚えていなかったわけじゃない。ノンヒューマンが絡む事件だったからだ。どうせ真実を話したところで誰も信じてはくれないし、逆に自らの正体までバレてしまう危険性もある。

「なるほど、事情はわかった」

そう言うと、ヤンはいきなり腰からソードオフ・ショットガンを抜いた。そして、レベッカの頭に銃口を突き付けた。もしこの光景を彼女の両親が見ていたら、確実に卒倒していたと思う。

「ちょっと、何してるのよ！」

モーガン刑事が慌てて止めようとしたけど、ヤンは聞かなかった。

「妖精には善良なものもいれば、邪悪なものもいる。お前はどっちだ？　何が目的で、この家に取り憑《つ》いてる？」

銃を突き付けられても、レベッカは少しも動じなかった。ただ落ち着いた口調で、すべてを正直に話してくれた。

「私は元々、ホワイトフィールド家の隣の住人だったんです。彼らは仲睦《むつ》まじくて、いつも幸せそうな家族でした。隣人の私にも、笑顔で挨拶してくれて、時折料理を分けてくれたりと、とてもよくしてくれた。娘のレベッカも良い子でしたよ。両親にとても大事にされていた。……けれども、ある日、悲劇が起こったんです。家の外を眺めていた私は、偶然見てしまった。レベッカがベランダから転落し、地面に倒れて息絶える瞬間を」

真実は残酷なものだった。そんな、と僕は顔をしかめた。「本物のレベッカは、最初から死んでいたの？」

はい、と妖精が頷《うなず》く。「居ても立ってもいられなかった。愛するレベッカのこんな姿を夫妻が見たら、どんなに悲しむだろうか。想像したら、胸が張り裂けそうでした。だから私はレベッカの遺体を仲間の妖精に引き渡し、こうして自らがレベッカとして生きることにしたんです。あの二人を悲しませたくない、ただそれだけの気持ちでした」

彼女が嘘《うそ》を吐いているとは思えなかった。ニュースのインタビューでも、母親はレベッカがいなくなって心の底から悲しんでいた。きっと大事にされてきたんだろうし、本物の娘を演じながら夫妻のことを大事にしてきたんだろうと思う。

「遺体と自分を取り換え、自らがチェンジリングとして生きることにしたってか？」

「ええ、そうです」視線を落とし、偽物のレベッカは話を続ける。「……ですが、今となってはわかりません。これが本当に正しいことだったのか。私の判断のせいで、二人は本物のレベッカとお別れをする機会を永遠に失ってしまったのですから」

人間である本物のレベッカを実の我が子として弔うことと、偽物のレベッカと今まで通りの生活を続けること。どちらが夫婦にとって幸せなのだろうか。レベッカ自身が望んでいたのは、いったいどっちなんだろうか。すごく難しい問題だと思う。僕には判断がつかない。

「だけど、今更引き返せない。だから、お願いです。私が本当の娘でないことは、どうか黙っていてくれませんか」

ただ、妖精のレベッカの気持ちは理解できる。僕もそうだから。もう引き返せない。母さんが望んでいるのは人間として死ぬことなのか、怪物として僕と生きることなのか。正解がわからないまま、僕は自分のエゴを貫こうとしている。

どうしても、他人事《ひとごと》とは思えなかった。だから、彼女の肩を持ってしまったのかもしれない。僕はショットガンの銃身に手を置き、ヤンを止めた。「レベッカに悪意はないと思うよ。このまま見逃してあげても、いいんじゃないかな」

ひとつため息をつき、彼は銃を下ろした。「絶対バレないようにしろよ」

ヤンと僕は一度チャイナタウンの事務所に戻り、事件について改めて情報を整理することにした。妖精のレベッカの証言のおかげで新たな関係者が判明している。レベッカを誘拐した二人の男と、彼女に噛みついた吸血鬼。それらを踏まえて、最初から考え直してみる必要がありそうだ。

テーブルの上にニューヨークの地図を開き、ペンで印を書き込む。「まず、第1の誘拐事件の被害者。自宅はここ。それから、友達の家はここ。この道のどこかで攫われた」「第2の事件の犯行現場であるショッピングモールはここで」ヤンも印を書き込む。「第3の事件、レベッカが遊んでいた公園は、ここだ」

「共通しているのは誘拐された場所がすべてニューヨーク市内ってだけ。子供の年齢も人種もバラバラだね」

「自分の好みでガキを選んでるわけじゃなさそうだな」ヤンが髭《ひげ》を摩《さす》りながら言う。「それに、犯人はレベッカが人間じゃないことを知らなかった。たいして調べもせず、無差別に子供を誘拐してる可能性が高い」

誘拐が起こった三つの地点を繋《つな》ぐように丸を描いてみる。円はほぼマンハッタン全域を囲んでいた。広すぎる。犯人の行動範囲を絞り込むのは難しそうだ。

「1件目の被害者であるパトリック・ベリーは血を吸われていたが、傷痕は一つしか残されていない」警察から提供された遺体の写真や資料を、ヤンが壁に貼りつけていく。「犯人は、舌を突き刺して血を飲む種族であることは間違いない」

「たとえば？」

「ドイツのアルプ、ポーランドのウピオル、フィリピンのアスワンなどもそうだ」容疑者として考えられる吸血鬼の種族をヤンが挙げる。僕はその名前を付箋にメモし、壁に貼り付けた。助手の仕事もすっかり板についてきたなと思う。

「第2の事件は、遺体から心臓がなくなってたんだよね？　こんな殺し方をする吸血鬼がいるの？」

被害者のリンジーの写真を壁に貼る。解剖の報告書によると、遺体には犯人によってつけられた外傷はなかったという。つまり、胸を切り開かずに体から心臓だけを抜き取ったことになる。こんな神業、どんな名医でも不可能だ。

「考えられるのは、ブラジルのジャラカカスだな。毒蛇のような姿で獲物を物色する吸血鬼だ。長い尻尾の先に捕食用の口がついている。奴らはその尻尾を子供の口に刺し、内臓に噛みついて血を啜《すす》ることができる。あとは、アメリカ南東部のスティキニという吸血鬼だ。眠っている人間を襲い、口から心臓を取り出す。それを持ち帰って、鍋で煮て食うらしい。インドに伝わるジガルクワールは吸血嗜好《しこう》がある魔女みたいな種族で、魔術を使って生きた人間から内臓を抜き取る」

容疑者として考えられる吸血鬼の種族名を壁に並べてから、3件目の被害者であるレベッカの事件に話題を移す。「最後の事件だけは、オーソドックスな吸血鬼の仕業かもね。首に牙の痕が残ってたし」

「子供の血を特に好む種族に絞るならば、メキシコのギヴァタテオ、ブラジルのジャラカカス、マレーシアのペナンガラン辺りが怪しい」

ギヴァタテオにジャラカカス、そしてペナンガラン。それぞれ付箋に情報を書き記していく。

「レベッカの証言からして、誘拐犯と殺人犯はそれぞれ別にいると思われる。殺しの手口が統一されていない理由も説明できるな」

「たしかに」

途中で休憩がてら食事をとることにした。ヤンが近所の店で中華をテイクアウトし、ついでに僕の分も（渋々だったけど）買ってきてくれた。僕はその中身に新鮮な血液をトッピングして食べた。

「第2の事件に関しては、犯人は吸血鬼じゃない可能性もある」白い箱を箸でつつきながらヤンが言った。

「そうなの？」

「心臓を食べるノンヒューマンなんて、吸血鬼以外にも大勢いるからな。対象の範囲を広げて調べた方がいいかもしれない」

「そもそも、ノンヒューマンじゃない可能性は？」赤く染まった撈麵《ローメン》を咀嚼《そしゃく》しながら、僕は疑問を口にした。

「人間の仕業だって言いたいのか？」

「あり得ないかな？」

「あり得ないだろ。メスも入れずに、人間がどうやって心臓を抜き取れるって――」

ヤンの言葉が途中で止まった。考え込み、ぶつぶつと呟《つぶや》いている。何かに気付いたような表情だった。「……いや、不可能じゃないかもしれないな」

控えめなノックの音が響いたのは、ちょうどそのときのことだった。事務所のドアが開き、上品なスーツを身にまとった初老の男が現れた。ミスター・スプライトだった。

「ご注文の品をお届けに参りました」

老紳士が用件を告げた。スーツ用のカバーを腕にかけている。そういえば、行方不明の子供を捜してもらう交換条件で、店の商品を購入したんだった。それもニューヨーク市警の経費で。勝手に。

「ああ、そこに掛けといてくれ」

ヤンがドアを指差す。言われた通り、ドアノブにスーツカバーのハンガーを引っかけると、老紳士は笑みを浮かべた。「それでは、またのご利用をお待ちしております」

「──待ってくれ」

踵《きびす》を返した妖精を、ヤンが呼び止める。「今度は、こいつがスーツを買う」と、親指で僕を指差した。

「僕、そんなお金持ってないんだけど」

という制止を無視し、ヤンは勝手に話を進めていく。

「だから、この子供を捜してほしい」

壁から一枚の写真を剝がし、ミスター・スプライトに手渡す。リンジー・マグワイアの顔写真だ。

「これは、以前に捜した子では？」

ミスター・スプライトが首を傾《かし》げる。たしかに、リンジーの居場所は前に捜し当ててもらった。そしてすでに遺体が発見されている。川の中から。

「今回探してもらうのは、中身だよ」

「中身？」

ヤンがにやりと笑った。「心臓だ」


本当に便利な能力だと思う。妖精が導き出してくれた数字をネット上の地図に叩《たた》き込むと、リンジーの心臓の現在地がすぐに出てきた。座標が示したのはニューヨーク郊外にある古い一軒家。モーガン刑事に連絡し、警察の力を使って調べてもらったところ、家の住人はハンナ・ケスティングという35歳の女性だと判明した。

ヤンは乱暴に玄関のドアを叩き、家主を呼び出した。しばらくして、ブルネットの女性が顔を見せた。

「あんたがハンナ・ケスティングか？」

ヤンが不愛想な態度で尋ねた。

彼女は答えず、警戒した表情で訊《き》き返す。「どちらさま？」

「エイブラハム・ヤン。私立探偵だ」

「僕はオリバー。彼の助――」

「ちょっと邪魔するぞ」ヤンは無理やりドアの隙間から割り込み、家の中へと押し入ってしまった。僕が自己紹介をする暇もなく。

ハンナが慌てたようすで声を荒らげる。「何なのよ、あんた。警察呼ぶわよ」

「呼ばれたら困るだろ」

一蹴し、ヤンは無遠慮に奥へと進んでいく。リビングを通り過ぎ、さらに先にあるドアを蹴破り、地下室への階段を下りていった。僕も小走りで彼を追い掛ける。

ヤンは地下室の電気を点《つ》けると、辺りを見回しながら、

「これはこれは、すごい部屋だな」と感心したような声色で言った。「メフィストフェレスでも呼び出したのか？」

地下室はいかにも怪しげな雰囲気だった。床に描かれたラテン語の呪文や複雑な模様の魔法陣。それを囲むいくつかの赤い蠟燭《ろうそく》。なにかの儀式が行われた形跡がしっかりと残されている。

「ドクムギ、ケシ、アヘン……トリカブトにゴマノハグサ、薬草が何でも揃《そろ》ってるな」周囲の棚を物色しながらヤンが言う。「お前の正体が魔女だってことはわかってる。警察に調べてもらったよ。お前には5歳の息子がいて、重い心臓病にかかっている。通院の記録もあった。ずっとドナー待ちをしてたのに、最近になって取り消されていた」

明らかにハンナの顔色が変わった。

「リンジーの心臓を盗《と》ったのは、お前だな」ヤンがさらに問い詰める。「お前は魔術を使って自分の息子に別の子供の心臓を移植した。違うか？」

そのとき、突然ハンナが動いた。彼女はどこからともなく一本の棒を取り出した。長さは普通のペンくらいで、見た目はどこにでも落ちているような普通の細い木（あとからヤンが教えてくれたんだけど、セイヨウハシバミっていう種類の木らしい）の枝だけど、ただの棒切れでないことはすぐにわかった。彼女がそれを軽く振っただけで、ヤンの大きな体が宙を舞ったのだ。背後の棚にものすごい勢いで激突し、ヤンはその場に倒れた。棚に並べられていた瓶が次々と床に落下し、激しい音を立てて割れていく。

「ヤン！」

呼びかけても反応がない。ヤンはぴくりとも動かない。頭を打って意識を失ってしまったようだ。

これはマズい。

すぐに僕は逃げた。階段を駆け上がる。魔女の足音がすぐ傍《そば》まで迫っている。リビングを通り過ぎようとした瞬間、急に体が動かなくなった。ハンナが魔法を使ったのだ。自由が利かない。彼女が杖《つえ》をひと振りすると、まるで強力な磁石に吸い寄せられているかのように、僕の背中はリビングの壁にぴたりと張り付いた。

「……ごめんなさい、本当はこんなことしたくないの。でも、知られてしまったら生かしてはおけない」

壁に体を押し付けられたまま動けないでいる僕に、ハンナが近付いてくる。彼女の左手が僕の首に伸びてきた。掌《てのひら》が首に巻き付き、喉に強い圧が掛かる。息ができない。ちょっと待って、吸血鬼って首を絞められたら死ぬの？　どうなんだっけ？　どうしよう、このまま死んじゃったら。だけど、抵抗したくても体が動かない。

そのときだった。

「杖を下ろしな、ハーマイオニー」

声が聞こえた。

視線を向けると、ヤンの姿が見えた。脇に男の子を抱えている。ぐっすりと眠っている子供の頭に、愛用のショットガンを突きつけていた。

「言うことを聞け」にやりと笑い、母親を脅す。「でなきゃ、愛する息子の頭に鉛玉をブチ込むぞ」

ヤンはどうやら気絶したふりをしていたらしい。隙を見て子供部屋に行き、昼寝をしている息子を人質に取ったわけだ。

子供に手を出されたハンナは憤り、その形相は険しさを増していた。歯を剝き《む》出して唸《うな》っている。「その子を傷付けたら、先にあんたの息子を殺してやる」

「はあ？　俺にそんなデカい子供がいるように見えるのか？　失礼な奴だな」

ヤンは不服そうな顔をした。今はそんなことを言ってる場合じゃないって。

「そいつは吸血鬼だぞ」僕を顎で指し、ヤンが嗤《わら》う。「首を絞めたところで殺せない」

そうなんだ、よかった。僕は心の中でほっと息を吐いた。

「お前の方が分が悪いんだ。おとなしく魔法を解け」

「それならお前を先に殺す」

「俺を殺している間に、そこの吸血鬼がお前の息子を喰《く》い殺す」ヤンがにやにやしながら言った。「なあ、オリバー。腹が空いてるって言ってたよな？　喜べ、ご馳走《ちそう》だ」

これじゃあ、どっちが悪者かわからない。

僕のお腹《なか》は空いてないし、子供を襲う気もなかった。だけど、ヤンの脅しは効果絶大だったみたいで、魔女はすぐに降伏した。僕の首元から手を離し、杖を床に捨てる。その瞬間、僕の体に自由が戻った。

ハンナは両膝を床につき、「お願い、その子には手を出さないで」「私はどうなってもいいから」と命乞いをはじめた。

「心配すんな。子供の心臓を入手した経路を調べているだけで、教えてくれたら危害は加えない。どうだ？」

「……わかった、なんでも話すわ」

「よし」息子の頭に銃口を当てたまま、ヤンが尋問を始める。「どうやってリンジーの心臓を手に入れた？」

その答えは意外なものだった。「オークションよ」とハンナは告げた。

「オークション？」

「最近できたサイトがあるの。ノンヒューマンの間で話題になってる」

「そうなの？　聞いてないけど。もしかして僕、ハブられてる？」僕の軽いジョークはみんなに無視された。

そのオークションサイトは所謂《いわゆる》ダークウェブ上にあり、そこでは生きた人間や死んだ人間の入札が行われているらしい。出品されている人間の大半は、不法移民やホームレスなど足のつかないものだという。

「噂《うわさ》では、人身売買を生業にしてるマフィアが、ノンヒューマン向けの商売を始めたらしいわ」

「そりゃ儲《もう》かりそうだな」

犯罪組織が人間を調達し、怪物がそれを購入して食べる。そんなクレイジーなビジネスが流行《はや》っているなんて知らなかった。ぞっとする。

「たまに、目玉商品として子供が出品されてるの」

「それを落札したのか？」

「ええ」

リンジーは誘拐され、オークションに出品されていた。ハンナはそれを落札し、黒魔術を使って彼女の心臓を病気の息子に移植した。そして遺体を川底に沈めて遺棄した。だからリンジーの遺体は手術痕もなく心臓が抜き取られていたというわけか。

「そのサイトのURLと、パスワードを教えろ」

というヤンの命令に、魔女は素直に従った。紙に書き記し、手渡す。「これよ」

「どうも」

メモと交換するように、ヤンは彼女に息子を返した。

無事に用件が済んだところで、僕たちは魔女の館を出た。こんなところ、もう二度と来たくないなと思う。路肩で僕たちを待っていたキャデラックに乗り込み、ヤンがアクセルを踏み込んだ。車が発進する。ルームミラーに映る一軒家が、だんだんと小さくなっていく。

「……ねえ、このままでいいの？」

僕はヤンに尋ねた。

「これは立派な犯罪だよね。魔女だとしても、人間なんでしょ？　ちゃんと罪を償うべきなんじゃないかな」

彼女の気持ちは理解できないこともない。愛する家族の命を救うためなら、手段を選んではいられないだろう。だけど、どんな理由であれ、人の命を奪ってはいけない。どんなに目的が崇高であろうと、犯罪は犯罪だ。

ふと、思う。僕がやろうとしていることは、どうなんだろう。僕は母さんを吸血鬼にしようとしている。それは、母さんの命を奪うことになるんだろうか。吸血鬼としての命を授ける代わりに、人間としての母さんの命を殺すことは、犯罪なのだろうか。

「心配するな。警察は呼んでおく」左手でハンドルを握ったまま、ヤンは右手で電話を掛けた。相手はモーガン刑事だ。

『——どうしたの、エイブ』

音声をスピーカーにしているようで、ダッシュボードの上に置かれた端末から刑事の声が聞こえてくる。

「リンジーを殺したのはハンナ・ケスティングだ。人身売買のオークションサイトでガキを購入し、病気の息子にその心臓を移植していた」

『わかった。すぐに警官を現場に向かわせる』

「奴は魔女だ。魔法を使うから気を付けろよ」

『了解。火炙《ひあぶ》りにすればいい？』話はそれだけでは終わらなかった。モーガン刑事が話題を変える。『実はついさっき、警察に通報があったの。また子供がいなくなったって。名前はコーディ・バーナーズ。6歳の男の子よ』

「特徴は?」

『髪の毛は深い茶色。失踪時の服装は、青と黒のボーダーのニットで、下は焦げ茶のズボン』

「すぐに顔写真を送ってくれ」

ヤンが電話を切った。

その間、僕はパソコンを開き、例のURLに接続した。ハンナが教えてくれたパスワードは『bat』というアルファベット3文字で、入力すると、ちゃんとサイトにログインできた。

たしかに魔女の話は本当で、そこは人間を売買しているオークションサイトだった。ホームレスや不法移民の写真と、入札価格の一覧が表示されている。今も十数人ほどが出品されていた。

その中に、ひと際価格の高い商品があった。子供の写真が載っている。茶色い髪で、青と黒のボーダー。刑事から聞いた特徴と完全に一致する。

「ヤン、これ見て」

僕は運転手の肩を叩《たた》き、注意を引いた。

ヤンが車を路肩に停《と》め、パソコンを覗《のぞ》き込む。「コーディ・バーナーズか」

モーガン刑事から送られてきた顔写真と見比べてみても、そっくりだった。

「そうみたい。どうする?」

車を発進させ、ヤンは「落札しろ」と命じた。

落札額は5千ドルだった。相場を知らないから何とも言えないけど、出品されている他の大人たちと比べると入札数は多かった。「これも市警の経費で落ちる?」と言う僕に、ヤンは「無理だろうな」と苦笑した。偽札を用意するしかなさそうだ。

誘拐犯らしき人物からは、落札後に連絡がきた。たぶん使い捨ての携帯電話を使ってるんだと思う。メッセージは簡潔で素っ気ない文面で、以下の要項が記されていた。支払いはキャッシュのみ。今日の夜9時に、市郊外にある廃車工場に金を持ってこい。

「いかにもマフィアの取引って感じ」僕は運転席のヤンに声をかけた。「僕たちをスクラップにする気なのかも」

「最悪の場合はそうなるだろうな」

「本当に大丈夫? モーガン刑事に頼んで応援を呼んだ方がいいんじゃない?」

「そんな不安そうな顔すんな、バレるぞ」ハンドルを握るヤンが横目で僕を見た。「堂々としてろ、吸血鬼なんだから」

「……うん、わかった」

取引の場所には約束の30分前に到着した。鉄屑《てつくず》になる前のトラックの陰に隠れ、僕たちは犯人が現れるのを待った。

しばらくして一台の車が到着した。黒いワゴン車だった。その中から二人の男が降りてくる。おそらく彼らが、レベッカの言っていた誘拐犯の二人組だろう。

「お前が行ってこい」

と、ヤンは僕に命令した。

「僕が？　ひとりで？」

「取引相手が人間の男だと、囮《おとり》捜査かと警戒されかねない。怪物のお前が行けば奴らも安心するだろ」

上手《うま》くやれるだろうかという不安や、一人で大丈夫だろうかという心細さが過《よぎ》る。だけど、大役を任せてもらえたことは嬉《うれ》しかった。助手として少しは認めてもらえてるのかもしれない。

「ヤンはどうするの？」

「隙を見て、子供を奪い返す」

というわけで、僕たちは二手に分かれることになった。辺りを照らしているのは彼らの車のライトだけ。薄明りの中、マフィアの男たちは周囲を用心深く見渡していた。僕が近付くと、警戒した彼らはすばやく拳銃を抜いた。

内心びくびくしながらも、堂々と堂々と、と自分に言い聞かせる。

「やあ」

笑顔で手を振れば、彼らは「なんだ、ガキじゃねえか」と銃を下ろした。

「若く見られるけど、君たちよりは年上だと思う」

僕はにっと笑い、わざと歯を見せつけた。このときの僕はすでに自分の意思で牙を出し入れできるようになっていた。順調に吸血鬼になっている。悲しいことに。

僕の鋭い歯を見ると、二人は納得したような顔になった。子供の血を欲している取引相手として認めてくれたみたい。

「商品はどこ？」

「車の中だ」

「確認したい」

「金が先だ」

「だよね」僕は頷《うなず》いた。「お金ね。うん、わかってる。ここに入れてる」

背負っていたリュックを地面に置き、中を開ける。その場にしゃがみ込んだ僕を、男たちが取り囲むように見下ろす。

「……あれ？　どこかな？　暗くてよく見えないや。ごめん、ちょっと探すの手伝ってくれないかな？　携帯のライトで照らしてくれると助かるんだけど……ああ、うん。そうそう。そんな感じ——あ、あった！」

僕は「見つけた！」と声を張りあげると同時に、拳を突き上げた。その手は、傍《そば》に立っていた男の顎に、まるでアッパーのように鋭く突き刺さった。吸血鬼の怪力をもつ僕の一撃は、人間の体を軽々と吹き飛ばしてしまう。勢いを殺しきれず、男の体は高々と舞い上がり、廃車の屋根の上に落下した。

もう一人の男が、「何しやがる、この野郎！」と僕に詰め寄ってきた。

「ごめん、わざとじゃないんだ。ほんとごめんね。ほら、これ。お金渡すから」紙袋を手渡す。中身はすべて、新聞紙を切り取ってドル札に見立てただけの偽物だけど。

男はそれを受け取り、確認しようと中を開いた。油断しているその男の顔を、僕は思い切り殴りつけた。まるでワイヤーアクションみたいに男の体が弾《はじ》き飛ばされ、今度はトラックの側面にめり込むほどの勢いだった。

僕はあっという間に二人のギャングを片付けてしまった。アメコミのヒーローにも引けを取らない活躍だと思う。ちょっと卑怯《ひきょう》な手を使ったことは目を瞑《つぶ》ってほしい。

ところが、ここで思わぬ事態が起こった。気絶したと思っていた男たちが、何事もなかったかのように起き上がったのだ。しかも僕に向かって遠慮なく発砲してきた。

「うわぁ！」

僕は慌てて逃げ、廃車の陰に隠れた。ハンドガンが弾切れになり、ギャングたちは舌打ちをこぼすと、今度はアサルトライフルを取り出した。

銃声が鳴り響く中、どこにいるかもわからないヤンに向かって叫ぶ。「ヤン！　こいつらも人間じゃなかった！」

まるで映画でよく見るギャングの抗争のワンシーンみたいだ。ライフルが連射を続け、豪雨のように弾が降ってくる。僕が盾にしていた車がどんどん蜂の巣になっていく。大量の廃車で作られた迷路みたいな場所を、僕は全速力で駆け抜けた。男たちが発砲しながら追いかけてくる。

次の瞬間、不意に腕を摑《つか》まれた。僕は死ぬほどびっくりして振り返った。そこにいたのはヤンだった。「逃げるぞ」

ヤンがショットガンで男たちを撃ち返し、隙を作る。銃弾飛び交う廃車工場を離れ、駐車しているヤンの車に乗り込む。

「子供は？」

「トランクの中だ」

僕と二人組が追いかけっこをしている間に、ヤンはワゴン車の中から誘拐された子供を救い出していたみたい。作戦通りだ。

「怖かったぁ……寿命が１００年は縮んだよ」

「口閉じてろ、舌嚙《か》むぞ」

ヤンがアクセルを踏み込んだ。思い切り速度を上げる。僕は慌ててシートベルトを締めた。

　廃車工場を離れたところで、僕は口を開いた。

「あいつら、たぶん吸血鬼だ」

　あのマフィアの二人組。殴られても平然としていたし、一瞬だけど、口の中に牙が見えた。人間じゃないことは確実だと思う。「あの魔女は、マフィアがノンヒューマン向けに商売してるって言ってたけど」

「マフィアが吸血鬼を雇ってるか、もしくは、吸血鬼のマフィアなのかもな」

　そのまま車を飛ばし、市内の救急病院に到着した。保護した子供を医者に診せた。コーディ・バーナーズは怪我《けが》もないようで、健康そのものだった。ただ薬で眠らされているだけのようだ。

　とりあえず一安心だ。「よかった、怪我もなくて」

「大事な商品だ。それなりに丁重に扱われてたみたいだな」

　あのオークションサイトにもう一度アクセスしてみたけど、繋《つな》がらなかった。ページそのものがなくなってる。

「あのサイト、閉鎖されてるよ」

「警察に調べられる前に痕跡を消したか。仕事が早い」

モーガン刑事に連絡を入れると、すぐにコーディの両親を連れて病院に来てくれた。親子は抱き合って再会を喜んでいた。本当に嬉しそうだ。

遠くでその様子を眺めていると、父親がこちらに近付いてきた。笑顔でヤンに声をかける。「刑事さんから聞きました。あなたが、うちの子を見つけてくれたと」

「いや、まあ」

「なんとお礼を言ったらいいか……本当に、ありがとうございました」

父親の握手を断り、ヤンは僕を親指で差した。「礼ならこっちに。体を張ったのはこいつなんで」

コーディの父親は僕の掌《てのひら》を両手で包み、強く握りしめた。涙を浮かべ、何度も何度も「ありがとう」と告げる。僕はなんとも言えない気持ちになった。こんなに喜んでもらえるなら、命を張った甲斐《かい》もある。

一家は手を繋いで我が家へと帰っていった。その背中を見送りながら、僕たちは言葉を交わした。

「よかったな、無事に再会できて」

「そうだね。……でも、犯人を捕まえられなかった。それに――」

あのオークションには他にも複数の人間が出品されていた。今もまだ連中に捕まっている人がいる。なんだか、手放しに喜んではいけないような気がした。

「全員を救うのは難しい。助けられない命もある」そう言って、ヤンは僕の頭を軽く叩《たた》いた。「覚えとけ」

誰も死ななかった。子供を救うことができた。家族の喜ぶ顔が見れた。今はそれで十分だと思うべきなのだろう。

「――ところで、お二人さん？」

不意にモーガン刑事が声をかけてきた。なんだか声色にちょっと棘《とげ》がある。

「うちにこんな請求書が届いたんだけど、説明していただける？」

彼女の手には二枚の紙切れ。どちらもスーツ代の請求書だった。これは非常にまずい状況だ。

「逃げるぞ」

「了解」

僕たちは同時に走り出した。

背後から「こら！　待ちなさい！」という刑事の怒鳴り声が飛んできたけど、足を止めることはなかった。

だから言ったのに。絶対怒られると思った。

僕たちは笑いを堪えながら病院を飛び出した。

その翌朝のニューヨーク市のトップニュースはコーディ・バーナーズの帰還についてだった。もちろん、妖精に頼んで居場所を捜してもらったり、魔女を脅して情報を聞き出したり、吸血鬼のギャングと銃撃戦になったりという、僕たちが裏で活躍した事実には一切触れられていない。ただ、ニューヨーク市警のアレクサンドラ・モーガン刑事の指揮によって見事に事件が解決したことだけが報じられている。

別に、手柄を盗《と》られたなんて思わない。これでいいと思うし、こうあるべきだと思ってる。褒められたいわけでもないし、ヒーローとして脚光を浴びる気もない。そういった承認欲求は、再会したバーナーズ家の嬉しそうな顔を見ているうちに、いつの間にか消え失《う》せてしまった。

達成感というか、満足感というか。昨夜の一件で、僕はどこか満たされたような感覚になっていた。誰かの役に立つことが、こんなに嬉しいことなのだと知らなかった。初めの頃は気が乗らなかったヤンの手伝いも、今では悪くない仕事だと思いはじめている。

今日の朝は空き時間なので、授業がなかった。学校に行く前に自宅に立ち寄ることにした。母さんの病室に飾る写真を選ぶために。

ここに来るのは久々だ。家具が少し埃《ほこり》をかぶっている。僕はクローゼットを開け、中にある箱を取り出した。アルバムが入っている。開いてみると、僕の子供の頃からの写真がたくさん載っていた。今は亡き父さんの姿もある。

懐かしさに浸りながらアルバムを捲《めく》り、写真を吟味する。やっぱり3人で写っているやつの方が、母さんも喜んでくれるかな。

ふと、一冊のアルバムに違和感を覚えた。膨らんでいる。中に何かが挟まっている。一台のタブレット端末だった。買ったばかりなのか、まだ新しい。どうして古いアルバムの中に挟んであるのかわからないけど。

僕はそれの電源を入れてみた。だけど、パスワードがないとログインできなかった。全部で8桁。父さんや僕の誕生日、昔飼っていた犬の名前も入れてみたけど、どれもハズレだ。

なにかヒントがないかと箱の中を調べてみる。一枚の写真を見つけた。僕がまだ5歳くらいのときに撮られた、古いものだった。その裏面を見てみると、母さんの字で走り書きがされていた。「11月23日、オリバーと」とある。

ふと、違和感を覚えた。写真は古くてボロボロなのに、そこに書かれている文字のインクはまだ真新しい。なんだかちぐはぐな感じがする。

「……もしかして、暗号的な？」

写真を撮った日は11月23日。僕の誕生日は12月29日。繋げて入力してみる。その8桁のパスワードは正しかったようで、見事に端末にログインできた。

何もない、さっぱりとした画面が表示されている。デフォルトの真っ青なデスクトップ画像のままで、その中に一つだけフォルダのアイコンがある。

フォルダ名は、アルファベット3文字。『BAT』と書いてあった。

覚えのある単語だ。はっとして、すぐに上着のポケットに手を突っ込む。中からメモ紙を取り出す。魔女のハンナが書いた、あのオークションサイトのパスワード。

ここにも同じ単語、『bat』とある。

……これって、偶然？

6　ミッドタウンの首なし死体

BAT――その3文字がいったい何を指すのか、僕にはさっぱりわからなかった。けれども、なんともいえない気味の悪さを覚えた。まるでFBI捜査官と親友が同じ教会に行くよう勧めてきたあのときと同じような、妙な因縁染みたものを感じてしまう。フォルダのデータはすべて暗号化されていて、中に何が入っているのかまでは確認できなかった。仕方なくタブレット端末ごと持ち帰ることにして、僕は一度チャイナタウンへと戻った。

事務所には来客がいた。黒い法衣《ほうえ》姿の神父がカウチに座っている。ファーザーだ。

「やあ、オリバー」

「ファーザー、来てたんだ。またヤンに仕事の依頼？」

「いや、君に来週分の食事を届けにきたんだよ」

そういえば、ちょうど血液パックを切らしてたところだ。助かった。「そろそろ取りに行こうと思ってたんだ。わざわざありがとう」

「冷凍庫に入れといたから、飲みたくなったら解凍しろ」

というヤンの言葉に、ファーザーが付け加える。「自然解凍がいい。電子レンジだと味が落ちるからね。夏はシャーベット状にして食べるのもお勧めだ」

「参考にするよ」

ヤンはチェアに、ファーザーはカウチに腰かけ、淹《い》れ立ての中国茶を飲んでいるところだった。ファーザーの横に座った僕に、ヤンが「学校はどうした？　サボりか？」と尋ねた。

授業を放り出して帰ってきたのには理由がある。一刻も早く、あのことを伝えたかったからだ。

「実は、二人に聞いてほしいことがあって」リュックの中から端末を取り出し、テーブルの上に置く。「母さんのタブレット。家でアルバムを漁《あさ》ってたら見つけたんだ。クローゼットの中に隠してあった」

僕はさっそく彼らに打ち明けた。このタブレット端末の中に『ＢＡＴ』というフォルダ名のデータが入っていたことを。それから、人間を出品していたあの闇オークションのパスワードも同じ単語だったことを付け加える。

「これって、偶然とは思えないよね？　このＢＡＴって何のことなの？」

ヤンとファーザーは互いに顔を見合わせた。先にファーザーが口を開く。「昔、ＢＡＴ

という名の秘密結社があった。正式名称はBlood Army of Transylvania《トランシルバニア血盟軍》――反人派の吸血鬼で結成された組織でね」

「俺も聞いたことがある。吸血鬼至上主義の、過激なテロリストだって」

「サイトのパスワードもＢＡＴだったってことは、あのオークションはその組織が関係してるのかな？」

オークションの取引現場に現れた二人組はどちらも人間じゃなかった。彼らもそのＢＡＴに所属する吸血鬼なのかもしれない。

僕はそう考えたけど、

「それはありえない」と、ファーザーは首を振った。「トランシルバニア血盟軍は５００年前に壊滅している。残党すら残っていないはずだ」

「じゃあ、このＢＡＴっていうのは、なにか別のことなのかな。母さんが仕事で調べてるとしたら、たぶん政治関係のことなんだと思うけど」

「そういえば、オリバーの母親は記者だったね」

「うん。政治家についての記事を書いてた。父さんが死んでからは、銃規制法案の取材もしてるよ」

「んで？」と、ヤンが本題に入る。「肝心のフォルダの中身は何だったんだ？」

「それが、わからないんだ。データが暗号化されてて、読むことができなくて」

「私にはFBIの友人がいる。彼らに頼めば、捜査当局の技術を使って解読してもらえるかもしれない」ファーザーが提案した。「どうかな？」

「そうだね。それがいいと思う」

僕は頷《うなず》いた。このまま僕が持っていてもどうすることもできないし、ここはファーザーの友人（たぶんジェンキンス捜査官のことだと思う）を頼るのが最善だろう。

ファーザーに端末を手渡すと、

「何かわかったら、すぐに連絡しよう」

と、彼はカウチから腰を上げた。

ヤンも立ち上がる。「オリバー、学校まで送ってやる。先に下に下りてろ」

「うん」

言われた通り、僕はファーザーと一緒に事務所を出た。ビルの階段を下りている間、僕は初めてここへ来たときのことを思い出した。僕とヤンを引き合わせたのは、この神父だった。

「聞いたよ、オリ」隣を歩くファーザーが笑みを浮かべて告げる。「頑張っているみたいだね」

「ヤンがそう言ってたの？」

「ああ。なかなか役に立っていると褒めていたよ」

思いもしない言葉に驚き、それと同時に胸がじんわりと熱くなった。評価してもらえていることが嬉《うれ》しくて、つい頬が緩んでしまう。「そうかな？　だといいんだけど」

「これなら、お母さんを救える日も近いね」

ファーザーのその一言に、どういうわけか僕の心は引っ掛かりのようなものを感じてしまった。

母さんを吸血鬼にするためにここまで頑張ってきた。とうとう僕の願いが叶《かな》うかもしれない。それは良《い》いことのはずなのに、なぜだかモヤモヤする。

「ファーザー」足を止め、口を開く。「そのことなんだけど」

「ん？」

「……ううん、なんでもない」

再び歩き出す。何を言いかけたのか、自分でもわからなかった。

それからファーザーと別れ、学校までヤンに送ってもらった。中央エントランスの前で助手席を降り、ドアを閉める。「ありがとう、ヤン」

「授業中に居眠りすんなよ、吸血鬼」

「わかってるって」

今はちょうど授業の合間の休み時間だった。廊下は大勢の生徒が行き交っていて、賑《にぎ》やかだ。僕は真っ先に自分のロッカーへと向かった。

そのときだった。目の前を、ちょうどリズが通り過ぎていった。

声をかけようとして、やめた。

代わりに右の掌《てのひら》を開く。そして、十字架の傷痕を見つめる。彼女にはもう声をかけないほうがいい。人間ではない自分が、彼女に関わってはいけない。

心の中で言い聞かせていると、

「――何やってんだよ」

と、背後から肩を叩《たた》かれた。親友のケビンだった。躊躇《ためら》っている姿を見られていたようで、彼は「今、チャンスだったろ。声かけろよ」とリズを指差した。

「駄目だよ」彼女に背を向け、ロッカーの扉を開ける。「僕はリズに相応《ふさわ》しくない」

「そんなの、前からわかってたことだろ」

「そういうことじゃないんだ」

たしかにケビンの言う通り、前から相応しくなかった。学校一の美人と、冴《さ》えないオタク。僕とリズが釣り合わないことなんてわかってた。

だけど、今はさらに状況が変わったんだ。たとえ僕がアンソニー並みのイケメンで人気者だったとしても、彼女には相応しくない。

親友は納得がいかないようで、僕に詰め寄ってくる。「じゃあ、どういうことだよ」

「吸血鬼だから」僕は答えた。「吸血鬼は、人間を好きになっちゃいけない」

すると、ケビンは呆《あき》れ顔で大げさに肩をすくめた。

「吸血鬼が恋愛しちゃいけないって誰が決めた？　だったらベラとエドワードはどうなる？　それに、バフィー・サマーズの歴代彼氏を見てみろよ。バンパイアスレイヤーのくせに二人の吸血鬼と付き合ってた」

「それはフィクションの話だろ。現実じゃ難しいんだって」

そう、現実は厳しい。

捕食者と被捕食者のハッピーエンドなんてありえない。今の僕がリズのためにできることは、うっかり噛《か》みついてしまわないよう、できるだけ彼女から距離を取ることだけ。だから話しかけもしないし、絶対に二人きりにはならない。

――と、決心していたはずなのに。その1時間後、さっそく自分の意思の弱さを恨むことになるとは思わなかった。

午後の授業が始まるまでは図書室で暇を潰すことにした。本当は宿題を終わらせるつもりだったけど、どうしてもBATのことが頭から離れなくて、世界中の秘密結社やカルト教団、テロ組織について書かれたいくつかの本に目を通してみた。だけど、オカルト関連で記載があるのは黒集団の騎士《ナイツ・オブ・ブラックサークル》や死の手《ハンズ・オブ・デス》、人民寺院くらいで、トランシルバニア血盟軍についてはどこにも載っていなかった。

調べ物に没頭していたところ、

「――オリバー」

急に声をかけられた。

顔を上げると、そこにはリズがいた。

内心慌てながら、「やあ、リズ」と挨拶する。前回の一件が頭を過《よぎ》り、今すぐここを離れたくてたまらなかった。

「休み時間？ それともサボり？」リズが尋ねた。悪戯《いたずら》っぽい笑顔がすごくキュートだった。

「この時間は授業がないんだ。君も？」

「そうなの」

リズが手に持っているのは政治学の本だった。「また政治の勉強？」

「ええ。あなたは？」

吸血鬼の秘密結社について調べているなんて言えるわけがない。僕は適当に理由をつけた。「調べ物。テロリズムについてのレポートが捗《はかど》らなくて」

困ったことに、リズは僕の隣の席に座ってしまった。おまけに、親しげに話しかけてくる。「ねえ、土曜日はどう？」

「……え？　何が？」

「映画よ。こないだ誘ってくれたでしょう？　忘れちゃったの？」

「ああ！　いやいや、覚えてるよ！」

「今週の土曜日、空いてる？」

まさかの事態だ。リズが僕をデートに誘っている。この僕を。信じられない。こんな名誉、神様からのプレゼントだとしか思えない。

舞い上がっていたところで、自らの戒めが頭を過った。リズとは距離を取らなければならないんだった。彼女を傷つけないために。お誘いは死ぬほど嬉しいけど、ここはちゃんと断らないと。

「うーん、土曜かぁ……」

土曜日はちょっと用事があって。ごめんね。また今度。

そう言うべきだと、頭ではわかっているのに。僕の唇は言うことを聞いてはくれなかった。

「もちろん空いてるよ。行こう」

リズが「よかった」と微笑《ほほえ》む。笑顔が眩《まぶ》しい。「楽しみだね」と返しながらも、僕は心の中で頭を抱えていた。

オリバー・サンシャイン、お前はなんて愚か者なんだ。

土曜日の3時に、映画館の前で。

事務所に帰って携帯を見ると、インスタのアカウントを通じてリズからメッセージが届いていた。嬉しい反面、困ったことになったと改めて事の重大さを痛感する。

僕の馬鹿。どうして断らなかったんだ。リズと二人で遊ぶなんて危険すぎる。また前みたいなことがあったらどうするんだ。

狭い事務所の中をぐるぐると歩き回っていたところ、ヤンが帰ってきた。テイクアウトの白い箱を手に提げている。

僕を見るや否や、

「……お前、誰だ？」

と、ヤンは低い声で言った。

「……え？」

「誰だ？　依頼人か？」

ふざけて僕をからかっているのかと思ったけど、ヤンは真剣な表情だった。様子がおかしい。どこかで頭でも打って、僕に関する記憶だけ失ってしまったんだろうか。心配になる。

「なに言ってるの、僕だよ」

「誰だ」

「オリバー」

「自分の顔を見てみろ」

ヤンが腰から愛用の鉈《なた》を抜き、僕に向かって投げた。くるくると回転しながらこっちに飛んできた刃が、すぐ目の前の壁に突き刺さる。

「もう、危ないなぁ」と眉をひそめながら、僕はそれに視線を向けた。

鉈はピカピカに磨かれていて汚れひとつなかった。刃を覗《のぞ》き込み、そこに映り込んだ自分の顔を目にした瞬間、

「リズだ！」

と、驚きのあまり大声で叫んでしまった。長いブロンドの髪。大きくて綺麗《きれい》な瞳に、少し厚めの唇。リズと瓜二《うりふた》つだ。服装は地味でダサい僕のままだけど。

「僕がリズになってる！　なんで！」

「なんでって、吸血鬼の変身能力だろ」

力を使った覚えもないのに、なぜか僕はリズになっていた。

たしかに、吸血鬼の中には他人に姿を変えられる者もいるって聞いたことがある。珍しいタイプらしいけど。まさか自分にもできるなんて思わなかった。いつの間に新たな力が

開花したんだろう。リズのことを考えすぎたせいで、リズになってしまったのかな。

ということは、頭の中で対象を強くイメージすれば、どんな姿にでも変身できるってことかも。逆に言えば、この能力、僕が知らない人には変身することができないという制約がありそうだけど。

「試しに、俺に変身してみろよ」とヤンが言う。

僕は頷《うなず》き、目を閉じた。神経を集中させ、ヤンのイメージを頭で思い描いてみる。髪の毛は黒、もじゃもじゃでボサボサ。無精ひげ。アジア系。

ゆっくりと目を開き、刃を覗き込む。そこにはちゃんとヤンの顔が映っていた。「できた！」

変身は成功したはずなのに、ヤンは不服そうだ。「おい、真面目にやれ」

「やってるよ。上手《うま》くできてるじゃん」

「俺はそんなに老けてない」

「え？　こんなもんだよ？」

「なんだと、このクソガキ」

小競り合いを繰り広げていると、事務所のドアが開いた。来客だ。誰かと思えばモーガン刑事だった。僕たちを見比べながら、

「どうしてエイブが二人いるの？」

と驚いている。旧友のモーガン刑事でも見分けがつかないみたい。上手く化けられているじゃないか。「ほらね」と僕は得意げにヤンを一瞥《いちべつ》した。ヤンはむっとしている。

「片方は偽物だ」

「僕だよ」

「……オリバー？」

「うん」

「なるほど、吸血鬼の変身能力ね。初めて見たわ」

彼女がここに来たということは、また厄介な事件を抱えてるのかもしれない。「今度はどんな事件だ？」とヤンが尋ねた。

「首なし死体よ。それも二人」

ミッドタウンで立て続けに死体が発見されたらしい。被害者は二人の女性。どちらも路地裏に放置されていて、頭と内臓がない状態だったという。おまけに体内には一滴の血も残っていなかった。なんとも物騒な事件だ。

「首から上が見つかってないから、被害者の顔もわからないし、特定に繋《つな》がるような所持品もなかった。逮捕歴もないみたいで、DNAや指紋の登録データも一致しない。身元はまだ不明だけど、肌の色からして白人や黒人じゃないことは確かね。おそらくアジア系でしょう」

説明しながら、モーガン刑事が遺体の写真をテーブルに並べていく。

「エイブ、どう思う？」

と、彼女は僕に顔を向けた。

「そっちはオリバーだ」

「紛らわしいわね。早く元に戻ってちょうだい」

「そうしたいところなんだけど」僕は眉を下げた。ヤンの顔のままで。「戻り方がわかんないんだ」

「自分のことを考えろ」

言われた通り、僕のイメージを思い浮かべてみる。オリバー・サンシャイン。茶色の髪の毛に、グリーンの瞳。そばかすが多めの頬。痩せぎすの体。

すると、無事に変身を解くことができた。自分自身に戻った僕に、ヤンが「おい、さっきより男前になってないか？　ちょっと修正入れただろ？」と意地悪を言ってきた。失礼極まりない。僕は無言でヤンの顔を睨《にら》みつけた。

「最近は物騒な事件が多くて困るわ」話を事件に戻し、モーガンがため息をつく。「先月も、胴体を真っ二つにされた女性の下半身が見つかってるのよ」

「忙しそうだね」

「オリバー、私に変身して代わりに働いてくれない？」

「それは……ちょっと嫌かな」

「なにかわかったら連絡ちょうだい、探偵さんたち」愚痴をこぼしながらも、勤勉なモーガン刑事は早々に仕事へと戻っていった。

今回の事件について、僕がさっそく意見を述べようとすると、

「お前が言おうとしてることを、当ててやろうか？」と、ヤンが先に言葉を発した。『吸血鬼の仕業とは限らないよ』だろ？」

悔しいけど、当たってる。死体に血がなかったからといって、何でもすぐ吸血鬼を疑うのはよくないと思う。テロが起こったときに真っ先に疑われていたアラブ系の人の気持ちが、今ならよくわかる。「もしかしたら、人間のシリアルキラーの仕業かもよ」

「人間が、女の首を切り落として、血と内臓を貪ったってか？」

「ミキサーにかけてコーラで割って飲んだんじゃない？　リチャード・チェイスみたいにさ。ティモシー・ディモンだって人肉が大好物で、心臓を生で食べてたらしいし。カニバリストの殺人鬼なんて、この国じゃ珍しくないよ」

全部、ケビンのオカルト超常チャンネルから得た知識だから、情報の正確性には自信がないけど。

「じゃあ、遺体の首はどこにやった？」

「たぶん家に飾ってるんだよ。観賞用として。人間が動物の剥製を作るのと同じ」

「安っぽいホラー映画みたいな設定だな」

ヤンは馬鹿にしたように嗤《わら》った。

「じゃあ、そっちの意見は？」

「吸血鬼の仕業かどうかは五分五分ってとこだな。判断するには手掛かりが足りない」顎を摩《さす》りながらヤンが言葉を続ける。「仮に吸血鬼の仕業だとすると、首を切り落として持ち帰ったのは、歯型を調べられたくなかったから、とも考えられる」

「前科のある吸血鬼の仕業？」

「ああ。それから、他のノンヒューマンによる犯行という可能性も捨てきれないな。血や臓器が好物な化け物は少なくない。吸血鬼に限定せず、内臓を食べるノンヒューマンまで捜査対象を広げた方がいいだろう」

というヤンの意見により、
1、獲物は女性。
2、首を切り落とす手口。
3、血を好み内臓を食す性質。
これら三つの特徴に当てはまる種族がいないか、文献を漁《あさ》ってみることにした。本棚から大量の書物を引っ張り出し、手分けして読み進めていく。昔の民間伝承から現代の都市伝説まで、ヤンの蔵書はありとあらゆるノンヒューマンの情報を網羅している。

「ねえ、これじゃない？」

「なんだ」

「この、スカテネっていう怪物。チョクトー族の伝承の本に載ってる。人間の首を切り落として、それを籠に入れて持ち帰るらしい」

「スカテネは獲物と信頼関係を築いてから犯行に及ぶタイプだ。こんな短期間で無差別的な殺人をするとは考えにくい。それに、首を狙われるのはだいたい一家の父親で、女じゃない」

「じゃあ、これは？　野狗子《やくし》っていう中国発祥のノンヒューマン。人間の脳が好物で、地域によっては心臓を食べたっていう言い伝えも残ってる」

「野狗子は人の頭蓋骨を嚙《か》み砕《くだ》いて脳だけを食べるんだ。死体の写真を見てみろ、頭ごとなくなってる」

調べ物に没頭しているうちに、気付けば日付が変わっていた。「休憩にするか」とヤンがピザの配達を頼んだ。届いたピザの上に、ヤンはタバスコをかけ、僕は血液をかけて食べた。真っ赤な血とチーズの黄色とのコントラストが鮮やか。味もなかなかイケる。ヤンは冷蔵庫からビール瓶を取り出し、栓を開けた。僕にもちょうだいって言ってみたけど、駄目だって断られた。

「早く大人になって、合法的にビールを飲みたいなぁ」血液入りのコーラを飲みながら僕が言うと、ヤンは鼻で嗤った。

「お前は一生17歳のままだけどな」

「えっ」

「知らないのか？　吸血鬼は、吸血鬼になった歳《とし》から老けないんだぞ」

知らなかった。「じゃあ、僕ってずっとこの顔のまま？」

「その童顔に酒を売ってくれる店があればいいけどな」

にやにやしてる意地悪なヤンを睨みつけ、言い返す。「そのときは、ヤンに買ってきてもらうからね」

「だいたいお前、酒飲んだって味がわかんねえだろ」

「どうだろう。それは飲んでみないと。確認したいから、ちょっと一口ちょうだい」

「その手にのるか、馬鹿」ヤンが一笑した。

まだまだ調べ物は終わりそうになかった。腹ごしらえが済んだところで「コーヒー淹《い》れる。お前も飲むか？」とヤンが腰を上げる。

「うん。血、三杯入れて」

「砂糖みたいに言うな」ヤンが眉根を寄せた。「すっかり吸血鬼にかぶれやがって」

彼がコーヒーを淹れている間、僕はパソコンを弄《いじ》った。ケビンのオカルト超常チャンネルから通知が届いている。新着の動画がアップされたようなので、サイトにアクセスしてみた。内容に興味はないけど、これは親友の義務だから仕方がない。

今回の動画のタイトルは『ニューヨークに日本の妖怪が来た！』だった。相変わらずだなと思う。気が進まないまま再生ボタンを押す。

『ハーイ！　ケビンのオカルト超常チャンネルへようこそ！』

お決まりの挨拶。今日のケビンはホッケーマスクの仮面を被《かぶ》っている。前回はペスト医師で、その前は骸骨だった。そのときの気分や動画の内容によって変えてるみたい。

『先月、アジア系の女性の切断死体が見つかった事件、知ってる？　死体は下半身しかなかったらしい。胴体から真っ二つ。残酷だよね』

と喋《しゃべ》りながら、動画の中のケビンが偽物の鉈《なた》を振り回す。

「なに見てるんだ？」

キッチンから戻ってきたヤンが、パソコンの横にコーヒー（と少々の血）入りのマグカップを置いた。

「ケビンの新しい動画」

「ケビン？　……ああ、オカルトマニアの親友か」

「うん」

「どんな動画だ？」

自分のマグに口をつけながら、ヤンが画面を覗《のぞ》き込む。

『俺の推理を聞いてほしい』ケビンが熱弁をはじめた。『日本には、テケテケっていうノンヒューマンがいるんだ。上半身だけの姿で、両腕で這《は》うようにして追いかけてくる、恐ろしい悪霊らしい。この事件の被害者はもしかしたら、そのテケテケなのかもしれない。アジア系だしね』

ヤンのことだから「くだらねえ」って一蹴すると思っていた。だけど、僕の予想とは裏腹に、彼は真剣な顔つきでケビンの動画を見つめている。

『今頃きっと、彼女の上半身は、獲物を探してこのニューヨークの街を這い回ってるんだよ！　これを見てるニューヨーク市警の皆さん、ケビンからのアドバイスだ！　早く日本の陰陽師《おんみょうじ》に依頼して、彼女を退治してもらって！』

僕はため息をつき、

「また変なこと言ってる」

停止ボタンを押した。今回の動画もいまいち。だいたいニューヨーク市警がこんな動画見てるわけがないのに。

すると、

「……そういうことか」

隣でヤンが呟《つぶや》いた。よくわからないけど、彼は何かに気付いたようすだった。

「そういうことって、どういうこと？」

「お前の親友、案外鋭いかもな」

意外な言葉が返ってきた。ヤンはマウスを動かして高評価ボタンをクリックすると、モーガン刑事に電話を掛けた。

「アレックス、頼みがある。今すぐ死体を見せてくれ」


「これが、例の首なし死体よ」

ニューヨーク市警の遺体安置所。ステンレススチールの壁の向こうには何体もの死体が保管されている。モーガンはその中の一つの扉を開け、中から遺体を引っ張り出した。首のない女性の死体が裸で寝かされている。

「急にどうしたの、遺体を見たいだなんて」

「確認したいことがある」

ヤンはそう言うと、さっそくレザーコートのポケットから小瓶を取り出した。透明な液体が入ったその瓶の蓋を開け、女性の死体の上で傾ける。水が数滴、遺体の腕にぽとぽとと落ちた。その瞬間、水滴は蒸発し、白い煙が上がった。

モーガン刑事はぎょっとしていた。「ちょっと、勝手に変な薬品かけないでよ」

「これは聖水だ」ヤンが遺体を指差す。「見ろ、皮膚が火傷《やけど》してる」

水滴が落ちた部分の肌が焼け爛《ただ》れていた。聖水に反応したということは、この被害者は普通の人間ではないということだ。

「犯人が怪物なんじゃない。被害者が怪物だったんだ」

ヤンの言葉に刑事は驚いていた。死体をまじまじと見つめる。「これが、吸血鬼の死体だって言うの？」

「ああ。おそらくペナンガランだろう」

「ペナンガラン？」

「たしか、マレーシア発祥の吸血鬼だよね」文献を読み込んだおかげで、僕もだんだん吸血鬼に詳しくなってきた。

「そうだ」ヤンが頷《うなず》く。「頭部と内臓だけで飛び回って人間を襲う種族なんだが、本体が死んでるってことは、頭の方も無事ではないだろうな」

ペナンガランは女の姿をした吸血鬼で、子供や妊婦から血を吸うことを好むけど、大人の男も襲うらしい。夜になると首から上を切り離し、内臓をぶら下げた状態で空を徘徊《はいかい》して獲物を探す。ジェニュという植物の葉を吊《つ》るしておけば、それに引っ掛かり、捕まえることができる。捕まえた頭部を焼き殺してしまえば、退治できる。――そう本に書いてあった。

「たしか先月、下半身だけの死体が見つかったんだよな？」

「ええ、そうだけど」

「そいつはマナナンガルというフィリピンの吸血鬼だ。上半身だけで飛び回って狩りをする。試しにその死体にも聖水をかけてみろ。こいつと同じ反応があるはずだ。日光に当てれば灰になって消えるだろう」

マナナンガルに、ペナンガラン。東南アジア系の吸血鬼の死体が相次いで発見されていることが、単なる偶然ではないとすると。僕は一言でまとめた。「つまりこれって、アジア系の吸血鬼を狙った連続殺人？」

「殺人というより退治だな。犯人は仕事として吸血鬼を退治しているだけだ。以上、事件は解決。帰るぞ、オリバー」

犯人は人間を殺しているのではなく、怪物を殺していた。吸血鬼を殺すことが殺人と呼べるのかはわからないし、僕たちだって今まで同じようなことをしてきた。今回の犯人に手錠を掛けることは、たしかに難しいと思う。

だけど、このまま何事もなかったかのように帰るのは、なんだか嫌だった。

「……待って、ヤン」彼の背中に声をかける。「もう少しだけ、調べてみようよ」

「なぜだ？」

「もし仮に、彼女たちが何の罪もない善良な吸血鬼だったとしたら、この殺しは止めるべきだ」

だってそれは、単なる虐殺だから。

彼女たちの身に何があったのか。どうして殺されなければならなかったのか。真実を知りたかった。ファーザーのコミュニティの一員として、僕には吸血鬼の平穏を守る義務がある。


ブロンクスにある、取り壊しになる寸前といった廃ビル。その裏側に地下への階段が続いている。それを下りて、さらに奥に進んでいくと、扉が見えてきた。頑丈そうな鉄の扉で、その上には『HERCULES BAR《ハーキュリーズ バー》』という文字のネオンサインが輝いている。ヤンは躊躇《ちゅうちょ》なく扉を開けて中に足を踏み入れた。

彼の話によると、ここは人外専門のハンターが集う店らしい。ヤンみたいに怪物退治を生業としている人々の溜《た》まり場。見た目は普通のバーだけど、たしかにどこか物騒な雰囲気が漂っている。壁に飾られたダーツボードにはナイフやらアイスピックやらと、いろんな武器が突き刺さってるし、ビリヤード台の上を転がっているのは数字の書かれたボールではなく、よくわからない生き物の頭蓋骨だ。客は屈強な体つきの酔っ払いばかりで、まるで海兵隊の駐屯地みたいだし。長身で体格のいいヤンでさえ、ここにいると小柄に見えてしまう。

僕が入ってきた途端に店の空気が変わった。その屈強な男たちの視線が一斉に僕たちに集まった。僕たちというより、僕に。

「……みんなが僕を睨《にら》んでる」敵意のこもった視線に耐え切れず、僕はヤンの背中に隠れた。「お酒が飲めない歳だから？」

「お前が吸血鬼だからだ」

ヤンが肩をすくめた。

「見ただけで僕が吸血鬼だってわかるの？」

「顔色が悪いからな。それに、普通の人間の子供はこんな店には来ない」

「たしかに」

「大事な人を殺されたことがきっかけで、怪物ハンターになる奴は多い。だから、ハンターっていうのは怪物に対する憎しみが強いんだ。皆が皆、俺みたいに優しくないってことだな」

「最後の一言は聞かなかったことにする」

ヤンはずかずかと店の奥に進んでいく。僕ははぐれないよう、彼のレザーコートをぎゅっと摑《つか》んだ。

「よう、ヤン。久しぶりだな。いつものでいいか？」カウンターの中にいるハンチング帽をかぶった大男が、ヤンを見つけて親しげに声をかけてきた。彼がこの店のマスターらしい。

「ああ。こいつにはトマトジュースを」

「オーケイ」

すぐにメキシコ産のビールとトマトジュースの入ったグラスが、カウンターの上に並べて置かれた。ヤンがスツールに腰かけたので、僕もその隣に座った。

ビール瓶を呷《あお》りながら、

「最近、ペナンガランやマナナンガルを狩った奴を知らないか？」

と、ヤンはマスターに尋ねた。

「さあなぁ」マスターは首を捻《ひね》った。「最近は忙しくて、客と喋ってる暇がないから」

「そうか」

「あそこにいる二人組」と、奥のテーブル席を指差す。「あいつらなら知ってるかもしれない。毎晩のように店に来てるし、顔も広い」

奥のテーブルで酒を呷っている二人組は、いかにも強そうな雰囲気だった。まるでアメコミのヒーローみたいに筋骨隆々な体型で、一人はドレッドヘア、もう一人はタトゥの入ったスキンヘッドと、見るからに柄が悪い。路上ですれ違いざまに肩をぶつけたくないタイプ。

「助かるよ」

ヤンはビールを一気に飲み干し、「追加で二つくれ」と指を二本立てて告げた。そんなにたくさん飲むのかとびっくりしたけど、そういうわけじゃないらしい。二本のビール瓶を両手に持ち、ヤンは席を立った。僕もトマトジュース片手に追いかける。

ヤンは奥のテーブル席に近付き、その柄の悪い二人組に「よう」と声をかけた。

「可愛《かわい》い坊やを連れてんなぁ」ドレッドの男が僕を見てにやついた。「そいつ、ちょっと貸してくれよ。新調したマチェーテの切れ味を試したいんだ」

どうぞどうぞご自由にお使いください、と僕を差し出すんじゃないかって心配になったけど、さすがのヤンもそこまで人でなしじゃなかった。僕を背中に隠すようにして、「サニーデールの神父から預かってる。手を出さない方が身のためだぞ」と低い声で二人に忠告する。

「過去に、協定を破って神父の仲間を殺した馬鹿なハンターがいたが、そいつがどんな目に遭ったかは知ってるだろ？」

ファーザーはここでも有名人らしい。その名前を聞いた途端、二人組は露骨に顔色を変えた。一人は俯《うつむ》いて黙り込み、もう一人は身震いしている。

これほど強そうな人たちが、こんな叱られる前の子供みたいな顔になるなんて。その馬鹿なハンターというのはよっぽど恐ろしい報復を受けたらしい。串刺しにされて晒《さら》し者にされたとか、鉄の処女《アイアンメイデン》やユダの揺り籠みたいな拷問器具で処刑されたとか、それくらい酷《ひど》い末路だったのかも。あの優しいファーザーがそんな残酷なことをするようには思えないけど、大事な仲間の復讐《ふくしゅう》のためなら考えられないこともない。

「そのハンター、どうなったの？」

恐る恐る尋ねると、ヤンは一笑した。「愛人とファックしてる動画をネットにばら撒《ま》かれて、奥さんに慰謝料7万5千ドルを請求された。昼も夜も奴隷のように働いてるよ」

「意外と現代的……」

ヤンは空いている椅子に腰を下ろし、彼らの輪に入った。

「それはさておき、情報がほしい。最近ペナンガランを狩った奴を知らないか？」ビール瓶をテーブルに置く。「ほら、俺の奢《おご》りだ」

お酒を奢られて気をよくしたのか、二人の口は軽かった。スキンヘッドの男が「ランディのことか？」と答えた。

「ランディ？」

「ああ。東南アジア系の吸血鬼を専門にしている男だ。この店に来るようになったのは最近だよ。2か月くらい前かな」

「本名は？」

「知らねえな。一度ここで話しただけだから」

「酒も飲まずに、ただ飯だけ食ってた」

「どんな奴だった？」

「よく食う奴だったよ」ドレッド頭の男が答える。「ガーリックステーキを三人前くらい平らげてた」

「髪は赤毛で、まだ若い男だ。元警官だって言ってた」スキンヘッドが付け加えた。

「ヤバそうな奴だったな。目がイってた。ありゃ絶対薬やってる。関わんねえ方が身のためだぜ」

見た目は怖いけど、案外親切な人たちみたい。

二人に礼を告げ、僕たちは店を出た。車へと戻る。最初は店の中で殺されるんじゃないかってびくびくしたけど、おかげで重要な証言を得ることができた。

「ランディって呼ばれてるってことは、本名はランドールか」運転席に乗り込み、ヤンが車のエンジンをかけた。

「ランドルフかも」シートベルトを締めながら僕は返した。

「前職が警官だって話が本当だったら、記録が残ってるはずだ」

「モーガン刑事に調べてもらう？」

「そうだな」ヤンが車を発進させた。

持つべきものはニューヨーク市警の友人だ。僕は携帯電話を取り出し、さっそくモーガンに連絡した。「刑事？　オリバーだけど。ちょっと調べてほしいことがあって」

「元警官の男を捜してるんだ。たぶん、ランドルフとか、ランドールっていう名前だと思う」

『どうしたの？』

『わかった。うちの職員データの記録を確認してみる』

「ありがとう」

しばらくして、

『そんな名前の警官、いないわね』

と、モーガン刑事が言った。

「本当に？」

『ええ。ランドルフもランドールもヒットしなかった』

「そっか」

どうやら外れだったみたい。

「もしかしたらランディは、ニューヨーク市警じゃないのかもね」

この国に警官は山ほどいる。ニューヨークのバーにいたからといって、NYPDの出身とは限らない。カリフォルニア州警察かもしれないし、デトロイト市警かもしれない。

「ありがとう、刑事さん」

電話を切ろうとした、そのときだった。

『……待って』と、モーガン刑事が声を発した。『今、ランディって言った？』

「うん」

『似た名前で、ブランドンならいるわよ。ブランドン・マーカス巡査』

それだ、と僕は声をあげた。ランドールでもランドルフでもなかった。「そっか、ブランドンの『ランディ』か！」

『23分署に所属してたけど、今年の9月頃に辞職してる。この男が事件に関わってるっていうの？』

「まだわからない。それを調べてる。彼の現住所を送ってくれる？」

『了解』

「なにかわかったら、すぐ連絡するから」

僕は電話を切った。

現住所と一緒に、モーガン刑事はブランドン・マーカスに関するいくつかの資料を送ってくれた。プロフィールに加えて、精神鑑定結果やカウンセリングの内容をまとめた報告書まである。

それらの資料によると、彼が警察を辞めたのは相棒の死がきっかけだったみたい。

事件が起こったのは今年の8月の、夜間の巡回中。分署勤務のジョンソン巡査とマーカス巡査の二人は、「殴り合いの喧嘩《けんか》をしている人がいる」という旨の通報を受けて現場へと向かった。場所はハーレム地区の工場跡地。そこで犯人の襲撃に遭い、ジョンソン巡査は殉職。マーカス巡査も大怪我《けが》をした。相棒を失った悲しみと事件のトラウマで心を病んでしまったマーカスは、仕事を続けられなくなり、翌月には警察を辞職してる。

カウンセリング中に、マーカスは事件についてこう証言している。現場で化け物みたいな女に襲われた。その化け物によって相棒の腹は切り裂かれ、臓物が飛び出していた——って。

仮にこの話が事実だったとしたら、マーカス巡査とジョンソン巡査はノンヒューマンと遭遇したことになる。だけど、記録によると、この事件はFBIによって解決済み（犯人死亡）となっていた。なんだかうやむやにされてる感じがする。

「マーカスはおそらく、その結果に納得がいかなかったんだろうな」ハンドルを握り、前を向いたままヤンが告げる。「だから、警察を辞めて、単独で捜査を続けた。そしてノンヒューマンの存在にたどり着いた」

「それで、相棒を殺した犯人を捜し出して、復讐しようとしてるのかな」

犯人がアジア系の吸血鬼だと知ったマーカスは、復讐を果たすため、ペナンガランやマナナンガルを無差別に狙っているのかもしれない。

ノンヒューマンの存在を知らないままでいたら、トラウマを抱えることなく、マーカスは今も警察官として働けていただろうに。その事件がきっかけで、彼は今まで通りではいられなくなってしまった。運命を大きく捻《ね》じ曲げられてしまった。

僕だって同じだ。母さんが襲われて、僕も吸血鬼にされて、こうして裏側の世界を知ることになった。人生が滅茶苦茶《めちゃくちゃ》になって、普通の高校生ではいられなくなった。

彼の場合はどうなんだろう、と横目でヤンを見遣《みや》る。ふと気になった。ヤンがノンヒューマンの存在にたどり着くまでに、いったいどんな経緯があったのだろうか。

「……ねえ」

「なんだ」

「ヤンはさ、なにがきっかけでこの仕事を始めたの？」

そんな僕の質問に、彼はすぐには答えなかった。無言でハンドルを切り、アクセルをさらに踏み込み、しばらく車を走らせてから、ようやく口を開いた。

「それは――」

言葉の続きを待っていた最中、不意に車が停止した。

「着いたぞ、ここだ」

いつの間にかマーカスの自宅に到着していた。話の続きは聞けなかった。すごく気になるけど、それよりまずはマーカスだ。少し離れた路肩に停車し、僕たちは車を降りた。

「古いけど、立派な家だね。マーカスはこんなところに一人で住んでるの？」

「ああ。死んだ両親の持ち家らしい」

ブランドン・マーカスは警官を辞めた後、市内のアパートメントから郊外の一軒家へと引っ越していた。1階建ての平屋だ。僕たちはこっそりと現場に近付いた。人の気配はない。車も。マーカスは不在のようだ。狩りに出ているのかもしれない。

家の裏に回り込んだところで、

「あそこに納屋がある」と、ヤンが指差した。庭の奥に木造の小さな小屋がある。先にそっちを調べることにした。

木製の扉をしずかに開ける。少し錆《さ》び付いていて、ギィと耳障りな音が鳴った。

「……まるで殺人鬼の秘密基地だな」小型のライトで辺りを照らしながらヤンが声を潜めて言った。

納屋の中は物騒なものばかりだった。斧《おの》とか鉈《なた》とか、様々な凶器が壁に立てかけられている。中央には台があり、その上には、これ見よがしに血痕の付着したチェーンソーが置いてある。何かの肉をここで解体してるみたい。

僕たちが足を踏み入れたのが単なる狩猟小屋ではないと気付いたのは、その直後のことだった。ふと視線を上げると、この上なく恐ろしく、悍《おぞ》ましいものが視界に飛び込んできた。

「ヤ、ヤン……あれ、見て……」

震える手で部屋の奥を指差す。

棚の上に、生首が並べられている。アジア系の女性の頭部が二人分。

「ペナンガランの首だ。事件の被害者だろう」ヤンが近付き、手で触れて確認する。「マジで観賞用にしてんのか？」

どちらも息はなかった。もう死んでる。しかも、酷い傷を負っていた。両目が潰されていたり、頬の肉が削《そ》がれていたり。苦痛の最中に死んでいったようで、醜い形相をしている。

「どうやら、ここで怪物を拷問しているみたいだな」

「なんで、そんな酷いことを」

「情報を聞き出すためか、あるいは――」

不意に物音が聞こえた。びっくりして振り返る。部屋の奥に人の顔が見える。

「誰だ」ヤンが鋭い声をかけ、ライトを向ける。

その正体に、僕はぎょっとした。上半身だけの女性だった。

最初は死体かと思ったけど、違う。生きてる。動物用のケージのような、小さな檻《おり》の中に閉じ込められている。

「マナナンガルか」

「もしかして、モーガン刑事が言ってた、あの？」

「ああ。下半身だけの死体ってのは、こいつのものだろう」

僕たちを見て、マナナンガルが「助けて」と弱々しい声を発した。彼女も酷《ひど》い有様《ありさま》だった。衣服は何も身につけておらず、体のあちこちに切り傷や火傷《やけど》の痕があった。目は虚《うつ》ろで、衰弱しきっている。

「おい、大丈夫か？　何があったんだ？」

ヤンが檻越しに声をかけると、

「あいつに殺される」彼女はガタガタと震えていた。「あいつが来る前に、助けて、ここから出して」

すごく怯《おび》えてる。酷い目に遭わされていることは、その体の傷を見ればわかる。早く助けてあげないと。

檻の鍵を開けようとした、そのときだった。外から車のエンジン音が聞こえてきた。心臓が跳ね上がる。「まずい、マーカスが帰ってきた」

「隠れるぞ」

僕たちは物陰に身をひそめ、息を殺した。

直後、物置小屋の扉が音を立てて開き、天井の電球に光が灯った。入ってきたのは一人の男。ブランドン・マーカスで間違いない。モーガン刑事が送ってくれた資料の写真と、同じ顔だ。

マーカスは檻の前に立ち、マナナンガルを見下ろしている。「お願い、やめて……なんでもするから……」と、女性の怯えた声が聞こえてきた。

「仲間の居場所を吐け」

マーカスが口を開いた。威圧的で、恐ろしく冷酷な声だった。

「し、知らない、本当に知らないの」

「……そうか」

次の瞬間、女性の断末魔の叫びが響き渡った。耳を塞ぎたくなるような酷い叫びだ。マーカスは檻の隙間から聖水で清めた鉈を差し込み、彼女の体を何度も突き刺した。だけど、刃物で刺しただけではマナナンガルは死なない。痛みを与えるだけだ。マーカスは口元に笑みを浮かべていた。口を割らせようとしているだけじゃない。その顔は、どこか愉《たの》しんでいるようにも見えた。

「やめて！」

気付けば、僕はマーカスに向かって叫んでいた。ただ目の前の惨劇を止めたくて、後先考えずに飛び出してしまった。

マーカスが振り返り、拳銃を抜く。

「誰だ、お前」

予期せぬ侵入者に警戒を強め、彼はリボルバーの引き金に指をかけた。

「ここで何をしてる」

僕は答えず、質問を返した。「その人をどうするつもり？　殺すの？」

「……人？」マーカスが眉をひそめた。「こいつは化け物だろう？　人じゃない。ただの害獣だ」

嫌な言葉だ。僕自身を否定されているような気分になってしまう。

無表情のまま、マーカスは淡々と言葉を紡ぐ。「誰だか知らないが、俺に構うな。俺の家からさっさと出ていけ。出ていかないなら、お前も殺す」

マーカスがリボルバーを構え直した、そのときだった。

「待ってくれ」

と、身を隠していたヤンが両手を上げて現れた。マーカスの銃口が、今度はヤンに向けられる。

「俺たちは同業者だ。あんたと話をしにきた。危害を加えるつもりはない」ヤンが僕の横に立ち、事情を説明する。「あんたのことは知ってる。何があったのかも」

「知ってる？　何を知ってるって言うんだ？」

「ブランドン・マーカス。怪物に相棒を殺されたんだろ？」

マーカスは黙り込んだ。

無言のまま僕たちを睨《にら》みつける相手に、ヤンが説得を続ける。「なあ、聞いてくれ。俺も昔、警官だったんだ。だから、あんたの気持ちはよくわかる。相棒を失うのは辛《つら》い。でもな、その吸血鬼はお前の相棒を殺した奴とは無関係なんだ。あんたが今まで殺してきた連中も。おそらく犯人はとっくに始末されてる。ＦＢＩの特殊班辺りが秘密裏に処理したんだろう」

マーカスから返ってきたのは、予想もしない言葉だった。「知ってる」

「……え？」

驚いた。知っていて、殺しているというのか。無関係のノンヒューマンたちを。

マーカスがいったい何を考えてるのか、僕には理解できなかった。答えを求めて問いかける。「じゃあ、どうしてこんな酷いことを」

「俺は害獣を駆除してるだけだ。化け物のいない国にするために」

まっすぐに僕たちを見据えているはずなのに、マーカスの瞳はまるでどこか遠くを見ているようだった。

「こいつらのせいで、俺の相棒は殺された。俺も警察を辞めることになった。この世に存在したところで、害しかない。一匹残らず始末しないといけないんだ」

迷いのない彼の言葉に、やるせない気持ちになってしまう。

大事な人を殺された奴がハンターになるって、ヤンは言っていた。それはマーカスも同じだ。相棒の命を奪われたことがきっかけで、こうして怪物を狩るようになった。怪物への異常なほどの強い憎しみが、彼の正常な精神を蝕《むしば》み、凄惨な拷問や無差別な殺戮《さつりく》へと駆り立ててしまったというなら、彼の考えを理解できないとは言えなかった。僕だって、もし自分が人間のままで、ファーザーみたいな優しい吸血鬼と出会っていなかったら、母さんをあんな目に遭わせた怪物という種族そのものを心の底から憎んでいたはずだから。吸血鬼にはいい奴もいるし悪い奴もいる、なんてフラットな見方をすることはできなかっただろう。

ブランドン・マーカスのしていることを許しがたいと思う一方で、僕は彼に対して同情にも似た感情を抱いてしまっていた。

だけど、隣の男は違った。

「よく言うぜ」

ヤンは嗤《わら》っている。

「本当にそれが動機か？　だったら、どうしてここまで拷問する必要がある？」

マーカスの眉間に皺《しわ》が寄る。「……なに？」

「本当は、愉しいんだろ？　怪物とはいえ、見た目は普通の女だもんな。無抵抗の女を痛めつけて、支配して、挙句に殺して。それが愉しくて堪《たま》んねえんだろ？　泣いて許しを乞われると、興奮するんだろ？」

挑発的なヤンの言葉に、マーカスの顔が怒りで歪《ゆが》んでいく。「うるさい」と大声で怒鳴りつけた。

それでもヤンは口を閉じない。

「この国のために殺してるなんて嘘《うそ》っぱちだ。お前はただの性的サディストで、その辺にいる快楽殺人鬼と変わらない。こいつらよりもよっぽど化け物なん――」

「黙れ！」

マーカスが声を荒らげる。引き金に触れている人差し指に力がこもった。

僕は叫んだ。

「危ない！」

直後、銃声が響き渡った。

僕はとっさに動いた。気付けば、ヤンを庇《かば》うように彼の前に躍り出ていた。放たれた銃弾が右肩にめり込む。血が噴き出し、僕はその場に倒れ込んだ。

あまりの激痛に、床の上をのたうち回ることしかできない。その間にヤンがマーカスを制圧した。僕が撃たれた直後にヤンも銃を抜き、相手の銃身を狙って撃った。マーカスの手からリボルバーが離れたところで、ヤンはショットガンの銃床で相手の顎とこめかみを立て続けに殴りつけた。マーカスは頽《くずお》れた。

気絶した彼の体を、その辺にある縄で縛り上げながら、ヤンが僕に声をかけてきた。

「オリ、大丈夫か？」

「うん、大丈夫。肩を撃たれただけ」

「立てるか？」

「なんとか」

ヤンが差し出した手を握り返し、ふらつきながら立ち上がる。ズキズキとした痛みが肩口から指先までを覆っているような感じがする。右腕がまったく動かせない。

しばらくしてサイレンが聞こえてきた。窓越しに赤と青のライトが点滅しているのが見える。

小屋の扉が開き、モーガン刑事が現れた。僕たちを心配して応援に駆け付けてくれたようだ。数人の部下を連れている。

「二人とも、無事？」

「まあな」

ヤンが答え、

「被害者がまだ生きてる。あとで下半身を返してやれ」

と、檻の中を指差した。上半身しかない女性が、檻の中で「助けて」と訴えている。それを見た瞬間、モーガンは頭を抱えた。「……勘弁してよ」

マーカスは気絶したまま手錠を掛けられ、二人掛かりで運ばれていった。警察車両に乗せられて連行される姿を見届けながら、

「まさか、元警官が犯人だったなんて」

と、モーガンがため息をつく。

「アジア系の吸血鬼を狙ったヘイトクライムがエスカレートして、快楽殺人に変わったようだ」ヤンが視線を小屋の棚に向けた。痛々しい痕の残る生首。拷問の凄惨さを物語っている。マーカスの異常性も。

「彼のやったことは、罪に問える？」

僕が尋ねると、

「どうかしら」モーガンは首を捻《ひね》った。「どういう裁きになるかはわからないけど、最終的には精神科行きでしょうね」

「酷いやり口だが、奴に同情するところもあるな。目の前で相棒が喰《く》われるところを見ちまったんだから、頭がおかしくなるのも無理ない」

「……ええ、そうね」刑事が頷《うなず》いた。

これで事件は解決。犯人も逮捕できたし、被害者も一人助けることができた。それなのに、なんとも言えない気持ちになる。人間とノンヒューマンの共存は、僕が思っているより簡単なことではないのかもしれない。

後のことはモーガン刑事と市警に任せて、僕たちは車に乗り込んだ。

「――あのさ」

チャイナタウンに帰るまでの道中で、僕は話を切り出した。どうしてもあの続きを聞きたくて。「さっきの話だけど」

「なんだ」ヤンが運転しながらこっちを一瞥《いちべつ》した。

「ヤンが、この仕事を始めたきっかけって――」

ああ、そのことか、とヤンが呟《つぶや》く。

「警官時代の相棒が」前に向き直り、彼は答えた。「吸血鬼に襲われた」

「……そうだったんだ」

なんとなく、そうじゃないかな、とは思っていた。ヤンも誰か大事な人を失って、それがきっかけでノンヒューマンに関わるようになったんじゃないかって。そして、そのきっかけを作ったのが吸血鬼だったんだろうって。マーカスの気持ちを理解できるというあの言葉は、説得するための出任せではなく、きっと本心だったんだと思う。

「ヤンも、マーカスと同じ立場だったんだね」

すると、

「……いや、ちょっと違うな」

と、ヤンは自嘲を浮かべた。

「殺したのは、俺だ」

突然の罪の告白に驚く。返す言葉が見つからない。

「相棒を殺したのは吸血鬼じゃない。俺なんだ」と、ヤンはまるで独り言のように繰り返した。

「あの日、俺は相棒のビルと一緒に、いつも通り巡回してた」

僕は黙って彼の言葉に耳を傾けた。

「そこで俺たちは、ある男に職務質問をした。そいつはドラッグでもやってるのか、完全に正気を失ってた。話を聞こうとすると暴れ回って手が付けられなかったから、俺は無線で応援を呼んだ。その間に、ビルがそいつに嚙《か》まれてた。吸血鬼だったんだ。ビルは血を吸われ、揉《も》み合っているうちに相手の血が傷口に入ってしまったんだろうな」

「それで、吸血鬼になっちゃったの？」

「ああ」前を向いたままヤンが話を続ける。「相棒の様子がおかしくなったのは、その数日後だった。巡回中、強盗の通報が入った。現場の売店に行き、俺たちは強盗犯を捕まえようとした。そしたら急にビルが豹変《ひょうへん》して、化け物になっちまって……強盗犯の首に嚙みついて殺した上に、人質になっていたアルバイトの店員に襲い掛かろうとした」

売店の強盗。僕はすぐにあの記事を思い出した。ネットに載っていた、あの事件。ヤンが強盗を捕まえて人質を助けたって、まるで美談のように書かれていたけど、表に出た記事は都合よく書き替えられたものだった。事実はもっと残酷だ。

「どんな攻撃でも死なねえし、俺らに見境なく襲い掛かってくる。相棒はもう普通の人間じゃなくなったんだって、すぐに悟ったよ」

いくら殴りつけても、何発撃っても、相手はぴんぴんしていたという。当然だ。吸血鬼なんだから。

だけど、当時のヤンにはまだノンヒューマンに関する知識はなく、吸血鬼の退治方法も知らなかったはずだ。どうやって事態を収拾したのだろうか。「……それから、どうしたの?」

「轢《ひ》き殺した」

「えっ」

「店を出て、車に乗り込んだ。追いかけてきたビルをバックで撥《は》ねてから、今度は前進して、倒れた奴の頭を車で轢いた」

その光景を想像してしまい、僕は顔を歪めた。頭が潰れてしまったら、さすがに吸血鬼でも復活できないだろう。

「俺はパトカーで警官を轢き殺したんだ。最悪、終身刑は覚悟してた。だけど、罪に問われなかった。CIAのエージェントが俺のところに来て、ノンヒューマンについての説明をした。機密保持の書類にサインをさせられた上に、CIAの工作員にならないかってスカウトまでされたよ。『初めてノンヒューマンに遭遇して、ここまで上手《うま》く戦える者はなかなかいない』って、お褒めの言葉までいただいた」

当時を振り返り、ヤンは自嘲気味に語った。

だけど、彼は今、私立探偵をしてる。CIAじゃない。「断ったんだ？」

「当然だろ。相棒を殺したショックで、それどころじゃなかった。警察官としても働けなくなった。それからは無職で酒浸りの生活だ」

親しい人間を自ら手にかけた心の痛みを想像するだけで、胸が苦しくなる。もし母さんが悪い吸血鬼になってしまって、僕が殺さなければいけなかったら。決心がつかないかもしれないし、殺したとしても一生心の傷を引きずるだろう。仮に生かしておいて、母さんが人間を喰い殺してしまったら、今度は自分の過ちを悔い続けなければならない。どっちに転んでも地獄だ。

人を襲った吸血鬼は始末する。それが今のヤンのルールだ。ダニーのときも殺そうとしていたし、ノアのときもそうしていた。きっと相棒の件がきっかけで、ヤンはそのルールを自身に課すようになったんだと思う。僕がジャクソンに傷を負わせたあの日、彼があれほどまでに激しく怒った理由を、今ならよく理解できる。ファーザーの言う通りだった。ヤンは僕のために叱ってくれていたんだ。僕が、ビルみたいにならないように。人に危害を加えないように。

僕が人を襲ったら殺してくれ——前に、ヤンにそう頼んだことがある。彼ならそれを簡単にやってのけると思ったから。友人でも知り合いでも関係なく、余裕で気楽に始末できるだろうと。だけど、本当はそうじゃないのかもしれない。血も涙もない冷酷な男だと思っていたのは間違いで、彼にも苦悩や葛藤はある。もしかしたら僕のあの発言は、ヤンにとってみれば、過去のトラウマをよみがえらせる残酷な言葉だったかも。

「……僕、絶対に人を襲わないから。ヤンに僕を殺させないように」

そう誓うと、ヤンがこっちに顔を向けた。無言のまま、少し驚いたように目を丸めている。数拍置いて、彼は「そうしてくれ」と目を細めた。

話は一区切りついていたけど、僕はその後の展開が気になった。酒浸りで無職のエイブラハム・ヤンが、いったいどういう経緯で猟奇事件専門の私立探偵になったのか。まるで絵本の続きをせがむ子供のように、「それから、どうなったの？」と尋ねる。

「毎晩、嫌な夢を見た。夢の中で、頭の潰れたビルが俺に襲い掛かってくるんだ。『よくも俺を殺したな』って。俺をスカウトしたＣＩＡの職員に相談したら、『悪夢を食べるノンヒューマンがいるから、一度そいつに診てもらえ』って勧められた」

「タオのことだね」

「ああ」ヤンがしずかに頷く。「それで、タオに診てもらったんだが、どうにもできなかった。『これはお前さんの罪悪感が生み出しているものだから、心の傷が回復しないことには無理だ』って言われたよ。カウンセラーを雇うか、教会にでも通ってみろってアドバイスされた。その数日後、ビルの墓参りに行ったら、すぐ傍《そば》に教会を見つけた。タオのアドバイスを思い出した俺は、自然とその教会に足が向かっていた。まるで神の思し召《おぼめ》しだ」

その建物こそ聖サニーデール教会で、ヤンはそこでファーザーと出会った。きっとその出会いは彼にとって救いになったんだと思う。僕のときと同じように。

「天は自ら助くる者を助く、だよね」

「違いない」と、ヤンが一笑した。

ヤンと僕にはファーザーという助けがあった。だけどマーカスにはそれがなかった。ほんの些細《ささい》な違いで、運命は大きく変わってしまう。

チャイナタウンの事務所に戻った頃には夜が明けていた。「お前のおかげで助かった」とヤンが僕の頭に手を置いた。彼の掌《てのひら》は大きくて温かくて、僕の父さんの手もこんな感じだったのかな、なんて気恥ずかしいことを想像してしまった。

「別に、たいしたことはしてないよ。ほら僕、吸血鬼だから、撃たれても死なないし。弾除けとしても十分役に立つでしょ」

「ありがとな」

あのヤンの口から珍しい言葉が飛び出したので、僕はびっくりして、そしてちょっと照れくさくて、つい「どうしたの、変なものでも食べた？」と茶化してしまった。

「冷蔵庫に入ってた小籠包《しょうろんぽう》なら食った」

「それ僕が買ってきたやつ！」

笑いを堪え、ヤンがカウチを指差す。「オリ、座れ」

ぶつぶつと文句を言いながらも、言われた通り、僕は腰を下ろした。ヤンが僕の隣に座る。「傷、見せてみろ」

「なんで？」

「銃弾が埋まったままだろ。取り出してやる」

僕は服を脱いだ。ヤンが小型のナイフを取り出し、僕の傷口を切り開く。見た感じは痛そうだけど、僕は吸血鬼だし、切られたくらいじゃどうもない。それに今は銃弾の痛みで右腕全体が痺《しび》れてることもあって、何をされても感覚がなかった。ピンセットを強引に傷口に差し込まれても。

「よし、終わったぞ」

ピンセットの先端が小さな銃弾を摘まんでいた。僕の体から取り出したばかりのその弾を、ヤンがテーブルの上の灰皿に放る。血に塗《まみ》れた銀色の塊が音を立てて転がった。

「少しはマシになったろ?」

「本当だ、腕が動く」僕は肩をぐるぐると回してみせた。「ありがとう」

それからヤンは、取り出した弾をシンクの水で洗うと、ルーペで拡大して観察しはじめた。「銀製だな。ノンヒューマン用に造られた弾丸だ」

僕もそれを横から覗《のぞ》き込む。銃弾の側面には文字が刻まれていた。『Vade retro Stana, Ipse venena bibas』とある。

「これ、ラテン語だよね? どういう意味?」

「『くたばれ、クソ悪魔』」ヤンが答えた。「簡単に訳せばそんなところだ。悪魔祓《ばら》いの呪文の一部だが、悪魔以外のあらゆる魔物に対して効果がある」

「たしかに、吸血鬼《僕》にも効いた」

撃たれた瞬間、僕の腕は自由が利かなくなった。痛みも酷《ひど》かった。あれはこの呪文によるものだったのか。

ピンセットで摑《つか》んだ銃弾を念入りに確認する。銃弾の底には、『G&R Co.』という刻印が記されていた。

「このG&Rって、なに?」

「ゴート&ラム社。アメリカの大手銃器製造会社だが」銃弾を睨《にら》みつけながら、ヤンは訝《いぶか》しげに眉をひそめた。「……国内有数の銃製造会社が、どうして対ノンヒューマン用の銃弾を作ってるんだ？」

その日の朝、僕は1週間分の量の血液を一気に摂取した。「さすがに飲み過ぎだろ。腹壊すぞ」とヤンが呆《あき》れていたけど、これくらいしないと安心できなかった。デート中にお腹《なか》が空いて、うっかりリズを殺しちゃったら大変だから。

今日は土曜日。リズと映画を観に行く日だ。約束の時間に映画館の前で待ち合わせをした。ポップコーンを買うか尋ねると、リズは「私、ポップコーン好きじゃないの」と答えた。小さい頃に父親とポップコーンを作ったことがあったらしく、フライパンの上で弾《はじ》けたコーンが額に命中し、その熱さと痛さに幼いリズは泣き喚《わめ》いたらしい。父親が慌てて病院に連れていったそうだ。

「それ以来、トラウマになっちゃって。ポップコーンが食べられないの」

と、リズが苦笑する。またひとつ彼女のことが知れて嬉《うれ》しかった。

「気持ちはわかるよ。僕も公園に生えてたキノコを食べて病院送りになってから、公園に生えてるキノコが食べられなくなった」

リズが声をあげて笑う。「誰だって食べられないわよ、そんなの」

映画の内容はまずまずだった。というか、ほとんど覚えていない。リズが隣にいることに緊張して、そして「襲い掛かってはいけない」というプレッシャーが強すぎて、映画どころではなかったからだ。

映画が終わってから、近くにあるダイナーに入り、ちょっと早めの夕食を取った。僕たちはそこで、シーザーサラダとフレンチフライとペパロニピザを食べながら、いろんな話をした。

「今日の映画、どうだった？」

「正直を言えば、あんまりかな」

「実は僕もそう思ってた」

「だよね」

二人で顔を見合わせ、笑い合う。

「私、ああいうラブストーリーじゃなくて、本当はアクションが好きなの。アメコミのヒーロー映画みたいな」

リズがそんなことを言い出したので、僕は興奮して前のめりになった。「本当に？　僕もだよ。アメコミが好きなんだ」

「そうなの？」

「うん。原作本もたくさん持ってる」

言った直後に、キモい奴だって思われないか心配になった。だけど、リズは満面の笑みで「本当？　今度貸してくれる？」と返してくれた。

「もちろんだよ」

「私ね、特にアベンジャーズが好きなの」

「あ、ああ。僕も好きだよ、アベンジャーズ」

「スパイダーマンが好きで、今までの映画も全部観《み》たわ。だけど、いちばんタイプなのはソーね」

「うん、わかる、マーベル最高だよね」

「だけど、パパはDC派なの。『マーベルは大衆向け過ぎて面白味がない』とか『DCの世界観の深みやキャラクターの多様性が良《い》い』とか言って、嫌な感じ」

バートン議員の主張には全面的に賛同する。「それはわかってないね。大衆向けでありながらも、マーベルにだって深みはあるよ」

「でしょう？」

僕も実はDC派だなんて今さら言い出せなくなってしまったけど、リズの「今度一緒にアメコミの映画を観よう」という誘いは最高に嬉しかった。

「こういうの好きな人、周りの友達にいないから、オリバーがいてくれて嬉しい」

という彼女の言葉に、僕はすっかり舞い上がっていた。アメコミオタクに生まれてよかったと心底思う。

映画の話が終わっても、僕たちの会話は弾んだ。友達のこととか、学校のこととか。この際だから、気になっていることを訊《き》いてみた。「アンソニーと付き合ってるの?」

リズは笑った。「どうしてそう思うの?」

「皆が噂《うわさ》してる。よく一緒にいるし」お似合いだし、という言葉は飲み込んだ。

「授業がほとんど同じだから一緒にいるだけよ。たしかに仲はいいけど、そういう関係じゃない」

彼女にその気がなくても、アンソニーは違う。彼はリズのことが好きだし、彼女にしたいと思ってるはず。二人がくっつくのも時間の問題かもしれない。でも、それでいいのかも。その方が、僕も諦めがつくし。

話題は将来のことに移った。夢を尋ねられ、僕は少し考え込んでしまった。これからどうなりたいかなんて、考えたこともなかった。ただ今は、母さんや吸血鬼のこと、ヤンとの仕事のことで頭がいっぱいだったから。

リズは大学に進学して政治学を学ぶつもりでいるらしい。志望先はバートン議員の出身校。そもそも、彼女のようなお嬢様が庶民的な高校に通っているのも、もとはといえば父親の母校だからだそうだ。権力もコネもなく、自分の力だけで政治家という地位を摑んだ姿に感化され、彼女の希望で今の公立校に入学したのだという。バートン上院議員のこととなると、リズは本当に嬉しそうな顔で話してくれる。憧れの父親だってことがすごく伝わってくる。

だけど、悩みごともあるらしい。「パパ、最近元気がないの。なんだかちょっと疲れてるみたいで」とリズは表情を曇らせた。

彼女の話によると、父親の様子が最近どこかおかしいらしい。家庭で笑顔を見せることが少なくなったそうだ。心配事でもあるのか、落ち着きがなく、苛立《いらだ》った表情を露《あらわ》にすることもあるという。

「それは心配だね」

「うん。職業柄、誰にも相談できなくて、一人で悩みを抱え込んじゃうことが多いの。力になりたいんだけど、家族には相談してくれなくて」

ついついお喋《しゃべ》りに夢中になってしまい、気付けば夜の10時を過ぎようとしていた。高そうな腕時計を一瞥《いちべつ》して、「そろそろ帰らなきゃ」とリズが言った。

「家まで送るよ」

「大丈夫。パパの秘書が迎えにくるって。ほら、来た。あの車よ」

リズが窓の外を指差す。黒塗りの車が店の前に停車したところだった。運転席からスーツ姿の男が降りてくる。こういう場面を見ると、リズがお嬢様だってことを思い知らされる。同じ公立高校に通っているのが信じられない。

僕たちは会計を済ませ、ダイナーを出た。秘書が僕たちに気付き、手を上げる。「リズ、帰るよ。さあ乗って」

リズを迎えにきた男。バートン議員の秘書。その男の顔を見た瞬間、僕は思わず悲鳴をあげそうになってしまった。心臓が止まるかと思った。

ダイナーの前で呆然《ぼうぜん》と佇《たたず》んでいる僕に、

「オリバー？」

リズが呼びかけた。

はっと我に返る。「……え？　あ、なに？」

「あなたも乗っていかない？　家まで送るわ」

「い、いや。いいよ。僕、ちょっと寄るとこあるから」

「そう？」

「今日はありがとう。また学校で」声が震えた。

リズが後部座席に乗り込み、車の窓から顔を出す。「うん、また。気を付けてね」と僕に手を振っている。

車が去った瞬間、僕は走り出した。チャイナタウンへと急いだ。全速力で。建物の階段を駆け上がり、勢いよく事務所のドアを開ける。

血相を変えて部屋に飛び込んできた僕に、

「どうした、そんなに慌てて」と、カウチに寝転がっていたヤンがからかうような口調で言う。「デートでやらかしたか？」

最初はにやついていたヤンも、僕の様子がおかしいと察したようで、すぐに真面目な顔に変わった。「おい、なにかあったのか」

「僕と母さんを襲った男が誰か、わかった」

という僕の一言に、

「本当か？」ヤンが勢いよく体を起こした。「誰なんだ」

激しく動悸《どうき》がしているのは、全力疾走したせいじゃない。あの日の恐怖を思い出したからだ。

息を整え、僕は答えた。「バートン議員の秘書だ」

7　BAT

ルーファス・ウェスリー――バートン議員の秘書の名前はネットに載っていた。調べたらすぐに出てきた。

バートン陣営について書かれた記事には、支持者に囲まれる議員の写真が添えられていて、そこに秘書のウェスリーも写り込んでいた。その顔を指差し、ヤンが確認する。「本当に、この男だったのか？」

「うん」自信をもって頷《うなず》きたいところだけど、ちょっとだけ不安が残る。「ドラッグによる幻覚じゃなければ」

「ドラッグ？　お前、薬やってんのか」

「違うよ。あの日、パーティでジャクソンに無理やり飲まされたんだ。たしか『R』っていうやつで、お酒に混ぜてあって」

あれを飲んだら、すごく気分が悪くなった。頭がぐらぐらして、視界が歪《ゆが》んで。記憶が曖昧な部分もある。それでも、母さんと僕を襲った男の顔だけはよく覚えてる。絶対この男だと思う。

だけど、もし本当にウェスリーが犯人だったとしたら、その主《あるじ》であるバートン議員が事件に関わっている可能性が高くなる。リズのお父さんが僕たちを――なんて、考えたくはなかった。

「だからって、本人が犯人とは限らないよね？　ノンヒューマンがウェスリーになりすましてたかもしれないし。前にヤンも言ってたじゃん、顔を覚えていたところで当てにならない、って」

「実行犯かどうかは置いといて、何らかの形で事件に関わっていることは確実だ。これを見ろ」ヤンはテーブルの上に置いているファイルを手に取り、僕に手渡した。

「これ、なに？」

「例のデータだ。ＦＢＩに頼んでた解析が終わったらしい。さっきファーザーが届けてくれた」

「ってことは、この紙の束が、あのＢＡＴフォルダの中身？」

「そうだ。あのフォルダは、お前の母親が取材して集めた情報だった」

僕は中身を確認した。ファイルには写真も入っていた。二枚ある。

１枚目の写真には二人の男が写っている。どちらも知った顔だ。バートン上院議員とその秘書のルーファス・ウェスリー。二人が並んで写っている。両者とも笑顔でカメラに視線を向けているから、宣材用に撮られたものなのかもしれない。

　2枚目の写真は車を正面から撮影したものだった。まるで密会の現場を盗撮したかのような一枚。運転席に座っているのはウェスリーだけど、助手席にいるもう一人の男は知らない顔だった。見た感じ、年齢は三十代半ばくらい。髪の毛はブロンド。「これ、誰？」と写真を指差して尋ねたところ、

「お前の母親の調べによると、こいつの名前はクリス・マクレガーというらしい」とヤンが答えた。

　聞いたことのない名前だ。「誰？」

「大手事務所の弁護士で、相当なやり手だそうだ」

「どうして母さんはこんな写真を？　ウェスリーは上院議員の秘書なんだし、弁護士の知り合いぐらいいたって、なにもおかしくないと思うけど」

「おかしいだろ。マクレガーは、ゴート&ラム社の顧問弁護士だぞ」

　ゴート&ラム社。僕が撃たれた銃弾に刻まれていた社名と同じだ。「それってあの、吸血鬼用の銃弾を作ってる？」

「それだけじゃない。この会社はNGAの中心的な立ち位置にいる」

「NGA《全米銃器協会》？」

「National guns Association——この国で最大規模の、銃規制反対派のロビー団体のこと

だ」

僕はようやく事の重大さに気付いた。たしかに、これはおかしい。

「ちょっと待って、バートン議員は銃規制の賛成派でしょう？　どうして彼の秘書が、敵の会社の顧問弁護士と密会してるの？」

「その理由も、お前の母親が残した資料に書いてあった。バートン議員は裏であの会社と手を組み、NGAの支援を受けようとしていたらしいな」

「そんな――」

僕は絶句してしまった。熱心に銃規制を訴え続けていたあのバートン議員が、実は陰で支持者を裏切っていたなんて。

「嘘《うそ》でしょ。信じられないよ、そんなの」

「お前の母親が命を張って調べ上げた事実だ。信じてやれ」

僕は再度、資料に目を向けた。バートン議員と銃器製造会社の癒着の証拠と、書きかけの原稿が残されている。ヤンの言う通り、母さんが危険に飛び込み、命を懸けて真実を暴こうとしていた様子が、その文面からひしひしと伝わってくる。

さらに言えば、母さんが調べていたのはそれだけじゃなかった。驚いたことにゴート&ラム社は、なんと吸血鬼とも繋《つな》がりを持っていたのだ。母さんはノンヒューマンの存在を知っている側の人間だったみたいで、マクレガー弁護士が吸血鬼の男と頻繁に接触していたことが、資料の中に記されていた。

銃器製造会社が怪物と手を組んで、いったい何を企《たく》んでいるのだろうか。なんだか不穏な予感がする。きっと母さんも、それを突き止めようとしたんだろうけど。

「お前の母親は、知り過ぎたせいで命を狙われてたのかもな」

連中は母さんが邪魔で、消したかった。それをわかっていたから、母さんはデータを暗号化し、端末を隠していたということか。

サンシャイン家で起きたあの事件。あれはただの行きずりの犯行ではなかった。最初から母さんが標的だったんだ。ちょうどその場に息子の僕が居合わせたことや、こうして吸血鬼として生き残ったことは、きっと彼らにとっては誤算だっただろう。

吸血鬼と銃器製造会社が手を組んでいて、その会社の顧問弁護士とバートン議員が通じてるってことは、間接的にバートン議員と吸血鬼が繋がってることになる。これで、議員が秘書に命じて母さんを始末しようとしたという線がますます強まってきた。

「ウェスリーの件は、俺からファーザーに伝えておく」ヤンが低い声で忠告した。「お前も狙われるかもしれないから、気を付けろよ」

その日以来、ヤンが学校まで送り迎えをするようになった。僕が授業を受けている間もずっと近くで待機してくれてるみたい。学校でなにか起こったとき、すぐに駆け付けられるようにって。そのなにかが起こらないといいんだけど。

事務所に帰る途中、いつものダイナーに立ち寄り、軽くご飯を食べた。味のしないポテトフライを口の中に放り込んでいると、

「学校はどうだ？」

と、ヤンが尋ねた。

「なにそれ」僕はおかしくて笑ってしまった。「父親みたい」

「馬鹿、そうじゃねえよ。なにも問題ないかって意味だ」

「そんなに心配しなくても大丈夫だよ。いつも通り、平和だった」

そう、いつも通りの学校生活だ。ケビンは相変わらずオカルトの話しかしないし、ハミルトン先生の授業は退屈。ここ最近の変化といえば、廊下ですれ違う度にリズが挨拶してくれるようになったことくらい。嬉《うれ》しいけど、リズの顔を見るとバートン議員のことを思い出してしまうから、なんとも複雑な気分だった。彼女はきっと父親の裏の顔に気付いていない。事実を知ったらすごくショックだと思う。

「例の友達とは、どうなった？」

「ジャクソンのこと？」僕は肩をすくめた。「話しかけたら無視された」

ヤンが鼻で笑った。「当然だな」

「まあ、絡んでこなくなったからよかったよ」あの一件のおかげで、ジャクソンたちにいじめられることはなくなった。それどころか、彼らは僕に近付こうともしない。相当ヤバい奴だと思われてるっぽい。

ダイナーを出てから、僕たちはチャイナタウンに戻った。事務所のドアを開けて中に入った瞬間、僕は驚いて声をあげた。無人のはずの部屋の中に、人がいる。鍵を掛けていたはずなのに。

「やっと帰ってきたか」

そこにいたのは、予想もしない人物だった。

ダニーだ。

あのブロンクスの噛《か》みつき魔が、ヤン愛用の椅子に座って寛《くつろ》いでいる。開いている窓の隙間から勝手に入り込んできたみたい。

ヤンはすぐさまショットガンを抜き、招かれざる客に銃口を向けた。

「……よくもまあ、その面見せれたな」

低い声で威嚇するヤンに、ダニーは慌てて両手を上げる。「待て待て、俺は客だ」

「客は窓から侵入したりしない」

「あんた、探偵なんだろ？　頼みがあって来たんだ」

てっきり酷《ひど》い目に遭わされたヤンに復讐《ふくしゅう》しにきたのかと思ったけど、そうじゃないらしい。助けてほしいとダニーは言った。僕たちは顔を見合わせ、首を捻《ひね》った。過去に捕まえた犯罪者から協力を求められるなんて、なんだか妙な展開だ。

とにかくまずはダニーの話を聞いてみることにした。僕とヤンはカウチに並んで腰を下ろし、その吸血鬼と向かい合った。

ダニーは「これを見てくれ」と言い、テーブルの上に小さな注射器を置いた。透明の容器の中には赤い液体が入っている。

「これは、REDっていう最近流行りのドラッグだ。人間の間では『R』って呼ばれてるんだが、知ってるか？」

という彼の言葉に、僕たちは再び顔を見合わせた。知ってるもなにも、僕はそれを飲んだことがある。僕は無言を貫き、ヤンは「聞いたことはある」とだけ答えた。

「これは普通のドラッグじゃない。実はな、中に吸血鬼の血が混ぜてあるんだ」

ダニーの口から衝撃の事実が飛び出した。

僕は思わず身を乗り出した。「……え？　今なんて？　吸血鬼の血？」

「そうだ。吸血鬼の血液がブレンドされたドラッグってわけ。それも、ただの血じゃなくて、かなりの上位クラスの吸血鬼のな。吸血鬼の血とドラッグを同時にキメれば、人間は相当ブッ飛べるらしい。それに気付いたある吸血鬼が、活動資金稼ぎのためにこのREDを作って、人間に売り捌《さば》くようになったんだ」

「ある吸血鬼？　誰だ？」ヤンが訊《き》いた。

「さあな。ＢＡＴの奴らしいけど、詳しいことはわかんねえ」

ここにもＢＡＴが出てきた。ヤンが尋ねる。「ＢＡＴは５００年前に壊滅したはずだ。まだ残党がいるのか？」

すると、ダニーは首を振った。「それは昔のＢＡＴの話だろ？　今のＢＡＴは違う。そういう意味じゃない」

「どういうこと？」

「ＢＡＴってのは、まあ簡単に言えば、主義とか思想のことだな」

「吸血鬼至上主義ってことか」

「そうだ」

ＢＡＴというのは言わばイデオロギーのことらしい。トランシルバニア血盟軍は昔、吸血鬼至上主義を掲げ、自分たちの帝国を築き上げようとした。吸血鬼こそいかなる種族よりも優れた存在で、この世界の支配者であるべきだと信じ、人間を殺していた。

「その思想の一部を引き継いだものが、ＢＡＴ主義だ」

ＢＡＴ主義者の最大の目的は、吸血鬼が表舞台に出ること。今の情報規制された社会を破壊し、人外の生き物が実在することをホワイトハウスに認めさせる。人間から恐れられる存在となり、社会的な地位や権力を獲得する。それが狙いらしい。

「組織の名前じゃなかったんだね」

「この500年の間に単語の意味が変容したんだ。吸血鬼だろうと人間だろうと、そういう思想を持っていれば、誰でもBATを名乗ることができる。活動内容は各々の思想の深さによって違うから、ネットに人間の悪口を書くだけの奴もいれば、BATの名の下に徒党を組んでる過激派もいる。時々、わざと正体を晒《さら》して人間を襲い、吸血鬼の噂《うわさ》を広めようとする奴もいる。前に俺を雇った男も、たぶんBAT主義者だったんだろうな」

吸血鬼絡みの事件が起これば、ケビンみたいに騒ぎ立てる人間もいるけど、結局はCIAやらFBIやらによって揉《も》み消される。ノンヒューマンについての情報を統制し、人外の存在をひた隠しにする今の人間社会が、BAT主義者は気に食わないようだ。

「――それで」ヤンが本題に入る。「お前は、何の用でここに来たんだ?」

すると、ダニーは苦笑いを浮かべた。

「実はさ、一儲《ひともう》けしようと思って、俺も自分の血でREDを作ってみたんだ。それを人間に売り捌いてたんだが、『粗悪品だ!』ってクレームつけられちまった。本物のREDは始祖の血が濃いが、俺は下っ端の吸血鬼だからな。どうも味にキレがなかったみたいで、偽物だってすぐにバレた。それで、取引してたギャングの連中が激怒しちまって……」

「ギャングに追われる身になったから、匿《かくま》ってほしいと?」

「そうそう、そういうこと」

「自業自得だな」

ため息をついたヤンに、僕も頷《うなず》く。「だね」

ダニーは「頼むよ、見捨てないでくれ」と縋《すが》りついてきた。聖水を飲まされて拷問された相手に助けを求めるくらいだから、相当困ってるんだと思う。ヤンはさらに深いため息をついてから、「ここに相談しろ」とメモ紙を手渡した。そこには聖サニーデール教会の住所が書いてあった。厄介事をファーザーに押し付ける気らしい。

ダニーは大喜びだ。メモ紙を口に咥《くわ》えると、蝙蝠《こうもり》の姿に変身し、窓の隙間から飛び去っていった。

その姿を見届けてから、

「お前の言う通りだった」

と、ヤンが苦笑を浮かべた。

「なにが?」

「あいつを生かしておいたおかげで、重要な手掛かりが得られたな」

たしかに、ダニーのおかげで新たな事実が判明した。BATという単語の正体も。REDという薬物の秘密も。

ジャクソンに飲まされたあのドラッグ、着色料だと思っていた赤い色の正体は血液だったのか。知らなかった。そんな危ない代物だったなんて。

「……でも、ちょっと待って。彼の言うことが事実だとしたら」

僕はあのパーティですでに吸血鬼の血を摂取していたことになる。ひょっとして儀式が成立したのは、それが原因なんじゃないだろうか。

「もしかして、僕が吸血鬼になったのは、REDのせいだったりして？」

僕はあの夜、RED入りのお酒を飲まされた。吸血鬼の血を飲んだ。仮に僕たちを襲った犯人がREDの製造者だったとしたら、血の交換の条件が揃《そろ》ってしまう。儀式が成立することになる。現に僕がこうなったということは、たぶんそういうことなのだろう。母さんだけが吸血鬼にならなかったのは、僕と違ってドラッグを摂取していなかったから。そう考えると、すべて納得がいく。

「つまり、REDを作ってる吸血鬼が、バートン議員やゴート&ラム社の命令でお前を襲ったってことか」

「権力を得るためには、政治的なパイプも必要だしね」

母さんのデータのフォルダ名はBATだった。マクレガー弁護士が接触したという吸血鬼がBAT主義者で、大義のためにバートン議員とG&R社、マクレガー弁護士による一連の癒着事件に絡んでいる。母さんはそう伝えようとしていたのかも。

「まあ、いずれにしろ」壁に貼り付けてある議員と秘書の写真に視線を向け、ヤンが言った。「あいつらが何らかの情報を握っていることは確かだな。直接聞いてみるか」

「どうやって？」

「秘書を尾行して、捕まえて、吐かせる」

「……もう少し穏便にいこうよ」

僕はパソコンのキーボードを叩《たた》き、バートン議員の広報担当のアカウントを調べた。議員の予定が簡単に確認できる。「今夜は、市内のチャリティパーティに参加することになってるみたいだよ」

「パーティか。ちょうどいい、俺たちもお邪魔しよう」

「そんなことできるの？」

「ドレスコードなら問題ない」

ヤンはクローゼットを開けると、中から真新しいスーツを取り出した。一着はヤンのもので、色は濃いブラウン。柄はストライプ。もう一着は僕のだ。黒のタキシード。ミスター・スプライトの店で購入した服は、パーティに着ていくのに相応《ふさわ》しい高級感だった。

このときのヤンはまるで別人みたいだった。髭《ひげ》はちゃんと剃《そ》ってるし、髪の毛も綺麗《きれい》に整えている。普段は怪しげな品を売りつけてきそうな商人にしか見えないのに、今日に限ってはどこかの会社のＣＥＯだと名乗られても信じてしまうと思う。隣の部屋に住んでいるおばさんも、彼を見て「あら、新しい住人の方？」と頬を染めていた。

めかし込んだ僕たちは、さっそくキャデラックに乗り込んでパーティへと向かった。会場はウォール・セントラル・ホテルだった。ウォールストリートにあるこの高級ホテルには、以前ベネット一家の件で訪れたことがあるけど、あのときはフロントスタッフに散々白い目で見られたっけ。だけど、今日の僕たちはそんな目には遭わなかった。

会場はホテルの最上階にあるラウンジ。招待状がなければ中に入れない。ドアの前には屈強な黒服の男たちが立っていて、侵入者に目を光らせている。だけど、僕の能力があれば潜入は簡単だ。バートン議員に変身し、ガードマンにこう言うだけ。「ああ、君たち。彼は私の友人だから、通してやってくれ。それと、後からもう一人、オリバーという少年が来る。彼は娘の友人なんだ。中に入れてやるように」——完璧な作戦。予《あらかじ》め計画していた通り、僕たちは難なく会場に忍び込むことができた。

「本当に便利な力だな」

と、ヤンが感心したように言う。

僕は得意げに胸を張った。「助手にしてよかったでしょ？」

「調子に乗んな」ヤンが鼻で笑った。

会場の中はいかにもセレブな雰囲気だった。ドレスアップした紳士淑女がカクテルグラス片手に歓談している。タキシード姿のバートン議員の姿も見える。フロアの奥で、招待客に囲まれていた。その傍《そば》には、例の秘書ルーファス・ウェスリーがいる。

「本当にルーファス・ウェスリーが犯人なら、奴はＢＡＴ主義の過激派で、吸血鬼としてのお前の父親だってことになるな」

「父親か……なんだか微妙な気分だよ」

「確かめてみるか？」

さっそくヤンが動いた。ウエイターを呼び止め、トレイの上のグラスを手に取る。まるでテキーラのショットを呷《あお》るように、中のシャンパンを軽く飲み干してしまった。

「お酒飲んでる場合？」

僕が白い目を向けると、ヤンは「こうするんだよ」と笑い、スーツの懐から小瓶を取り出した。中身は聖水だ。それをグラスの中に注いでいく。

バートンとウェスリーがこっちに近付いてきた。すぐ目の前にいる。ヤンは僕にグラスを押し付け、小声で「これをあいつらにブッかけろ」と命じた。

「できないよ、そんな」

「いいからやれ」

次の瞬間、ヤンが僕にタックルした。

「うわっ！」

体が大きくよろける。同時に、グラスの中身が零《こぼ》れる。液体が宙を舞い、バートン議員と秘書のシャツに降りかかった。突然の騒ぎに、周囲の客の視線が僕たちに集まる。

「ご、ごめんなさい、本当に」

僕が謝ると、バートン議員は「ああ、気にしないで」と微笑《ほほえ》みを浮かべた。笑顔が少しリズに似ていると思った。

秘書のウェスリーがすぐにハンカチを取り出し、議員のシャツを熱心に拭いた。聖水をかけられたというのに、議員も秘書も平然としている。

「あの、中身は水です。僕まだ高校生なので」

たいして気休めにもならない言葉にも、バートン議員は「それはよかった」と優しく笑ってくれた。好きな女の子の父親という贔屓目《ひいきめ》を抜きにしても、やっぱり悪い人には見えない。

役目を終え、僕はヤンの下に戻った。ヤンはビュッフェの料理を皿の上に盛り、ローストビーフを口に放り込んでいるところだった。「どうだった?」

「反応なし。議員も秘書も」

「そうか。どんなカーストの吸血鬼でも、聖水をかけられたら煙が上がるもんだが」

「ってことは、二人とも人間なんだね」

「ウェスリーはお前の父親じゃなかったな」

「僕の父親は父さんだけで十分だよ」

アーロン・バートンもルーファス・ウェスリーも吸血鬼ではない。ということは、僕たちを襲った犯人は、やはりウェスリーになりすました別の吸血鬼だということになる。

「お前も食えよ」ヤンが皿を差し出してきた。

「いらない。どうせ味がしないし」

「可哀《かわい》そうに。こんなに美味《うま》いのにな」

「ご馳走《ちそう》を食べに来たんじゃないんだけど」

「わかってる。隙を見計らってんだよ」

「隙？」

「秘書が一人になったところを、気絶させて、連れて帰る」

ヤンの物騒な言葉に、僕は顔をしかめた。「穏便にいこうって言ったじゃん」

「こうでもしないと、真犯人には辿《たど》り着けないだろ。他にどんな手がある？」

「バートン議員に直接訊《き》く」

ヤンが目を丸めた。「馬鹿か、お前。奴は敵側の人間だぞ。素直に教えてくれるわけがないし、逆にまた狙われかねない」

「それでいいんだ」

そう、それでいい。それが狙いだから。

「バートン議員を挑発すれば、向こうが動く。母さんにしたときと同じように、僕に刺客を差し向けてくるはず。新しい手掛かりを得るためには、そうするしかないでしょ」

「自分が餌になって、敵を誘《おび》き寄せるってか」

「その刺客を捕まえて尋問すれば、真犯人がわかるかも」

ヤンはため息をついた。「巻き込まれる俺の身にもなれっての」

ただの無鉄砲でこんな作戦を提案したわけじゃない。リズのためにも、僕はバートン議員のことを救いたかった。

「リズは父親の元気がないって言った。なにか悩みがあるみたいって。もしかしたら、議員は連中に利用されているだけなんじゃないかな。上手《うま》く説得すれば、こっちに寝返ってくれるかも」

ヤンは「勝手にしろ」と匙《さじ》を投げた。

ヤンに背を向け、フロアの中央に向かう。標的に近付き、独りになったところを狙って呼びかけた。「あの、バートン議員」

議員が振り返る。僕に気付き、笑顔を見せた。「ああ、君か」

「さっきは、本当にすみませんでした」

「いや、気にしないでくれ」

「僕、オリバー・サンシャインっていいます。娘さんと同じ高校に通っていて、友達なんです」

僕たちは握手を交わした。「そうか。娘と仲良くしてくれてありがとう」

「リズから聞きました。議員もアメコミがお好きだと」

という僕の言葉に、バートン議員の表情が砕けた。「そういえば、娘が言っていたな。最近同じマーベル派の友達ができたって。あれは君のことだったのか」

「はい」僕は苦笑した。「でも、実は僕、DC派なんです。なかなか言い出せなくて」

バートン議員は声をあげて笑った。「君とは話が合いそうだ」

リズとアメコミ。共通の話題のおかげで、バートン議員とのお喋《しゃべ》りは盛り上がった。彼は僕ほどのマニアではなかったけど、特にノーランバースのバットマンが好きで、何度も観《み》ていると話してくれた。娘には「その映画、暗くて嫌い」と一蹴されたらしい。

「君は、どのヒーローが好きなのかな？」

バートン議員に訊かれ、僕は即答した。「最近は、『バンパイアマン』ですね」

「バンパイアマン？」議員は首を傾《かし》げている。「聞いたことがないな」

当然だ。そんなヒーローは存在しないんだから。架空のキャラクター。名付け親はケビンだ。

「まだメディアミックスされてない、マイナー作品なので」僕は嘘《うそ》を吐いた。適当に話をでっち上げる。「主人公は高校生の少年で、吸血鬼に嚙《か》まれて自分も吸血鬼になってしまうんです。空を飛んだり、変身したりといった超能力を使いながら、『バンパイアマン』

として悪と戦っていくうちに、やがて重要な手掛かりを突き止める。吸血鬼の悪党とある政治家が手を組み、世界の平和を脅かそうとしていることを」

架空のあらすじを聞いた途端、議員の顔色が明らかに変わった。「それは面白そうだ」と引き攣《つ》った表情で言う。

それを見て、僕は確信した。やはり彼は知っているんだ。僕たちが吸血鬼に襲われたことも、その犯人の正体も。

「もし、続きが知りたくなったら」テーブルの上に備え付けられている紙ナプキンを手に取り、そこに僕の電話番号を書いた。「ここに連絡をください」

バートン議員は何も言わなかった。僕の意図は十分に伝わっているはずだ。ただ無言でそれを受け取った。

「僕は、その政治家がただの悪党だとは思えないんです。敵と手を組むのは、なにか致し方ない理由があるんじゃないかって」

それだけを言い残し、僕は議員に背を向けた。


「……本当に来るのか？」

教会の椅子にふんぞり返っているヤンが、ふと口を開いた。退屈そうに天井を仰いでいる。煙草《たばこ》を吸おうとしてファーザーに叱られていた。もし吸うことを許されていたら、今頃は灰皿が吸殻でいっぱいになっていただろう。

僕は椅子の背もたれに両腕と頭を載せ、じっと待ち続けた。

これから、ここにバートン議員が来る予定だ。

あの後、パーティから帰ると、議員から連絡がきた。「安全な場所で話がしたい」って言われたから、彼にこの聖サニーデール教会の住所を伝えておいた。ここにはファーザーもいるし、いちばん安全だと思ったから。

「日付が変わったぞ。もう来ないんじゃねえか？」

「きっと来るよ」

半ば祈るような気持ちで答えた、そのときだった。教会の両開きの扉が音を立てて開いた。タキシード姿で現れたバートン議員に、ヤンが「遅刻ですよ。ミサはとっくに終わりました」と軽口を叩《たた》く。

「すまない。尾行がないか何度も確認していたら、時間が掛かってしまって」

議員は少し疲れた顔でそう言った。相当慎重を期してここまでやって来たらしい。それだけ危ない立場にいるということかもしれない。

教会の最前列。祭壇に向かって右側の長椅子にヤン、そのひとつ後ろの列に僕。反対側の椅子に議員が座った。ファーザーは通路に立っている。

バートン議員が上着を脱ぎ、椅子の背もたれに掛けた。

「……きっかけは、前回の選挙だ。すべては2年前に始まった」

タイを緩めながら、徐《おもむろ》に口を開く。

「新人の候補者に勢いがあって、私は当落線上ギリギリだった。票集めに奔走していたある日、弁護士の男が秘書を通じて接触してきた」

「クリス・マクレガーですね？　ゴート&ラム社の顧問弁護士の」

「そうだ」議員が頷《うなず》く。「彼は私に、銃規制反対派に鞍替《くらが》えするなら、確実に当選させてやると言った」

その条件を、票集めに苦しんでいたバートンは呑《の》んでしまった。それが地獄の始まりだったという。

「マクレガーから、ある男を紹介された。ギルバートという名前で、ゴート&ラム社が取引している経営コンサルタントだと。その男の言う通りにしていれば、絶対に当選できると言われた。……だが、私は知らなかったんだ。そのギルバートの正体が人間ではないことを」

探るような視線で僕たちを見て、バートンは「わかるだろう？　あの怪物だよ」と囁《ささや》いた。

「吸血鬼ですか」

「そうだ。ギルバートは、BAT主義のテロリストだったんだ。ゴート&ラム社は彼と結託し、人間を襲わせることで、自分たちの商品が爆発的に売れるような戦争ビジネス的システムを作り出そうとしていた」

それを聞いてヤンが呟《つぶや》く。「そうか、だからあの銃弾を製造していたのか」

だけど、ひとつ疑問が浮かぶ。

「対吸血鬼用の銃弾を人間が作ったら、吸血鬼は困るんじゃない？　なのに、どうしてギルバートはその会社と手を組んでるの？」

答えてくれたのはファーザーだった。「撃たれたところで、命まで奪われるわけではないからね。それに、大儀を果たすためなら、下々の吸血鬼を犠牲にすることも厭《いと》わないのだろう」

そこまでして政治家や大企業に恩を売りたいということか。ギルバートは相当BAT思想に染まった吸血鬼なんだろう。

「それで、どんな男なんです？　そのギルバートって」

「実際に会ったことはない。電話でやり取りしているだけだ。……だが、かなり危険な男だ」

バートンはため息をつき、

「……これは、君に見せるべきものではないとは思うが」

と、懐から一枚の写真を取り出した。

よく知る景色が写っている。僕の家のリビングだ。その中央に佇《たたず》むのは、議員秘書のルーファス・ウェスリー。右手にキッチンナイフを握っている。彼の足元には血だらけの女性が倒れている。——僕の母さんだった。

「この写真って——」

「そう、君たちが被害に遭った事件だ。だが、ここにいるのは私の秘書じゃない、ギルバートだ。奴は誰にでも姿を変えることができる」

同じ能力だ。僕と。

僕は写真の中の男を睨《にら》みつけた。「こいつが、母さんを……」

「奴は私の秘書に姿を変え、君たちを襲った。そして、その証拠となる写真を撮り、こうして私に送り付けてきた。裏切ったらどうなるか、思い知らせるために」

これは脅しだ。母さんはバートン議員の癒着を暴こうとしていた。この写真を世間にばら撒《ま》かれてしまえば、議員は秘書を使って邪魔な記者を消そうとした極悪人になってしまう。

「ギルバートは手段を選ばない男だ。仲間を雇い、裏では薬物から人身売買まで、あらゆる悪事に手を染めている」

REDの製造に、人間の闇オークション。そして僕たちを襲ったのも、すべてギルバートということの吸血鬼が元凶だということか。

　そんな危険な吸血鬼が、バートン議員につきまとっている。「奴があなたに近付いた理由は？　あなたを使って何をしようとしてるんです？」

「私じゃない。本当の狙いはエリザベスだ」

「リズ？」僕は身を乗り出した。「どうして、リズが」

「私の娘を使って、奴はこの国の風向きを変えるつもりなんだ」

　ギルバートにはひとつの計画があるという。まず、吸血鬼が正体を晒《さら》して大勢の人間を襲う様子を世間に見せる。そして、そこに居合わせたリズも犠牲になる。悲しみに暮れる議員に国民からの同情票が集まる。

「奴の狙いは、そこで私にこう発言させることだ。『化け物から身を守るためには武器が必要だ。備えがあれば娘たちはこんな目に遭わずに済んだはずだ』と」

　これまでの公約を無下にする掌《てのひら》返しにも、最愛の娘を奪われた直後では誰も非難はできない。吸血鬼という新たなる脅威に、拳銃の携帯は必須だという風潮が生まれるのは確実だ。銃規制法案は廃案へと推し進められ、どこよりも早く対吸血鬼用の銃弾を製造しているゴート&ラム社はボロ儲《もう》けできる。

　バートン議員を銃規制派から法案反対派に鞍替えさせ、世論を大きく捻《ね》じ曲げるための茶番。『銃を使う悪人に勝てるのは、銃を使う善人しかいない』に似た意識を国民に植え付けるために、リズの死によって世間の同情を買おうとしているなんて。許しがたいことだった。

「あなたの票のために、リズが死ぬってことですか」

議員は答えなかった。

「どうしてそんな計画に加担したんですか！」憤りを抑えきれず、僕は語気を強めた。怒声が深夜の教会に響き渡る。

「……知らなかったんだ。まさか、娘の命を犠牲にしようとしているなんて。だけど、今更奴らを裏切れば、私の家族は全員殺されてしまう。リズだけじゃない。妻も息子も。おまけに例の写真で、秘書は殺人未遂で逮捕される。政治家としての人生も終わる」

「だからって、リズの命を差し出せばいいわけじゃない」

「わかっているよ。私だってそんなことはしたくない。だからもう、最後の手段を使うしかないんだ」

ファーザーが尋ねる。「最後の手段とは？」

「私が死ぬ。自ら命を絶つ。そうすれば、彼らの思い通りにはならない」

「そんな……」

ギルバートの目的はリズを襲うことで表舞台に躍り出ること。ＮＧＡの目的は吸血鬼の存在を理由に銃規制を廃案に推し進めること。ゴート＆ラム社は新商品で稼ぐこと。それらにはバートン議員の政治家としての地位が必要だ。たしかに議員がいなくなれば、彼らはリズを襲う理由を失う。

覚悟を決めたからこそ、彼は敵を裏切り、こうして僕たちに真実を打ち明けてくれたのだろう。

だけど、納得できない。バートン議員が自殺してしまえば、今度はリズが悲しむ。「それは駄目です、絶対に」

全員を助けないと、誰も救われない。

「他に方法がないんだ」

「ギルバートを倒せばいい」

バートン一家につきまとう危険を振り払うには、元凶の男を退治するしかない。そうすれば全員が助かる。だけど、議員の顔には諦めの色が浮かんでいた。「それは無理だ。奴は誰にでも姿を変えられる。倒すことは難しい」

「それでもやるしかない」

「いや、駄目だ。奴は常にリズを見張っている。こちらが少しでも変な動きをすれば、どんな目に遭わされるか」

「見張ってる？　どういうことです？」

「奴が送りつけてきた写真は、君の母親のものだけじゃない」

バートン議員は懐からもう一枚の写真を取り出し、僕たちに見せた。そこにはリズが写っていた。授業中の彼女の姿を隠し撮りしたものだ。

「ギルバートは、娘の学校にいるんだ」


翌日、いつも通り学校に登校した僕は、いつもと違う緊張感を携えていた。すれ違う生徒たちを、ついついじろじろと見つめてしまう。だって、この中の誰かがBAT主義のテロリストなんだ。全員を疑いたくもなる。

きょろきょろと辺りを見回す挙動不審な僕に、ケビンが声をかけてきた。とっさにその顔に聖水をかけると、彼は「うわっ」と声をあげた。

「なにすんだよ、お前もジャクソンのジュース攻撃に感化されたのか？」服の袖で濡《ぬ》れた顔を拭きながら、ケビンが顔をしかめた。

「ごめん。ただの確認」

反応なし。ケビンは人間だ。よかった。

「何をそんなに警戒してんだ？」

「聞いて、ケビン」僕は声を潜めて言った。「実は、この学校の生徒の中に吸血鬼がいるんだ」

「知ってる。目の前にいる」

「僕じゃなくて。僕以外の、悪い吸血鬼だよ」

人のいない男子トイレに移動し、これまでの経緯を説明する。悪い吸血鬼と会社にバートン議員が利用されていること。連中がリズを利用してこの世界を変えようとしていること。その首謀者が我が校に潜んでいること。すべてを聞かされたケビンは、「つまり、BAT主義の吸血鬼が世界征服を企《たくら》んでいて、うちの学校に紛れ込んでるってことか？」とまとめた。

「まあ、簡単にいえば、そんなとこ」

「それで、誰がそのギルバートなんだ？」

「僕の中での第一容疑者は、ジャクソンだ」

奴がテロリストだったとしたら普段の素行の悪さも頷けるし、REDをバラまいていることも理由がつく。

だけど、ケビンは懐疑的だった。「ジャクソンが？　ありえないな。吸血鬼なら、お前にボコボコにされて半泣きにはならない」

「たしかに」

「第二容疑者は誰？」

「ハミルトン先生」

「ラテン語に詳しい。昔から使ってたのかも」

「ローマ帝国出身の超長寿な吸血鬼ってか？」ケビンが鼻で笑った。

僕はため息をついた。「……わかってるよ、馬鹿なこと言ってるって。でも、この学校に何人の生徒がいると思う？　こんな大勢の中から吸血鬼を見つけ出すなんて、無理な話だよ」

「そんなことないぞ。逆に考えてみろ。そもそも、どうしてエリザベス・バートンが狙われてるんだ？」

「バートン議員の娘だから」

「議員には息子だっている。それに、他の政治家を標的にしたってよかったはずだ。それなのに、ギルバートはエリザベスを選んだ」

たしかに、言われてみればそうだ。なにか特別な理由があるのだろうか。

僕にはわからなかったけど、ケビンはすでに答えを導き出しているらしい。「その理由はひとつ」と、肉付きのいい人差し指を立てて言う。

「彼女がインフルエンサーだからだ」

彼の推理は意外なものだった。

「……どういうこと？」

「彼女のフォロワー数は１００万人を超えてる」

「そうだね、君の10万倍だ」

「…………」一瞬、ケビンが眉をひそめた。「連中の目的は世間に吸血鬼の存在を知らしめることなんだろ？　だけど、テレビも新聞もノンヒューマンに関する情報を徹底的に規制してる。となると、残された手段はネットしかない。特にライブ配信は有効的だ。彼女のアカウントを使って殺戮《さつりく》の瞬間を実況配信すれば、視聴者数はヤバいことになる。世界中の人間が吸血鬼の存在を知る。これほど絶好の舞台はないぞ」

「なるほど」

「エリザベスを人質にするには、常に近くにいないといけない。だったら、チア部の親友が怪しいな。それから、授業名簿を調べてみろ。彼女といちばん授業が被《かぶ》っている奴も要注意だ」

「ヤンが君のことを案外鋭いって言ってたけど、たしかにそうかも」ただのお馬鹿なオカルトオタクだと思っていた親友の名推理に、僕は感心してしまった。

リズと仲のいい女子を思い浮かべてみる。チア部のクリスタルやゾーイとはよく一緒にいるのを見かける。それから、彼女と授業が被っている人物は――リズとのデートで彼女が言っていたことを思い出し、はっとした。

「……馬鹿なのは僕の方だ。なんで、こんな単純なことに気付かなかったんだろう」

「わかったかも、ギルバートが誰なのか」

「オリ、どうした」

あいつが怪しいってことは、考えればすぐにわかることだった。だけど、僕は奴のことを少しも疑わなかった。リズに近寄る動機が、純粋な好意であると思い込んでしまっていたからだ。だって、僕がそうだから。

昼休みのカフェテリア。僕は作戦を実行した。ランチを食べている奴に近付き、友達とのお喋《しゃべ》りに夢中になっている間に、こっそり飲み物をすり替えた。見た目は同じプラスチックの容器だけど、中身は違う。聖水入りだ。

奴から離れ、しばらく観察していると、反応があった。奴がストローを咥《くわ》えた直後、口を手で押さえて立ち上がった。食堂を飛び出し、足早に廊下を進んでいく。僕はその後をつけた。

向かった先は、アメフト部の更衣室。奴はロッカーの前で蹲《うずくま》っていた。

「……やっぱり、君だったのか」

僕の予想は当たっていた。

「アンソニー」

名前を呼ぶと、相手はゆっくりと顔を上げた。彼の口から白い煙が出ていた。鋭い二本の牙も見える。

アメフト部のキャプテンは吸血鬼だった。こいつがギルバートだ。

次の瞬間、奴は動いた。ロッカーから銃を取り出した。僕に向かってリボルバーの引き金を引く。ロッカールームに銃声が響き渡る。

僕は慌てて外に出た。銃を構えたアンソニーが追いかけてくる。僕に向かって何度も発砲している。流れ弾が傍《そば》にいた生徒に当たった。血が噴き出し、僕の顔に降りかかる。美味《おい》しそうな匂いが鼻を掠《かす》めた。

廊下にいた生徒たちが悲鳴をあげながら走り出す。人気者の突然の凶行に、学校中がパニックになっていた。

ふと、銃声が止《や》んだ。アンソニーが僕から視線を外した。こちらに背を向け、階段を上っていく。

リズが危ない。

彼女はこの時間帯、授業がない。いつも図書室で自習している。アンソニーだって、きっとそのことを知っているはず。

図書室は3階にある。ちょうどこの上だ。僕は階段を駆け上がった。先回りして、図書室に入る。部屋の隅で蹲っている生徒がいた。

「リズ！」

声をかけると、リズが顔を上げた。「……オリバー？」

「うん、僕だよ」

「ねえ、なにが起こってるの？」リズが震えながら言う。「さっき、銃声が聞こえて……逃げようと思ったんだけど、怖くて外に出られなくて」

「もう大丈夫だから。早く逃げよう」

僕はリズを抱きかかえた。窓を開け、そのまま窓枠に足をかけると、「待って、何する気なの」とリズが目を見開いた。

「ちょっとだけ、目を閉じてて」

悲鳴をあげようとしていたリズの口を掌《てのひら》で塞ぎ、そのまま窓から飛び降りる。これくらいの高さなら問題ない。ケビンと練習しておいて本当によかった。

無事に着地した僕に、嘘《うそ》でしょ、とリズが驚いている。

彼女の手を引き、学校を出た。

「ゾーイからメッセージがきてる。アンソニーの仕業だって。ねえ、本当なの？」

「信じられないだろうけど、本当だよ」

「どうして彼がこんなことを」

「それは……」悪い吸血鬼だから、なんて言えるわけがない。「きっと、いろいろあるんだと思う。人気者の苦悩みたいなのが」

大通りのタクシーを呼び止める。黄色い車の中に彼女の体を押し込み、運転手に住所を告げた。行き先は聖サニーデール教会。

「僕の知り合いの神父が匿《かくま》ってくれるから」

そう言って踵《きびす》を返すと、リズが僕の手を掴《つか》んだ。「オリバー、あなたは？　一緒に逃げないの？」

「僕は学校に戻る」

「駄目よ、危ないわ」

だけど、このまま逃げるわけにはいかない。あのアンソニーを——ギルバートを倒さないと、リズやバートン議員を救うことはできないから。

「やらなきゃいけないことがあるんだ。……あ、それと、君の電話ちょっと借りててもいい？」

「いいけど……」

「ありがとう。後で返すね」

車が走り去るのを見送ってから、僕は急いで学校に戻った。校舎の1階には誰もいなかった。さっきの騒ぎが嘘のように、しんと静まり返っている。みんな避難したみたい。

リズが学校内にいないとバレたら、アンソニーがリズを捜しに行ってしまうかもしれない。だから、僕がリズになりすまして囮《おとり》になることにした。リズのことを考え、強くイメージして、彼女の姿に変身する。それから、女子ロッカーへと向かう。決してやましい気持ちではないことをわかってほしい。チア部のユニフォームを拝借し、ダサくて地味なシャツとジーンズを脱ぎ捨て、タンクトップとプリーツのスカートに着替える。今の僕は完璧にリズだ。

次にカフェテリアに行き、厨房《ちゅうぼう》を物色した。ここには武器が揃《そろ》っている。敵を迎え撃つ準備をする。そして、借りてきた端末を操作し、リズのインスタのアカウントを開く。ライブ配信のボタンを押す。わざと背景が写り込む場所で、居場所がわかるように。「どうしよう」「友達が学校で銃を撃って」「怖くて外に出られない」などと、リズになりきって画面に向かって話してから、配信を切る。

まもなくして、狙い通り敵が現れた。アンソニーだ。彼は僕を見つけると、「ここにいたのか、リズ」と囁《ささや》いた。

アンソニーが銃口を僕に向けた。一緒に来いと脅す。僕はゆっくりと両手を上げる――ふりをして油断させて、中華包丁を相手に向かって投げた。大型の刃物がアンソニーの頭に刺さる。だけど彼は平然としている。吸血鬼なんだから、これくらいじゃ死なない。わかってる。これは撒《ま》き餌《え》だ。

アンソニーが逆上し、僕の方へと走ってきた。これも狙い通り。僕を摑もうと、太い腕がこっちに伸びてきた。そこで、アンソニーの動きがぴたりと止まった。力が抜けたように、彼はその場にしゃがみ込んだ。

僕を見上げ、アンソニーが牙を剝《む》き出す。「……俺に、何をした？」

「美術はあんまり得意じゃないけど」僕は床を指差した。

アンソニーが来る前に、厨房から拝借したケチャップを使って準備しておいた。いつもヤンが描いている魔法陣。吸血鬼の力を封じることができる呪《まじな》い。見よう見まねで描いたけど、どうやらうまくいったみたい。ちゃんと効いてる。

アンソニーは動けないままだ。彼の頭に突き刺さっている刃物を引き抜くと、僕はそれを力を込めて振り下ろした。

アンソニーの生首が床の上を転がる。アメフトで鍛えた大きな体がその場に頽《くずお》れた。

「やった……」

思わず声が漏れた。

アンソニーを――ギルバートを倒した。

とはいえ、右手に包丁、全身血塗《ちまみ》れ、足元には学校一の人気者の死体。これじゃ完全に僕の方が犯罪者だ。見た感じちょっとグロい光景だけど、とにかく正義は守られた。これで悪い吸血鬼はいなくなった。大きな仕事を成し遂げた高揚感が芽生えてくる。

もう少しこの達成感を味わいたいところではあるけど、いつまでも勝利の余韻に浸ってる場合じゃない。今頃、世間は大騒ぎになってるはず。そろそろ警察も来るだろう。モーガン刑事に事情を説明して、リズやバートン議員を保護してもらわないと。

カフェテリアを出て、僕は廊下を走った。そのまま中央のエントランスに向かうつもりだったけど、途中でふと足を止めた。人影が見えたからだ。誰か逃げ遅れた人がいるのかと思ったら、その人はこっちに近付いてきた。

「オリバー・サンシャイン」

名前を呼ばれた。

「……校長先生？」

そこにいたのは、ウォルター校長だった。

「君がこんなことをするなんて、がっかりだよ、オリバー」

僕は慌てて包丁を放り捨て、両手を上げた。

「これは違うんです、校長先生。聞いてください。誤解です。犯人は僕じゃない。アンソニーなんです」

言い訳する僕に、ウォルター校長がゆっくり近付いてくる。厳しい表情を浮かべて。やっぱり僕が事件の犯人だと勘違いしてるっぽい。きっと僕はこのまま警察に突き出されてしまうんだ。せっかく悪い吸血鬼を倒したっていうのに、こんな結末、馬鹿みたい。

逮捕されたらどうしよう。まずは、ニューヨーク市警のモーガン刑事にどうにか事情を説明して、それでも駄目ならバートン議員にお願いして、腕のいい弁護士を紹介してもらって。

今後のことを心配している僕に、

「君は本当に悪い子だ」

校長が嗤《わら》った。にやりと歯を見せて。僕は驚いた。鋭い二本の牙が覗《のぞ》いている。

──吸血鬼だ。

気付いた瞬間、僕の体が宙に浮いた。

「君のせいで、我々の計画が台無しだよ」

ものすごい力で放り投げられ、僕は床に倒れた。校長が中華包丁を拾い、僕に伸し掛かった。

ウォルター校長は吸血鬼だった。

僕は馬鹿だ。学校にいる吸血鬼が一体だけだと、勝手に決めつけていた。

「アンソニーは本当に使えない奴だ」包丁の刃を僕の首に当て、問い質《ただ》す。「エリザベス・バートンをどこに隠した？」

刃が僕の首を傷つけた。血が噴き出した。皮膚を裂き、さらに深く食い込んでくる。僕は歯を食いしばって耐えた。

「言いなさい」

「強情なところは母親にそっくりだな。あの女もなかなか吐かなかった」

その一言に、僕ははっとした。

ようやく、すべてが繋《つな》がった。

「……あんたが、ギルバートだったのか」

ギルバートはアンソニーじゃなかった。

事件のあったあの夜、アンソニーはパーティにいた。常に友達に囲まれていた。自分の主催したパーティをこっそり抜け出して、僕の家を襲うことは難しい。

僕たちを襲ったのはウォルター校長だったんだ。アンソニーのパーティで僕を足止めしておいて、家に一人でいる母さんを狙ったということか。

「まさか、君が同族になるとは思わなかったよ」

「……あんたが作ったドラッグのおかげで命拾いした」

「それも今日までだがな」

校長が腕に力を込めた。刃が骨にめり込み、痛みが強くなる。このままじゃヤバい。首を斬られてしまう。

そのときだった。

「──オリ！」

「嫌だ」

僕の名前を呼ぶ声がした。

ヤンだった。

一発の銃声が鳴り響く。校長の体が弾《はじ》き飛ばされた。肩に命中したようだ。

立て続けに、ヤンの構えたショットガンから銀の弾が飛び出す。ウォルター校長はとっさに僕から離れ、銃弾を避けた。高くジャンプし、ヤンに飛び掛かる。攻撃を躱《かわ》し、ヤンが「その節はどうも、校長先生」と軽口を叩《たた》く。

「いくらうちの子が問題児だからって、これは体罰が過ぎるんじゃないですか」

ヤンはにやりと笑い、もう片方の手でリボルバーを抜いた。牙を剝き出して襲い掛かる校長をギリギリまで引きつけてから、トリガーを絞る。弾は校長の額のど真ん中に命中した。

それは、ただの弾じゃなかった。

「さすがはゴート&ラム社の新商品、よく効く」

僕の体から取り出した弾丸を真似て作ったらしい。銀製で、呪文が刻まれた銃弾の効果は絶大で、撃たれた校長の体は自由が利かなくなり、その場にどさりと倒れた。苦しげに頭を抱え、のたうち回っている。

「オリバー、無事か？」

銃をホルスターに仕舞いながらヤンが声をかけてきた。

「来てくれて助かったよ」血が止めどなく溢《あふ》れる傷口を手で押さえ、僕は答えた。「……僕の首、ちゃんと繋がってる？」

「ギリギリな」

「よかった」

倒れているウォルター校長を見下ろしながら、僕は安堵《あんど》の息を吐いた。生徒の首を切り落とそうとするなんて、とんでもない校長だ。

何はともあれ、これで僕たちの仕事は終わった。こいつを拘束して、あとは専門の捜査機関に任せればいい。

「そんなことより」ヤンが白い目で僕を見る。「早く着替えた方がいいぞ、変態」

「……あっ」

すっかり忘れていた。

変身が解けているのに、僕はチアのユニフォームのままだった。


着替えを終えたときには首の傷も塞がっていた。僕とヤンは校舎を出た。学校の前には警察の車がたくさん停《と》まっている。慌ただしく行き交う捜査関係者の中にモーガン刑事の姿もある。マイクを向けてしつこくつきまとうマスコミを忙しそうにあしらっている。彼女が過労で倒れないか心配だ。

　規制線の外から学校を見つめていると、

「――オリバー」

　黒いコート姿の男の人に声をかけられた。バートン議員だった。ニュースで事件のことを聞き、急いで駆け付けたのだろう。心配そうな顔で僕たちに尋ねる。「リズは、無事なのか？」

「大丈夫ですよ」僕は笑顔で答えた。さっき、事情聴取を受けている最中にファーザーから連絡があった。リズは安全な場所に匿《かくま》っているから心配しなくていい、って。

「走ってきたんですか。秘書も連れずに」

「娘の一大事だからな」バートン議員が辺りを見渡す。「それで、リズはどこに？」

「俺の友人のところに」ヤンが答えた。

「娘に会わせてくれないか？」

「行きましょう」

　議員を連れて移動する。僕たちはヤンの車に乗り込んだ。

　聖サニーデール教会までの道中、僕たちはバートン議員に事件の顛末《てんまつ》を報告した。ギルバートの正体がウォルター校長だったことには、議員もかなり驚いていた。

　僕だって驚いた。まさか校長先生が悪い吸血鬼だったなんて、思いもしなかった。だけど、これで学校から悪い吸血鬼はいなくなった。もうリズと議員は安全だ。

赤信号に引っかかり、車が停止する。

「どうした、オリ」

と、運転席のヤンが僕の顔を覗き込んできた。

「元気がないな。具合でも悪いのか？」

「……ううん」僕は首を振った。「ちょっと疲れただけ」

首謀者の吸血鬼が逮捕され、事件は解決したはずなのに、僕の中で何かが引っ掛かっていた。重要なことを見逃しているような気がして、なんだかすっきりしない。

考えろ、オリバー。

助手席の窓をぼんやりと眺めながら、自分に問いかける。

きっと、何か見落としているはず。思い出せ。ウォルター校長は何って言った？

——強情なのは母親そっくりだな。

口ぶりからして、校長は母さんと僕の身に起こったことを知っていた。あの日、現場にいたからだ。だから、奴がギルバートだと思った。

……だけど、本当にそうだろうか？

バートン議員が見せてきた、あの写真。写っていたのは、議員秘書に変身し、僕の家を襲っているギルバートの姿だった。

じゃあ、あの写真を撮ったのは、いったい誰？

「——着きましたよ」

ヤンが車のエンジンを切った。考え事をしている間に目的地に到着していた。車から降り、3人で教会へと向かう。ヤンの後ろを歩きながら、僕は考えを巡らせた。

あの写真を撮ったのは、おそらく別の人物。あの場には、もう一人いたんだ。校長とアンソニー以外の、他の吸血鬼が。

この学校に赴任してもう6年になるが——校長室で僕を説教したとき、ウォルター校長はそう言ってた。

ギルバートがバートン議員に接触したのは2年前。それより前から、ウォルターはあの学校にいることになる。リズがグランドン高校に入学することを、彼が予《あらかじ》め知っていたはずがない。

ギルバートが学校に忍び込んだのは、リズが入学した後。バートン議員に接触した頃だろう。そして、アンソニーやウォルター校長といった、学校の関係者を吸血鬼の仲間にした。そう考える方が自然じゃないだろうか。

僕と母さんが襲われた事件。たしかに校長は、あの現場にいた。だけど、彼はギルバートじゃない。彼は写真を撮る役目だった。

だとしたら、ギルバートは他にいる。捕まったと思い込ませて、僕たちを油断させている。

僕が奴の立場だったら、計画を早めようとするだろう。そのために、リズの居場所を知りたがるはず。

——となると、最も怪しいのは、今まさに彼女に会いたがっている人物。

「私の娘はどこだ？」

バートン議員が教会を見渡しながら尋ねた。建物の中には誰もいなかった。しんと静まり返っている。僕たちは通路に立って向かい合った。

「ここでしばらく待っていてください」

議員は「そうか」と呟《つぶや》き、長椅子のひとつに腰を下ろした。あとはファーザーに連絡して、匿っているリズを連れてきてもらうだけ。

だけど、それはできないかもしれない。

「その前に、ひとつ確認させてください」

僕の言葉に、バートン議員が眉根を寄せる。「なんだ？」

「議員は、DCヒーローの名前を全員言えますか？」

「今はそんな話をしている場合じゃ——」

「大事なことなんです」言葉を遮り、語気を強める。「あなたがギルバートでないことを証明してください」

「……私が、ギルバートだと？」

馬鹿馬鹿しいと言わんばかりの表情で、議員は肩をすくめた。

「いったい何を言ってる？　奴は君たちが捕まえたんじゃなかったか？」

「校長はフェイクかもしれない。だとしたら、本当のギルバートはまだ野放しで、どうにかしてリズに近付こうとするはず」

僕の意図を察したヤンが無言でショットガンを抜いた。その銃口をバートン議員に向ける。バートン議員は目を見開き、「おい、冗談だろう」と呟いた。

「議員はアメコミ好きだ。あなたが本物のバートン議員なら、ヒーロー全員の名前を言えますよね？」

「それは」銃を向けられたまま、議員はゆっくりと両手を上げた。僕を見据えて力強く頷《うなず》く。「もちろんだとも」

「本当に？　全員言える？」

「ああ。証明してみせようか？」

「いえ、結構です。十分な証明になりました」

僕はヤンに視線を送った。ヤンが頷き、引き金に指をかける。

「バートン議員は、僕ほどのマニアじゃない」

だから、言えるはずがないんだ。そこまで詳しくないから。

つまり、こいつは偽物。ギルバートだ。

議員は一瞬、黙り込み、それから大声で笑いはじめた。静まり返った教会に、不気味な笑い声が響き渡る。

ひとしきり笑った後で、彼はぼそりと呟いた。「……上手《うま》くいくと思ったのになぁ」

ヤンが発砲したのと同時に、奴は動いた。すばやく長椅子から立ち上がると、ショットガンの銃身を蹴り上げ、銃弾の軌道をずらした。ヤンの胸倉を片手で掴《つか》み、思い切り投げ飛ばす。凄《すさ》まじい怪力だ。

ヤンは教会のステンドグラスに激突した。ガラスが盛大に割れる音が響き、破片と共に彼の体は教会の外へと投げ出されてしまった。

僕はギルバートに飛び掛かった。相手の顔面を思い切り殴りつける。その勢いで相手の体は弾き飛ばされ、建物の壁にめり込んだ。壁にひびが入る。

「バートン議員に何をした」

睨《にら》みつけ、問い質《ただ》す。バートンの顔をしたギルバートは、にやりと嫌な笑みを浮かべている。「裏切り者には罰を与えないと」

「殺したのか」

「いや」

薄ら笑いを浮かべたまま、ギルバートは首を振った。

「それよりも、もっといい罰がある」

「まさか」嫌な予感がした。「吸血鬼にした……？」

僕は相手の首を掴み、頭を壁に叩《たた》きつけた。

「議員に自分の血を飲ませて、吸血鬼にしたんだな！」

ギルバートは頭から血を流していた。だけど、その傷口もすぐに塞がってしまう。出血も止まっている。吸血鬼にとっては掠《かす》り傷にもならない。

「僕の血？　そんな勿体《もったい》ないことをするわけがない。下級の吸血鬼を使ったよ。最下層のね。あと半日もすればバートン議員は我々の下僕になって、獣のように家族を襲うことになる。見物だろう？」

「ふざけるな！」

バートン議員は自分の命を犠牲にしてまで家族を救おうとしていた。そんな人が、自身の手で愛する者を殺《あや》めるなんて、絶対にあってはならない。

救ってみせる。バートン議員も、リズも。目の前の吸血鬼を倒して、必ず助ける。そのために、僕は拳を握りしめた。

「お前の思い通りにはさせない」

ギルバートが嗤《わら》う。「僕を倒せると思ってる？　無理だよ」

僕たちはどちらも吸血鬼だ。武器がない限り決着はつかない。力任せの殴り合いが続いた。まるでアメコミの映画みたいに。僕が拳で攻撃し、相手が反撃する。激しい戦いに巻き込まれ、建物の壁はひび割れ、長椅子は砕け、教会の中は滅茶苦茶《めちゃくちゃ》になっていく。

そのときだった。勢いよく扉が開いた。ショットガンを構えたヤンが戻ってきた。中の悲惨な状況を見て、「こりゃファーザーに怒られるな」と顔をしかめている。

「ヤン、早くこいつを撃って！」

指差し、叫んだ直後のことだった。ギルバートがコートを脱ぎ、ヤンに向かって放り投げた。ヤンの視界を塞いでいる間に、奴は能力を使い、姿を変えた。僕と同じ顔に。

僕になりすましたギルバートが、

「だから無理だって言ったのに」

と嗤う。

顔だけじゃない。声も同じだ。それに、奴の服装も僕と瓜二《うりふた》つだった。地味なシャツにジーンズ。僕と全く同じ服を着ている。

「まさか――」

これも計算の内か。予め準備していたのだろう。僕の姿を使ってリズに接近するつもりだったのかもしれない。

「待って、撃たないで！」と、ギルバートが僕の声で叫ぶ。

ヤンがコートを払いのけ、再び銃を構える。まるで双子のような僕たちを目の当たりにして、「そうきたか」と舌打ちした。

「どっちが偽者だ？　お前か？」

「僕じゃない！　僕が本当のオリバーだ！」

「ちがう！　僕がオリバーだ！」

顔も格好も同じ。声も口調も一緒。これじゃ見分けがつかない。二人の僕を見比べ、ヤンが「クソ、厄介な能力だぜ」と吐き捨てる。

「早くこいつを撃って！　偽者だ！」

偽物が僕を指差して叫んだ。このままギルバートはヤンに僕を殺させる気だ。冗談じゃない。僕は両方の掌《てのひら》をヤンに向け、「待って！」と制した。焦りが芽生え、うまく頭が働かない。証明しようにも、ただ大声で訴えることしかできない。

「こっちが本物だから！　撃たないで！」

「こいつはギルバートだよ！　僕を信じて！」

「いい加減にしろよ、この偽者！」

「偽者はお前だろ！」

「ああもう、うるせえ！」

やけくそ気味にヤンが声を荒らげた。次いで、彼はショットガンの引き金を引いた。一発の銃声が鳴り響く。

ヤンが撃ったのは、僕——じゃなかった。

弾丸は、僕の偽物の頭を打ち抜いていた。

銀製の特殊な銃弾が吸血鬼の動きを鈍らせている。ギルバートは額から血を流し、ふらつきながら立ち上がった。僕はすかさず奴に摑み掛かった。その体を持ち上げ、祭壇に向かって放り投げる。

ギルバートの体が祭壇に落下する。大きな十字架が奴の体の真ん中に突き刺さった。仰向けのまま胸を貫かれ、ギルバートは身動きが取れなくなっている。苦しげな顔でいくつかの汚い言葉を吐き出し、僕たちを罵った。

ヤンが止《とど》めを刺した。無防備になった奴の首を鉈《なた》で切り落とす。僕の顔をした頭が教会の床にごろりと転がる。絶命したと同時に変身が解けたようで、ギルバートは本当の姿に戻った。

ポールだった。

僕の同級生。同じ憲法のクラスの。

まさか、彼が今回の黒幕だったなんて。信じられないけど、たしかに彼が着ているシャツは前に僕が貸したものだ。ジャクソンにジュースをかけられたときの。

「知り合いか？」

「うん、同級生」

「お前の学校はろくな奴がいねえな。転校した方がいいぞ」

「いい友達になれると思ったのにな」

ギルバートの変身は完璧だった。なのに、ヤンは躊躇《ためら》いなく僕じゃない方を撃った。どうやって見破ったのだろうか。十字架に串刺しにされているポールの死体を指差し、僕はヤンに尋ねた。「どうして、こっちが偽物だってわかったの？」

「俺はお前の保護者代わりだぞ？　子供の見分けがつかない親がいるかよ」

ぶっきらぼうなヤンの答えに思わず頬が緩んでしまう。嫌な奴のふりをしてるけど、意外と面倒見が良くて優しいところがあるんだって、僕にはわかってる。

ところが、その直後、

「――なんて言うと思ったか？」

憎たらしい顔でヤンは嗤った。

「こいつの掌には、十字架の傷がなかった。お前の手にはあった。だからわかった」

前言撤回。やっぱり嫌な奴。

グランドン高校で起こった銃乱射事件は、我が国の優秀な捜査当局によって迅速かつスマートに処理された。ＦＢＩの特殊班が手際よく吸血鬼の死体を回収し、ＣＩＡの諜報《ちょうほう》班が目撃者の事情聴取や口止めに奔走した結果、翌朝のニュースでは『人気者の高校生が学校で銃を乱射。駆け付けた警察官によって射殺された。犠牲者は校長一名』といった筋書きに変わっていた。吸血鬼のテロリストが事件を起こしたという真相はどの記事にも一切載っていない。もちろん、僕たちがその首謀者を捕まえたということも。死亡扱いになっているウォルター校長は今頃CIAの尋問を受けていることだろう。

うちの学校の冬休みは2週間ほどで、僕はそのほとんどをヤンとの仕事に費やした。高校生活最後のクリスマスも彼の事務所で過ごした。「せっかくだからクリスマスらしいことをしたい」という僕の提案に、ヤンは心底面倒くさそうな顔をしたけど、ミニサイズのツリーを買ってきてくれた。僕たちはその枝を、動物の骨とかブードゥー人形とか、部屋にあるものを使って不気味に飾り付けた。木の天辺《てっぺん》には星じゃなくて十字架をつけた。

そんな僕らの事務所に現れたのはサンタクロースではなく、ニューヨーク市警のモーガン刑事だった。プレゼントの代わりに、彼女はいい知らせと悪い知らせを持ってきた。

悪い知らせは、バートン議員が自殺した、というものだった。

すでにアメリカ中で大騒ぎになっているから知っていた。議員は車の中でガソリンをかぶって焼身自殺していたという。自宅の書斎で遺書も見つかっている。

モーガン刑事にそのコピーを見せてもらった。ゴート&ラム社との癒着を告白する内容だった。銃乱射事件の犠牲者や支援者をずっと騙《だま》してきた、命をもって償いたい――そう綴《つづ》られていた。

だけど、それは表向きの動機に過ぎない。何も知らない家族や市民を納得させるために作られた理由だ。バートン議員が自殺した本当の動機を、僕は知っている。

「議員はきっと、自分の命を犠牲にして家族を守りたかったんだ」

遺書に目を落とす。書き出しは『これは私利私欲に塗れた一人の化け物による罪の告白です』で始まり、結びの一文は『愛する家族には、私のような化け物とは無縁の生活を送ってほしい』だった。遺書の中で議員は『化け物』という単語を繰り返し使っていた。これは比喩ではなくて、吸血鬼である自身のことを指しているのだろう。

吸血鬼になってしまった自分を家族から遠ざけるために、家族が悪い連中に命を狙われることがないように、彼は自ら命を絶つことを選んだ。そうすることで大事な存在を守ろうとしたんだ。

やるせない気分になってしまう。ヤンの言う通り、全員を救うことは難しいのだと思い知らされる。僕は救いを求めてモーガン刑事に尋ねた。「いい知らせは？」

「ＦＢＩから照合結果をもらった。今回のテロの首謀者の歯型が、オリバーの母親の傷痕と一致したわ」

僕と母さんを襲ったのは、やはりポールだったというわけだ。これで母親の復讐《ふくしゅう》を果たすことができた。

「……そっか、よかった」僕は目を細め、頷《うなず》いた。「最後に、良《い》い報告ができるよ」

犯人を倒し、事件は解決した。けれど、喜んでばかりもいられない。BAT主義者はどこにでもいる。いつか、どこかでまた次のギルバートが生まれるかもわからない。戦いに終わりはないんだ。

たとえスーパーヒーローになれなくても、僕は守りたい。人間の平和も、ノンヒューマンの平和も。

エピローグ

雪の舞う寒い日だった。

黒い法衣《ほうえ》を身にまとった神父の合図で、参列者たちが死者への祈りを捧《ささ》げる。土の中に沈んだ棺桶《かんおけ》から視線を上げると、葬儀を執り行うファーザーと目が合った。彼は無言で頷いた。僕も同じように返した。

高校でのテロ事件からおよそ1か月後、母さんは息を引き取った。病院の個室で、僕に見守られながら、穏やかな顔つきで永遠の眠りについた。

そして今日、母さんは弔われた。共同墓地には黒い服を身にまとった人々が集まっている。葬儀に来てくれたのは母さんの同僚たちや近所の人たち。古い友人や親戚。僕の親友のケビンも来てくれた。もちろんヤンもいる。

それだけじゃなかった。墓地に集まった人々の中に、ブロンドの女の子を見つけた。

「リズ」

黒いワンピース姿のリズに声をかけると、彼女は振り返った。

「来てくれたんだ」

彼女は微笑《ほほえ》みを浮かべて頷いた。だけど、どこか元気がないように見える。疲れた顔をしている。あんなことがあったのだから当然だろう。「お互い大変だったね」と彼女は弱々しい声で返した。

「そうだね」

本当に、お互い大変だった。僕は母親を亡くし、彼女は父親を亡くした。

リズはただ母さんを見送りに来てくれただけではなかった。僕に用があるらしい。

「実は、お別れを言いたくて来たの」

と、彼女は言い出した。

「……お別れ？」

「イギリスに引っ越すことになって。ほら、あんなことがあったから。……ね、わかるでしょう？」

「うん」

僕は何度も頷いた。彼女の父親のバートン議員が自殺した事件は未《いま》だにニュースで報道されている。彼が関わった汚職についても。いつまで経《た》っても事件を掘り返されて、残された家族は心が休まらないだろう。この国を離れることは賢明だと思う。

もちろん、僕はショックだった。リズがいなくなってしまうのは嫌だ。悲しいし、寂しい。だけど彼女のことを思えば、それが最善の道だと理解できる。

「元気でね、オリバー」

リズが踵《きびす》を返そうとする。

「リズ」思わず呼び止めてしまった。「待って」

伝えるべきだろうか。君のことが好きだって。

ここで別れたら、きっと彼女にはもう二度と会えなくなるだろう。最後に気持ちを伝えるべきかもしれない。一瞬、そんなことが頭に浮かんだ。

だけど、すぐに思い直す。

――いや、これでいい。このまま別れるのが正解だ。

バートン議員は自らの命を犠牲にして、リズを吸血鬼から遠ざけようとしたのだ。これ以上、僕が彼女に近付けば、彼の死を無駄にすることになる。

「君のお父さんは、正しいことをしたと思う」

思いを伝える代わりに、僕はそう告げた。

「僕は彼を誇りに思うよ」

リズの顔が歪《ゆが》んだ。一瞬、泣きそうな顔になり、それから笑顔に戻った。「……ありがとう、オリバー」

それが、僕たちが交わした最後の言葉だった。

リズと別れ、僕は母さんの下に戻った。墓石に刻まれたエミリー・サンシャインの文字を見つめながら、自分の心に言い聞かせる。これでよかったんだと。リズのことも。そして、母さんのことも。

「──オリバー」

不意に声をかけられた。

ファーザーだった。僕の隣に立ち、墓石に視線を落として尋ねる。「本当によかったのかい？　お母さんを吸血鬼にしなくて」

「うん、いいんだ」

母さんを人間のまま死なせる。

結局、僕はその選択肢を選んだ。後悔はしていない。きっと母さんもそれを望んでいるはずだから。

「ファーザーだって、最初からこうするべきだと思っていたんでしょ？　だから、僕をヤンに預けた」

月に一度の定例会なんて、ファーザーの真っ赤な嘘《うそ》だった。そんなものはないし、吸血鬼の投票なんてない。彼は僕に教えようとしたのだ。人間が吸血鬼になることが、どういうことなのか。人の命を奪うことが、どれほど罪深いことなのか。ヤンの下で働かせることで、吸血鬼の現実を突き付け、僕に気付かせようとした。

母さんは戦っていた。父さんの命を奪った憎い犯罪行為と。銃規制に反対する銃器製造会社やロビー団体と。それに手を貸す政治家や、BAT主義者の吸血鬼と。記者として、人間として戦っていた。母さんを吸血鬼にすることは、そんな彼女を冒瀆《ぼうとく》することになってしまう。

これまで彼女が歩んできた人生を、尊重するべきだと思った。たとえそれが、母さんと一生の別れになることであっても。

これでいいんだ。これが正解なんだ。

「これからは、別ればかりの人生だよ。我々は長生きだから」

ファーザーがどこか寂しげな顔で告げた。きっと今まで数えきれないほどの死を見届けてきたんだろう。吸血鬼の大先輩の言葉にはすごく重みがある。

「そうだね。でも――」

僕はふと顔を上げた。墓地に面した道路に一台のキャデラックが停《と》まっている。黒いスーツの上にレザーコートを羽織ったエイブラハム・ヤンが、車のボンネットに腰かけ、僕たちが来るのを待っている。

手持ち無沙汰に煙草《たばこ》を吹かすその男を見つめながら、僕は答えた。

「その分、出会いもあるよ、きっと」

あとがき

私が海外のオカルトやモンスターに興味を持つようになったのは、『バフィー　恋する十字架』というアメリカのドラマがきっかけでした。バンパイアスレイヤーのヒロインが吸血鬼を始めとする古今東西の様々な怪物と戦っていくホラーアクションドラマであり、青春・恋愛要素のあるティーンドラマでもあり、当時ヒロインと同世代だった自分はその作品に夢中になってしまいました。そんなわけで、こうして吸血鬼を題材にした小説を書く機会をいただけたことはとても嬉《うれ》しく、少し懐かしい気分に浸りながら執筆いたしました。できることならば今後も、誰かがモンスターと戦う話を書き続け、いずれは各主人公を一堂に集めた『ジャスティス・リーグ』ならぬ『モンスター・リーグ』的な一作を書けたら、とても幸せだろうなと思っております。そんな夢をいつの日か叶《かな》えられるよう頑張りたいです。

また、本編に登場するオカルト要素につきましては、基本的には資料を参考にしたものとなっておりますが、中には軽くアレンジしたりオリジナル要素を加えたりした要素もございますので、「こういう世界もあるのかもなぁ」という感覚で楽しんでいただけましたら幸いです。

そして、この『BAT』を気に入ってくださった方や、もしくは「もっと大人向けの作品が読んでみたいな」と思われた方は、是非もう一冊の拙著『EAT　悪魔捜査顧問ティモシー・デイモン』をお手に取っていただけますと嬉しいです。

こちらも本作と同じ世界観でして、序盤に登場したFBIのジェンキンス捜査官と、作中度々名前が登場していた連続殺人鬼ティモシー・デイモンのお話となっております（表紙の二人です）。大変愉快な二人組でございます。「あいつがここに出てくるのか！」というスピンオフならではの面白さも味わえますし、こちらを読んでいただくと本作がさらに二倍も三倍も楽しくなるのではないかと思います。気になった方は是非試してみてくださいね。

今回は、前作と一味違った海外ティーンドラマ&アメコミテイストを目指しました。オリバー・サンシャインという一人の少年の成長を見届けてくださった読者さまに心より御礼申し上げます。

『EAT』も『BAT』も思い入れの強い作品ですので、いつかまた続きが書きたいです。

贅沢《ぜいたく》な願いではありますが、両作品ともに読者さまに気に入っていただけること、そして
またどこかでモンスター退治ができることを祈っております。

田中三五《たなかさんじゅうご》

参考文献

『ヴァンパイア　吸血鬼伝説の系譜』（新紀元文庫）森野たくみ
『吸血鬼ドラキュラ』（創元推理文庫）ブラム・ストーカー／平井星一 訳
『シリーズ・ファンタジー百科　世界の怪物・神獣事典［普及版］』（原書房）キャロル・ローズ／松村一男 監訳
『シリーズ・ファンタジー百科　世界の妖精・妖怪事典［普及版］』（原書房）キャロル・ローズ／松村一男 監訳
『妖怪と精霊の事典』（青土社）ローズマリ・エレン・グィリー／松田幸雄 訳
『中国妖怪人物事典』（講談社）実吉達郎
『ムー的都市伝説　電子版』（学研パブリッシング）並木伸一郎
『魔女の薬草箱』（山と溪谷社）西村佑子
『世界陰謀大全』（日本文芸社）ベンジャミン・フルフォード、テレンス・リー、丸山ゴンザレス

お便りはこちらまで

〒一〇二―八一七七
富士見L文庫編集部　気付
田中三五（様）宛
うごんば（様）宛

この物語はフィクションです。
実在の人物や団体などとは関係ありません。

富士見L文庫

BAT《バット》
吸血鬼探偵《きゅうけつきたんてい》オリバー・サンシャイン

田中三五《たなかさんじゅうご》

2023年4月15日　初版発行

発行者　山下直久
発　行　株式会社 KADOKAWA
〒102-8177　東京都千代田区富士見2-13-3
電話　0570-002-301（ナビダイヤル）

印刷所　株式会社暁印刷
製本所　本間製本株式会社
装丁者　西村弘美

ISBN 978-4-04-074909-9 C0193

ぼんくら陰陽師の鬼嫁

著／秋田みやび　イラスト／しのとうこ

ふしぎ事件では旦那を支え、
家では小憎い姑と戦う!?　退魔お仕事仮嫁語!

やむなき事情で住処をなくした野崎芹は、生活のために通りすがりの陰陽師(!?)北御門皇臥と契約結婚をした。ところが皇臥はかわいい亀や虎の式神を連れているものの、不思議な力は皆無のぼんくら陰陽師で……!?

【シリーズ既刊】1～7巻

富士見L文庫